MAXIMILIAN REICH

HILFE, ICH DATE EINE FAMILIE

atb aufbau taschenbuch

MAXIMILIAN REICH ist 1984 in München geboren und lebt dort nach wie vor mit seiner Familie. Seit einem Volontariat beim *Playboy* schreibt er als freier Autor neben dem Hasenmagazin noch für diverse andere Medien, wie *freundin, Faces* und *Jetzt.de*, wo auch die Kolumne zu diesem Buch erschienen ist. Eigentlich hat er es aber bloß verfasst, um mehr Follower auf Instagram zu bekommen: maximilian_reich.

Max, 32, führt ein gemütliches Leben als Dauer-Single – frei von Verantwortung, dafür mit viel Cola und immer so viel Fußball und Chips, wie er mag. Dann begegnet er Sonja, und mit ihr ist von Anfang an alles anders als bei allen Frauen zuvor. Die oder keine, weiß Max. Aber Sonja bringt noch ihre Söhne Dante und Paul mit in die Beziehung. Super, denkt Max sich, wenigstens jemand zum Playstation-Spielen. Doch schon bald muss er die Erfahrung machen, dass das Leben mit einer Familie viel härter ist, als er je geglaubt hätte …

Ein einmalig humorvoller Roman darüber, wie man heute zu einer Familie wird.

MAXIMILIAN REICH

HILFE, ICH DATE EINE Familie

ROMAN

aufbau taschenbuch

MIX
Papier aus verantwortungsvollen Quellen
FSC® C083411

ISBN 978-3-7466-3454-8

Aufbau Taschenbuch ist eine Marke
der Aufbau Verlag GmbH & Co. KG

1. Auflage 2018

Umschlaggestaltung www.buerosued.de, München
unter Verwendung mehrerer Motive von © Getty Images / AF-studio, LeventKonut, soleg
Gesetzt aus der Chaparral Pro durch Greiner & Reichel, Köln
Druck und Binden CPI books GmbH, Leck, Germany
Printed in Germany

www.aufbau-verlag.de

Für Euch drei

Dieses Buch soll die Menschen unterhalten und so glücklich machen, wie es mich meine Familie macht. Deswegen erzähle ich hauptsächlich von Momenten, in denen ich überfordert bin – und davon gibt es am Anfang viele, wenn man plötzlich zwei Kinder hat. Das soll aber nicht heißen, dass Sonja, Dante oder Paul anstrengend wären. Im Gegenteil. Es gibt keine Worte, um die Liebe und Aufopferung zu beschreiben, die Sonja jeden Tag für ihre Familie aufbringt, und ich habe noch nie so großartige Kinder kennengelernt wie Dante und Paul. Ich bin unendlich dankbar, dass die drei mich in ihren Kreis aufnahmen. Jeden einzelnen Moment mit ihnen habe ich für immer in meinem Herzen eingeschlossen.

Vieles in dem Buch ist wahr oder zumindest in ähnlicher Weise geschehen, und manches habe ich mir ausgedacht. So ist die Online-Redaktion zum Beispiel frei erfunden. Ähnlichkeiten zu Jetzt.de, *wo die Kolumne zu diesem Buch erschienen ist, wären ein reiner Glückstreffer. Tatsächlich habe ich nie einen Fuß in ihre Büroräume gesetzt. Was sonst wahr ist und was nicht, bleibt mein Geheimnis. Daher ist dieses Buch insgesamt als Fiktion zu lesen. Namen und Personen sind frei erfunden. Ähnlichkeiten mit lebenden oder toten Personen sind rein zufällig. Voyeure haben also Pech gehabt. Ällabätsch.*

KAPITEL 1

Eine Liebeserklärung auf dem Schul-Anrufbeantworter

Angeblich sind Kinder ja ein Geschenk des Himmels. Aber manchmal wünsche ich mir, der Himmel hätte den Kassenbon aufgehoben und ich könnte mein Geschenk umtauschen.

Jetzt zum Beispiel. Paul liegt in seinem Kinderbett und winselt: »Ich hab Bauchschmerzen.«

Klasse.

Ich hab erst seit ein paar Wochen zwei Stiefkinder, und schon ist eins davon kaputt. Ich knie mich neben sein Bett und tätschle ihm den Kopf. Ein langgezogenes Gähnen flieht aus meinem Mund. Es ist sieben Uhr morgens. Als ich das letzte Mal so früh wach war, wurde ich gerade aus dem Uterus meiner Mutter gezogen. Damals sah ich vermutlich ähnlich zerknautscht aus wie jetzt.

»Du Armer«, sage ich. Mehr fällt mir dazu nicht ein. Ich bin ohnehin nicht gut im Trösten, und als Vater fehlt mir jegliche Erfahrung, mit solchen Situationen umzugehen. Meinem Kumpel Finn würde ich jetzt ein Bier aus dem Kühlschrank holen. Ab welchem Alter Kinder wohl Bier trinken dürfen? Paul ist jetzt acht. In Frankreich bekommen sie den Rotwein ja angeblich schon im Fläschchen …

»Weißt du, was man bei Bauchweh machen muss?«, unterbricht Paul meine Gedanken und beäugt mich voller Sorge. Einen ähnlich hoffnungslosen Ausdruck hätte ich vermutlich in den Augen, wenn ich mit zwei gebrochenen Beinen allein im tiefsten Dschungel von Borneo liegen würde. Dass sein Wohlbefinden nun in meinen Händen ruht, stimmt ihn nicht besonders zuversichtlich.

»Natürlich«, lüge ich.

Einen Moment starren wir uns einfach nur an. Keiner von uns sagt etwas. Dann, nach ein paar Sekunden: »Du musst in der Schule anrufen und mich krank melden.«

»Die Schule anrufen. Klar«, rufe ich aufgeregt. »Weiß ich doch. Ich hol nur kurz mein Handy.« Rattenrasch verschwinde ich im Nebenzimmer und bin kurz darauf mit dem Telefon in der Hand wieder zurück. »Äh … weißt du die Nummer?«

»Die hängt doch in der Küche.« Kleine Falten der Skepsis kräuseln sich auf seiner Kinderstirn.

»Ach ja, stimmt.« Ich gehe in die Küche, picke den Notfallzettel vom Kühlschrank und wähle die Nummer.

Es tutet viermal, dann geht der Anrufbeantworter an.

»Guten Tag, Reich hier. Ich wollte nur Bescheid geben, dass Paul krank ist und heute nicht in die Schule gehen kann. Auf Wiederhören«, spreche ich auf das Band und lege auf.

Verdammt.

Ich hab seinen Nachnamen gar nicht gesagt. Ich muss wohl noch einmal anrufen.

»Guten Tag, Reich noch mal. Paul ist übrigens nicht mein leiblicher Sohn, sondern der von meiner Freundin Sonja Park. Wir leben zusammen, sind aber nicht verheiratet. Also auf jeden Fall haben wir andere Nachnamen. Meine Freundin ist beruflich in Berlin, deswegen rufe ich an. Wundern Sie sich also bitte nicht, weil es keinen Paul Reich bei Ihnen gibt. Er heißt natürlich Paul Park.« Dann lege ich wieder auf.

So, damit kennt das Schulsekretariat unsere komplette Liebesgeschichte.

»Du musst sagen, dass ich in der 3 b bin«, krächzt es aus dem Kinderzimmer.

»Das wissen die.«

»Nein, tun die nicht.«

»Doch, ganz bestimmt.«

»Nein.«

»Paul«, sage ich. »Ich bin mir sicher, dass die Anzahl kleiner koreanischer Jungs an deiner Schule mit dem Namen Paul Park überschaubar ist.«

»Trotzdem. Sonst ruf ich Mama an und sag ihr, dass sie in der Schule anrufen muss.«

Es ist das erste Mal, dass ich mit den beiden Jungs meiner Freundin Sonja allein bin. Und sie soll auf keinen Fall denken, ich würde das nicht hinbekommen. Ich habe also keine andere Wahl: »Guten Tag, ich bin's noch mal. Ich hatte vergessen zu sagen, dass Paul Park in die 3 b geht. Wiederhören.«

Wahrscheinlich blockiert die Schule jetzt meine Nummer, aber zumindest ist das erledigt. Dann kann ich mich ja jetzt anziehen.

Beim Gang in mein Schlafzimmer komme ich an Dantes Zimmer vorbei. Dort liegt Sonjas elfjähriger Sohn immer noch seelenruhig im Bett. Den hatte ich in der Aufregung total vergessen.

»Komm, aufstehen«, rufe ich und schalte das Deckenlicht ein. »Jetzt aber schnell. Wir sind spät dran. Du musst in die Schule.«

Mit lautem Stöhnen erhebt sich Dante in Zeitlupe aus seinem Bett.

Während er sich die Zähne putzt, stelle ich Milch, Cornflakes und eine Schüssel auf den Tisch und schmiere ein Salamibrot für die Schule. Das heißt: Ich sollte ein Salamibrot schmieren. Geht aber nicht. Wir haben nämlich kein Brot.

Beim Blick in den leeren Brotkasten fällt mir das gestrige Gespräch mit Sonja ein. Ich sollte zum Supermarkt gehen und Lebensmittel einkaufen, während sie die Kinder zum Klavierunterricht bringt und anschließend das Auto zur Werkstatt fährt. Ich kam mit zwei vollen Einkaufstüten zurück – bloß das Brot hatte ich vergessen.

»Dann muss ich wohl noch mal aus dem Haus«, seufzte Sonja daraufhin, erhob sich vom Sofa und zog ihren Mantel wieder an. Es war so ein Ich-bin-ja-selbst-schuld-ich-hätte-es-wissen-müssen-Seufzen, wie man es ausstößt, wenn man einen Dreijährigen bittet, die Blumen auf dem Fensterbrett zu gießen, und hinterher das Wohnzimmer unter Wasser steht.

»Quatsch, bleib hier. Ich geh einfach morgen früh zum Bäcker«, sagte ich und nahm, ganz der souveräne Liebhaber und verantwortungsvolle Familienvater, Sonjas Gesicht in meine Hände. »Du machst dir manchmal viel zu viel Stress, Schatz. Es ist doch alles ganz easy.«

Ich blicke wieder auf die Uhr: zwanzig nach sieben. Zu spät, um zum Bäcker zu laufen. Mist. Nervös durchforste ich unsere Küche nach einem brauchbaren Ersatz, den ich Dante in den Schulranzen packen könnte, finde aber bloß ein Glas selbstgemachtes Kimchi und Tiefkühlfischstäbchen.

»Hä?« Dante blickt skeptisch in seine Brotzeitbox. »Mama packt uns nie Fischstäbchen ein.«

Mama ist die oberste Instanz. Ihr Wort hat in dieser Welt noch mehr Gewicht als das von Zahnarztgattinnen, Prominenten und dieser Rubrik im Internet: *Andere Kunden kauften auch* ... Das habe ich in den wenigen Wochen unseres Zusammenlebens schon gelernt. Ich hätte ihm genauso gut zwei Milchschnitten einpacken können, und er hätte sich beschwert, dass es heute nicht die üblichen Karottensticks gibt.

»Ich hab mit Mama gesprochen, und sie hat gesagt, dass ich das so machen soll«, lüge ich daher.

Dante zieht die Augenbrauen hoch. So richtig überzeugt scheint er nicht zu sein. Er verstaut die Brotzeitbox trotzdem in seinem Schulranzen und murmelt: »Da frag ich sie noch mal, wenn sie heute Abend zurückkommt, ob das stimmt.«

»Mach das ruhig«, bluffe ich und hoffe, dass er es bis dahin vergessen hat.

Es ist noch nicht einmal acht Uhr morgens, und ich habe bereits zwei Kinder angelogen. Dafür komme ich bestimmt in die Hölle. Wahrscheinlich wimmelt es dort unten von Vätern, die in ihrer Verzweiflung zu Notlügen gegriffen haben. Ich stelle mir vor, wie all die überforderten Papas im Fegefeuer schmoren und dazu verdammt sind, bis in alle Ewigkeit kleine Kinder für die Schule fertig zu machen.

»MAAAAAAX?« Paul reißt mich aus meinen Gedanken.

Ich befürchte, das wird heute ein langer Tag. Ich hole tief Luft. »ICH KOMME GLEICH.«

Währenddessen zieht Dante die Wohnungstür auf. Mit einem großen Satz hechte ich mich dazwischen. »HAAAAAALT.«

Dante guckt mich fragend an. »Was ist?«

»Hast du den Französischtest mit Mamas Unterschrift eingepackt?«

»Ja.«

»Wo ist der Fahrradhelm?«

Er dreht sich zur Seite, um den schwarzen Helm zu

präsentieren, den er mit einem Knoten an seinen Schulranzen gebunden hat.

»In ... Ord...nung«, sage ich ganz langsam, um Zeit zu gewinnen, während ich mein Gehirn durchforste, ob da irgendwo noch eine Anweisung von Sonja abgelegt ist, die ich möglicherweise vergessen haben könnte. Aber ich glaube, das war's. »Gut, dann bist du entlassen. Viel Spaß in der Schule.«

»ICH HAB BAUCHWEH«, höre ich das andere Kind aus seinem Zimmer rufen.

»BIN UNTERWEGS«, rufe ich zurück.

Als ich an der Garderobe vorbeikomme, fällt mir ein, was Dante vergessen hat. Seine Jacke. Verdammt. Zum Glück erwische ich ihn gerade noch, bevor er in den Aufzug steigt. Was für ein Stress. Und keine Pause in Aussicht. Als Nächstes muss ich den Minipatienten ins Wohnzimmer aufs Sofa vor den Fernseher tragen und anschließend noch seine Batman-Bettdecke und zwanzig Kuscheltiere hinterher. Erst als ich auch noch eine Box mit Taschentüchern aus dem Badezimmer geholt und sein Lieblingsbuch neben ihn auf den Couchtisch gelegt habe, kann ich mich am Esstisch im Wohnzimmer an meinen Laptop setzen und anfangen zu arbeiten.

Ich bestelle gerade im Internet das Buch »Ihre Antwort ist Shoganai: Ruhe bewahren in Krisenzeiten«, als Paul jammert: »Mein Bauch tut immer noch weh.«

»Das vergeht bald, versuch, ein bisschen zu schlafen.«

»Warum hat man überhaupt Bauchschmerzen?«, fragt Paul.

Hm. Gute Frage. Ich habe meistens Bauchschmerzen nach einer durchzechten Wodka-Red-Bull-Nacht. Aber das können wir bei einem Achtjährigen wohl ausschließen. Ich weiß es also nicht. Deswegen gucke ich im Internet nach und finde auf einem Gesundheitsportal einen Artikel dazu, den ich Paul vorlese:

»Bauchschmerzen können viele verschiedene Gründe haben. Meist steckt nur eine harmlose Ursache hinter den Bauchschmerzen, zum Beispiel eine Magenverstimmung. Weitere häufige Auslöser sind Reizdarm-Syndrom, Magen-Darm-Infekte oder Nahrungsmittelunverträglichkeiten. Aber auch ernstere Erkrankungen (zum Beispiel Darmkrebs) können …«

»Krebs?«, kreischt Paul. Er sitzt jetzt steif wie ein Golfschläger auf dem Sofa. Seine Unterlippe zittert. Hoppla.

Wichtige Lektion für mich: In Zukunft Texte erst einmal still selbst durchlesen, bevor ich einem Kind sage, dass es dem Tode geweiht ist. Ich bin bestimmt der schlechteste Stiefvater der Welt.

Ich stürze zum Sofa, um dem aufgebrachten Jungen die Angst zu nehmen. »Ach Quatsch, Paul, mach dir keine Sorgen. Das gilt doch nur für alte Menschen. Dein Bauch tut bloß weh, weil du noch nichts gefrühstückt hast.«

»Wirklich?« Seine Stimme klingt brüchig.

»Bestimmt. Ich bring dir jetzt was zu essen, und dann geht es dir gleich besser.«

»Und wenn nicht?«

»Dann darfst du mir mit einem Gegenstand deiner Wahl auf den Kopf hauen.«

Pauls Miene hellt sich ein bisschen auf.

»Abgemacht?«

»Abgemacht!«

Paul strahlt, als wir den Deal mit High Five offiziell besiegeln. Na also, geht doch. Traurige Kinder aufmuntern kann ich jedenfalls. Ich bin quasi der *Pfarrer Fliege für Grundschüler*.

Zwei Minuten später komme ich aus der Küche zurück mit den restlichen Fischstäbchen in der einen Hand und einem Glas Orangensaft in der anderen. »Bitte schön. Und brav alles aufessen, dann geht's dir besser.«

»So viel?«, wimmert Paul. »Ich glaub, das schaff ich nicht.«

»Das schaffst du schon«, sage ich. »Du darfst auch dabei fernsehen.« Ich drücke Paul die Fernbedienung in die Hand und setze mich wieder zurück an meinen Arbeitsplatz, um eine E-Mail an eine Zeitschrift zu verfassen, für die ich gern schreiben möchte.

Lieber Herr Holzapfel,
ich hatte Ihnen vor zwei Wochen ein Exposé zukommen lassen bezüglich einer Idee für eine Modekolumne. »Max lernt

Stil«. Erinnern Sie sich? Nun wollte ich nachfragen, ob Sie mir dazu schon Feedb…

»Urgh.«

Urgh? Merkwürdiges Geräusch. Ich gucke zum Sofa, von wo es kommt. Dort sitzt Paul nach vorn gebeugt und spuckt gerade seinen Mageninhalt auf den weißen Sofabezug und seine Batman-Bettdecke. Ich eile ihm zu Hilfe.

»O nein, ich hab eine Sauerei gemacht«, jammert Paul verzweifelt. Dabei sieht es eigentlich eher so aus, als ob Batman eine Sauerei in seine Strumpfhose gemacht hätte.

»Das ist nicht schlimm, Paul«, sage ich und versuche, möglichst beruhigend auf ihn zu wirken, während mein innerer Panikpegel ansteigt wie der Rhein im Frühling.

Was um alles in der Welt fehlt dem armen Kind bloß?

Ich hole Paul ein Glas Wasser und einen nassen Lappen und setze mich neben ihn. Zärtlich streichle ich ihm über den Rücken, während er sich den Mund abputzt.

»Jetzt leg dich erst mal zurück ins Bett, und ich ruf zur Sicherheit einen Arzt an, okay?«

»Aber ich muss die Bettdecke sauber machen«, sagt Paul besorgt.

»Um die kümmere ich mich. Nimm du solange die von deinem Bruder. In Ordnung?«

»Ist gut«, sagt Paul und schleppt sich völlig entkräftet in sein Kinderzimmer.

Dann tippe ich mit zittrigen Fingern die Nummer von Doktor Nestbauer in mein Handy. Er ist ein Freund meiner Mutter und seit fast dreißig Jahren mein Hausarzt. Ich war mit seinem Sohn zusammen in der Grundschule.

»Hallo Doktor Nestbauer.«

»Mensch, Max. Schön, dich mal wieder zu hören. Wie geht es dir?«

»Mir geht es super. Aber meinem Stiefsohn geht es schlecht. Er klagt seit heute Morgen über Bauchschmerzen.«

»Hmmm«, macht Doktor Nestbauer.

»Ich hab ihm dann Orangensaft und Fischstäbchen zu essen gegeben, aber das hat auch nichts gebracht. Und gerade eben hat er sich übergeben.«

»Oh, oh«, macht Doktor Nestbauer.

»Oh, oh?«, hake ich nach.

Ich habe eine Top-fünf-Liste der Dinge, die ich nicht von einem Arzt hören möchte – und »oh, oh« ist auf jeden Fall dabei.

1. »Das sieht übel aus.«
2. »Jetzt bitte mal die Pobacken ganz weit spreizen.«
3. »Frau Kollegin, kommen Sie schnell. Das müssen Sie sehen.«
4. »Wo ist denn jetzt die Schere abgeblieben?«
5. »Oh, oh.«

Aber Doktor Nestbauer beruhigt mich. »Keine Sorge. Kinder haben manchmal Bauchschmerzen, das ist ganz normal. Aber gib ihm bitte keinen Orangensaft mehr. Der Magen ist gerade sehr sensibel und verträgt die Säure im Saft nicht.«

»Also war es meine Schuld, dass er geko…, also gebrochen hat?«

»Das konntest du ja nicht wissen. Mach ihm einen warmen Fencheltee, und gib ihm eine Wärmflasche. Damit soll er sich ins Bett legen, und in zwei Stunden geht's ihm wieder gut. Zur Sicherheit fahre ich heute Nachmittag auf dem Heimweg bei euch vorbei und sehe noch mal nach dem Rechten.«

»Super, vielen Dank, Doktor Nestbauer.« Mir fällt eine Hantelscheibe vom Herzen.

»Keine Ursache, Max. Bis nachher.«

»Bis nachher.«

Paul hat einen kleinen Stoffigel mit einem Kirschkernkissen in seinem Bauch, das man herausnehmen kann. Falls ich irgendwann einmal auf die Idee kommen sollte, Drogen über eine Grenze zu schmuggeln, dann wahrscheinlich mit diesem Igel. Ich setze das Stofftier in die Mikrowelle und stelle fünfundvierzig Sekunden auf der Zeituhr ein. Apathisch beobachte ich, wie sich der Igel auf dem Unterteller dreht.

Als Sonja fünf Stunden später die Wohnungstür aufschließt und den Flur betritt, schlägt sie die Hände vors Gesicht.

»Was ist denn hier los?«

Schwer zu sagen, was sie so erschreckt.

A) Die nassen Sofabezüge, die ich über die Lehnen der Essstühle zum Trocknen gehängt habe und die nun den Wohnzimmerboden volltropfen.

B) Doktor Nestbauer, der gerade auf dem Sofa mit seinem Stethoskop den Bauch ihres jüngsten Sohnes abhorcht.

»Alles gut«, sagt Doktor Nestbauer und steckt seine Instrumente zurück in den schwarzen Koffer. »Max war ein bisschen in Sorge, weil Paul Bauchschmerzen hatte, und hat mich deshalb vorsichtshalber angerufen. Aber es ist alles in Ordnung. Max hat mir erzählt, dass ihr erst vor kurzem nach München gezogen seid. Solche Umstellungen schlagen Kindern häufig auf den Magen. Kein Grund zur Beunruhigung. Aber er sollte in den nächsten Stunden keinen Orangensaft mehr trinken und Fettiges wie Fischstäbchen meiden.«

Sonja blickt irritiert zu mir.

»Ich hab Frühstück gemacht«, erkläre ich mit einem verlegenen Lächeln.

Sonja blickt mich lange an. Dann schüttelt sie den Kopf.

Es ist schon spät in der Nacht, als ich immer noch wach im Bett liege und über die Ereignisse des Tages nachdenke. Sonja hat gesagt, sie sei mir nicht mehr böse. Ich hätte schließlich nicht wissen können, dass man kranken Kindern keinen Orangensaft gibt. Oder dass man vollgekotzte Sofabezüge nicht zusammen mit einer sündhaft teuren Seidenbluse bei neunzig Grad wäscht. Wobei sie schon ein bisschen mit den Zähnen geknirscht hat.

Trotzdem lastet die Schuld schwer auf mir. Sonja hat Paul nämlich erlaubt, bei uns im Bett zu schlafen, und jetzt liegt sein Körper halb auf meinem Brustkorb. Ich starre an die Decke und frage mich: Worauf hab ich mich hier bloß eingelassen?

Aber ich glaube, dafür muss ich mit meiner Erzählung weiter vorn anfangen ...

KAPITEL 2

Der Blick des Todes von Kleinkindern

Ein kleines Mädchen tapst unbeholfen durch das Zugabteil. Direkt neben meinem Platz plumpst es zu Boden.

»Hoppla.« Ich lächle es aufmunternd an.

Das Mädchen greift seinen Schnuller vom Boden und rappelt sich wieder auf. Mit großen Augen guckt es mich an.

»Na du?« Ich grinse immer noch wie ein Glücksbärchen nach dem Koitus, aber das Kind zeigt keine Reaktion.

»Kuckuck.« Ich winke.

Nichts. Es starrt mich nach wie vor an, als wolle es mein Gehirn zum Schmelzen bringen. High Noon im »Bahn Comfort«-Bereich.

Hmm.

Also entweder ist das kleine Mädchen schwer depressiv, oder ich komme bei Kindern so gut an wie ein Schalker im Dortmund-Fanblock. Was nicht so toll wäre, wenn man bedenkt, dass ich gerade auf dem Weg zu meiner Freundin bin, um ihre beiden Söhne kennenzulernen. Wir wollen vorfühlen, ob die beiden mich als Freund an der Seite ihrer Mutter akzeptieren würden. Andernfalls müssten wir uns leider trennen, nicht weil wir es wollen, sondern zum Wohlbefinden der Kinder, das über allem steht. Und das darf nicht passieren. Ich liebe Sonja. Also bitte, lieber Gott, lass diesen dreijährigen Goldschatz einfach bloß hochgradig depressiv sein.

»Mausi, flirtest du wieder mit fremden Männern?«

Eine rundliche Dame mit blondem Pferdeschwanz hebt das kleine Mädchen auf den Arm.

Na, wenn das Mausis Flirttechnik ist, wachsen Mausi in den nächsten Jahren hoffentlich Riesenbrüste. Andernfalls befürchte ich, dass Mausi später einmal sehr einsam sterben wird.

»Komm, wir lassen den Herrn jetzt wieder in Ruhe.« Die Dame zwinkert mir zu und trägt das kleine Mädchen zurück zu ihrem Sitzplatz.

Ich drehe meinen Kopf wieder zum Fenster und blicke auf die schneebedeckten Felder, die an uns vorbeiziehen.

Bin ich schon bereit für Kinder? Die Frage schießt mir heute wohl zum hundertsten Mal durch den Kopf.

Ich bin zweiunddreißig Jahre alt. Ich habe ein monatliches Einkommen und mache meine Steuererklärung. Ich hab sogar einmal eine Darmspiegelung zur Vorsorge gemacht. Kann man noch reifer sein? Als meine Eltern so alt waren wie ich, hatten sie immerhin schon drei Kinder.

»Wir erreichen in wenigen Minuten den Bahnhof

Hamburg-Altona. Der Ausstieg befindet sich in Fahrtrichtung rechts«, bremst der Zugführer mit einer Durchsage meine Gedanken aus.

Ich hieve meinen Trolley von der Ablage über mir und stelle mich an den Ausgang. Meine Beine sind wacklig. Aber neben der Nervosität schwappt noch ein anderes Gefühl durch meinen Körper: Vorfreude. Ich freue mich darauf, Dante und Paul kennenzulernen und Sonja wieder in die Arme zu schließen. Zwei Wochen ist es her, dass wir uns das letzte Mal gesehen haben.

Das erste Mal habe ich Sonja vor zwei Monaten getroffen, als ich beruflich in Hamburg war. Ein Taschendieb hatte ihr vor einem Einkaufszentrum gerade die Handtasche entrissen, und ich bin ihm hinterhergerannt. Er ist mir leider entwischt, aber Sonja lud mich trotzdem als Dankeschön für meinen heldenhaften Einsatz auf einen Kaffee ein. Seitdem ist kein Tag vergangen, an dem wir nicht miteinander gesprochen haben. Sie hat mich gesehen und sich auf den ersten Blick sofort in mich verliebt. Ich bin eben wie Crystal Meth. Einmal probiert, kannst du danach nur schwer ohne leben.

…

Na gut, ich gebe zu: Das ist gelogen. Ich hätte viel zu viel Angst, einen Verbrecher zu verfolgen. Am Ende hole ich ihn tatsächlich noch ein. Und dann? Er würde sich bestimmt wehren – aber ich habe mich doch noch nie geprügelt. Diese Geschichte habe ich mir bloß ausgedacht, weil die Wahrheit nicht besonders romantisch ist. Ich saß am Abend an meinem Laptop und habe meinen Lebenslauf auf der Internetseite XING aktualisiert, als mir irgendein hochprofessioneller Algorithmus Sonja als Geschäftskontakt vorschlug. Sie ist Fotografin und arbeitet viel mit Medien zusammen. Weil ich Journalist bin, war die Business-Plattform der Meinung, wir könnten gut zusammenpassen. Sie sollte recht behalten. Ich hab ihr Bild mit den ölschwarzen Mandelaugen gesehen und mich sofort verliebt. Leider beruhte diese Anziehungskraft anfangs nicht auf Gegenseitigkeit.

Zunächst schickte ich ihr eine Kontaktanfrage. Als ich am Montagmorgen ihre Bestätigung sah, bedankte ich mich und erkundigte mich nach ihrem Wochenende. Ganz unverfänglich. Immer schön cool bleiben. Am Abend schrieb sie zurück:

Hallo Maximilian,
vielen Dank für Deine Anfrage. Ich habe mit meinen beiden Kindern einen Ausflug gemacht.
Grüße Sonja

Das war's. Keine Gegenfrage. Nichts. Bloß der Hinweis, dass sie zwei Kinder hat. Wahrscheinlich, damit ich keine weiteren Annäherungsversuche unternehme. Aber da hatte sie sich geirrt. Denn ehrlich gesagt dachte ich, es würde keinen großen Unterschied machen, ob man mit einer Mutter oder mit einer kinderlosen Frau ausgeht. Vielleicht kann man seltener das Haus verlassen, dachte ich. Aber das kam einem Stubenhocker wie mir gerade recht. Im Nachhinein war ich damals wohl ziemlich naiv. Ich schrieb ihr also weiter fleißig Nachrichten, die sie alle brav beantwortete. Es brauchte allerdings ein paar Tage und viele Nachrichten, bis sie auch mal eine Gegenfrage stellte und Interesse an mir zeigte. Das war der Moment, in dem ich mich traute, nach ihrer Handynummer zu fragen – und prompt eine Abfuhr kassierte.

Hallo Maximilian,
tut mir leid, aber meine Nummer gebe ich nicht so gern weiter. Lass uns doch hier weiterschreiben.

Zu dem Zeitpunkt war sie für mich einfach nur eine Frau mit einem wunderschönen Foto und einem eigenen Humor, der manchmal durch ihre Nachrichten schimmerte. Aber es reizte mich, dass sie es mir so schwer machte. Mein Jagdtrieb war geweckt. Also schrieb ich ihr weiter, und jede Mail schloss ich mit der Frage nach einem Date und ihrer Handynummer ab. Und jede Antwort beendete sie mit *Mal gucken* und einem schelmischen Smiley. Es wurde zu unserem Running Gag.

Fünf Wochen ging das so. Dann musste sie geschäftlich nach München und stimmte endlich zu, bei der Gelegenheit mit mir auszugehen.

Vor dem Altonaer Bahnhof steige ich in ein Taxi und gebe dem Fahrer Sonjas Adresse. An einer roten Ampel bleiben wir vor einem thailändischen Restaurant stehen.

Bei unserem ersten Date haben Sonja und ich uns vor einem Restaurant getroffen, das ganz ähnlich aussah. Sie trug ein ärmelloses Kleid in Rot, das den Blick auf ihre schmalen Schultern freigab. Darauf legten sich ganz sanft ihre pechschwarzen Haare. Ich habe noch nie in meinem Leben eine so schöne Frau gesehen. Sie war ganz anders, als ich sie mir vorgestellt hatte. Ich hatte eine eher dominante Frau erwartet, aber das Gegenteil stand plötzlich vor mir. Sonja war schüchtern. Gar nicht so resolut wie in ihren Nachrichten. Sie zitterte sogar leicht, vielleicht war ihr auch einfach kalt. Auf jeden Fall fand ich das irgendwie süß – und gleichzeitig raubte sie mir damit jede Nervosität. Ich nahm sie in den Arm, um sie zu beruhigen, und damit war das Eis zwischen uns gebrochen. Wir aßen Pad-Thai-Nudeln und Tom-Yam-Suppe und sprachen über Reisen, die wir gemacht hatten und die wir noch machen wollten. Sonja war nicht wie meine Dates zuvor. Meine Exfreundin fand immer ein Haar in der Suppe. Sonja betrat das Lokal und war begeistert von den kunstvoll bestickten Tischdecken. Sie hat eine unglaublich fröhliche Art, die mich mitriss und bis heute nicht mehr freigelassen hat.

»Was willst du eigentlich von einer zweifachen Mutter? Mit einer Frau ohne Kinder ist das Leben doch sicher einfacher«, fragte Sonja mich irgendwann. Es war ihr ernst.

Meine Einstellung zu Kindern hatte sich seit meiner ersten XING-Nachricht nach wie vor nicht geändert. Eine Beziehung mit einer Familie? So schwer kann das ja wohl nicht sein. Aber das konnte ich ihr so natürlich nicht sagen. Das hätte ja gewirkt, als sei ich ein oberflächlicher Typ, der sich keine ernsthaften Gedanken gemacht hat, was er hier eigentlich gerade tut. So was finden Frauen in der Regel gar nicht toll. Aber ich wollte Sonja unbedingt wiedersehen.

Also sagte ich: »Es stört mich nicht, dass du Kinder hast. Im Gegenteil: Ich liebe Kinder. Spaß habe ich lange genug gehabt. Ich möchte endlich eine Familie.«

Das ist ein bisschen wie beim Einreiseantrag in die USA, wo man ankreuzen soll, ob man Mitglied einer Terrorvereinigung ist. Man sagt halt das, was einen ans Ziel bringt. Und es funktionierte.

An diesem Abend küssten wir uns das erste Mal.

Seitdem haben wir uns jedes zweite Wochenende entweder bei ihr oder bei mir getroffen, immer wenn die Kinder bei ihrem Vater waren. Sonja wollte mich ihren Jungs erst vorstellen, wenn wir uns sicher seien, wo das mit uns hinsteuert. Und damit war ich einverstanden.

Das Taxi stoppt vor einem weißen Mehrfamilienhaus. Jetzt wird's ernst. Mein Herz hat einen Gang zugelegt und rast nun wie Sebastian Vettel über den Nürburgring. Wie begrüßt man eigentlich ein Kind? Noch so eine Frage, die mir plötzlich durch den Kopf schießt.

Mit einem kräftigen Händedruck? Nein, bestimmt zu förmlich. Schließlich siezen wir uns nicht. Soll ich ihnen den Kopf tätscheln? Hm. Das mögen sie vielleicht nicht, könnte herablassend wirken. Lieber die Ghetto-Faust? Eine Umarmung? Oder wie die Politiker: eine Hand reichen und die andere auf die Schulter legen?

Jetzt mach dich nicht verrückt, die haben mehr Angst vor dir als du vor ihnen, sage ich mir und drücke endlich auf den Knopf neben dem Namensschild. Es klingelt.

Sonjas liebliche Stimme ertönt durch die Lautsprechanlage: »Hallo?«

»Hi, ich bin's.«

Mit einem lauten Brummen geht die Tür auf, und ich trete ein in ein komplett neues Leben.

Das erste Treffen mit Kindern ist ein bisschen wie ein erstes Date – bloß dass man Überraschungseier statt Pralinen mitbringt. Man stellt viele Fragen (»Was ist dein Lieblingsfußballverein?« – »Kennst du die Lochis?« – »Laufen in München alle in Lederhosen rum?«) und findet alles furchtbar interessant (»Wow, das ist ja ein tolles Kinderzimmer!« – »Mensch, du bist ja schon groß!«), und wenn man sich dabei gut schlägt, hat man am Abend Sex. Mit der Mutter natürlich.

Wir hatten eine tolle Zeit zu viert, in der wir im Wohnzimmer »Scotland Yard« gespielt haben und Pokémons auf der Straße einfingen. Das erste Date, bei dem ich den ganzen Tag aufs Handy gucken konnte. Einer der Vorteile, wenn Kinder bei einem Date dabei sind.

Die zwei Tage vergingen wie im Sprint. Und als ich am Sonntag wieder im Zug auf dem Heimweg nach München saß und das Wochenende Revue passieren ließ, musste ich wieder über das Thema »Vaterschaft« nachdenken. Bisher sah mein Lebensplan eigentlich immer so aus: eine Frau kennenlernen. Heiraten. Gemeinsam ein Kind kriegen. Ich hatte mir ausgemalt, wie meine Frau im Kreißsaal unsere Tochter entbindet und ich zur Feier dieses Ereignisses stolz Zigarren im Wartezimmer verteile. Total klischeehaft, ich weiß. Ich hatte mich darauf gefreut, den Kinderwagen durch die Stadt zu schieben und bewundernde Blicke für mein hübsches Baby zu ernten. Und im Geiste würde ich ihnen zurufen: *Jawohl, das hab ich gemacht. Ich habe Super-Sperma. Bäm.*

Eine ernsthafte Beziehung mit Sonja würde hingegen bedeuten, dass ich mich von diesem Traum eventuell für alle Zeit verabschieden muss. Mit ihren neununddreißig Jahren besteht die Gefahr, dass Sonja nicht mehr schwanger werden kann. Ich stand also vor der Entscheidung: Kann ich mir ein Leben mit Sonja und ihren Kindern vorstellen – oder möchte ich irgendwann ein eigenes Baby? Denn egal, wie sehr ich Dante und Paul an diesem Wochenende ins Herz geschlossen habe. Ich glaube nicht, dass man ein fremdes Kind jemals so lieben kann wie das eigene Fleisch und Blut. Das Band zwischen Vater und Kind ist einfach stärker, wenn man von Geburt an dabei war und Verhaltensmuster oder körperliche Merkmale von sich in einem Kind wiedererkennt. Meine Gene würden mit mir aussterben. Wenn mich das stört, sollte ich lieber sofort die Reißleine ziehen, bevor eine Trennung allen Beteiligten noch mehr wehtut. Das Problem ist: Für eine Entscheidung müsste ich mein Herz in den Flugmodus schalten und nur auf meinen Kopf hören. Aber das kann ich nicht. In meiner Not wandte ich mich an meine Mutter.

Bei Käsekuchen am Küchentisch riet sie nur: »Vielleicht solltest du darüber nachdenken, was du bekommst, anstatt dich darauf zu fokussieren, was dir eventuell entgehen könnte.«

Ich: »Und was wäre das?«

Mama: »Wenn du dich darauf einlässt, wirst du sehr viel Liebe von diesen beiden Kindern bekommen.«

Ich: »Aber ich werde nie spüren, wie es ist, sein eigenes Baby auf dem Arm zu tragen.«

Mama: »Ich sage auch nicht, dass es eine einfache Entscheidung ist. Trotzdem glaube ich, dass du das vielleicht ein bisschen zu romantisch siehst. Sooo toll war das auch nicht, wenn ich dir im Restaurant die Windeln wechseln musste oder du uns in der Nacht alle zwei Stunden aufgeweckt hast.«

Ich dachte eine Woche über die Worte meiner Mutter nach. Ich malte mir aus, wie es ohne Sonja wäre. Aber mit jedem Tag wurde die Sehnsucht nach ihr größer. Mir fehlte ihr Humor. Obwohl sie wunderschön ist und ihre Outfits immer aussehen wie aus einer Modestrecke der Vogue, macht sie sich nie Gedanken über ihre Außenwirkung. Manchmal, wenn wir uns unterhalten, wechselt sie zum Quatsch in eine tiefe Tonlage. Dann klingt sie wie das Krümelmonster mit Kehlkopfkrebs. Ich liebe das. Ich liebe sie. Schließlich hielt ich es nicht mehr aus.

Ich buchte einen Flug nach Hamburg und überraschte Sonja mit meiner Entscheidung: »Ich will mit euch zusammen sein.«

Zehn Monate ist das nun her. Als Sonjas Vermieter ihren Mietvertrag kündigte, weil er die Wohnung verkauft hatte, beschlossen wir, die Gelegenheit zu nutzen und in München nach einer gemeinsamen Wohnung zu suchen.

Seitdem steht mein Leben kopf ...

KAPITEL 3

Privatsphäre auf dem Klo

Weil Sonja in Hamburg wohnte, war es meine Aufgabe, für uns vier eine Wohnung in München zu finden. Bis zu diesem Zeitpunkt hatte ich in meinem Leben in drei Wohnungen gewohnt, und je nach Lebensabschnitt waren mir jedes Mal völlig andere Kriterien wichtig.

1. Wohnung: Bei meiner Mutter. Wichtigstes Kriterium: ein Garten. Zum Spielen.
2. Wohnung: Studenten-WG. Wichtigstes Kriterium: Bars in der Nähe. Für Trinkspiele.
3. Wohnung: Single-Bude. Wichtigstes Kriterium: gute S-Bahn-Verbindung zum Büro. Zum Arbeiten.

Worauf ich bisher allerdings noch nie geachtet habe: ob es in der Nähe gute Schulen gibt. Im Gegenteil. Die Kinder hätten mich bloß geweckt, wenn sie um dreizehn Uhr nach der Schule ins Freie gestürmt wären.

Außerdem sollte die Wohnung einen Balkon und eine Badewanne haben und im Zentrum von München liegen. Unsere Schmerzgrenze lag bei zweitausend Euro im Monat. Es ist einfacher, eine GreenCard in die USA zu bekommen, als mit diesen Ansprüchen eine Wohnung in München zu finden. Eine Wohnungsbesichtigung in München ist wie der Verkaufsstart des neuen iPhones. Die Menschen stehen in einer langen Schlange bis zur nächsten Straßenecke.

»Ist eine Schule in der Nähe?«, fragte ich brav den Makler bei meinem ersten Besichtigungstermin, wie Sonja es mir aufgetragen hatte.

Makler: »Zweihundert Meter von hier ist eine Grundschule.«

Ich: »Super.«

Makler: »Sie sind also Vater?«

Ich: »Nö.«

Als ich Sonja am Abend anrief und ihr von dem Termin erzählte, konnte ich hören, wie sie am anderen Ende der Leitung schnaufte. »Warum hast du ihm nicht gesagt, dass ich zwei Kinder habe?«

Ich: »Danach hat er nicht gefragt.«

Einen Moment schwieg Sonja. Dann: »Schatz, ich liebe dich ...«

Ich: »Ich liebe dich auch.«

Sonja: »... aber du hast wirklich die Sozialkompetenz einer Gottesanbeterin.«

Nach fünf Wochen hatten wir beinahe jede Hoffnung aufgegeben und unser Suchgebiet auf Hamburg ausgeweitet. Notfalls würde ich eben einmal in der Woche mit dem Zug zur Arbeit pendeln. Da bekam ich einen Besichtigungstermin bei einem Ehepaar in München. Damit diesmal nichts schiefginge, hatte Sonja vorher extra bei der Vermieterin angerufen. Anschließend rief Sonja mich an, um mich zu briefen.

»Schatz, ich glaube, wir haben die Wohnung so gut wie sicher.«

»Ja?«, fragte ich aufgeregt. »Wie kommt's?«

»Ich habe gerade eine Stunde mit der Besitzerin telefoniert, und wir waren voll auf einer Wellenlänge. Sie kommt auch aus Norddeutschland und hat ebenfalls eine Patchwork-Familie.«

»Ah«, sagte ich.

»Ihre Mutter ist vor kurzem gestorben und hat ihr die Wohnung vererbt. Jetzt will sie, dass die Wohnung schnell wieder mit Leben erfüllt wird.«

Obwohl ich Sonja mittlerweile seit einem Jahr kenne, überrascht mich immer wieder ihr Talent, mit fremden Menschen ins Gespräch zu kommen. Sie betritt einen Blumenladen, um Orchideen zu kaufen, und kommt nach zehn Minuten mit einem wunderschönen Strauß Orchideen und der kompletten Lebensgeschichte der Floristin wieder heraus. Ich betrete einen Blumenladen, um Orchideen zu kaufen, und komme mit Lilien heraus, weil ich keine Ahnung habe, wie Orchideen aussehen und die Floristin nicht um Hilfe bitten wollte. Ich weiß noch nicht einmal, wie meine Nachbarn heißen.

»Du brauchst bloß noch vorbeizuschauen und die Formalien zu erledigen. Ich glaube, dann haben wir unser neues Zuhause«, schloss Sonja ihren Bericht ab.

Ich ging also zu der Wohnung, füllte die Selbstauskunft aus – und zwei Tage später bekamen wir tatsächlich die Zusage.

Nun konnten Sonja und die beiden Kinder endlich zu mir nach München ziehen.

Sonja und die Jungs kamen mit einem Möbelwagen am Samstag in ihrem neuen Zuhause an. Sonja blieb unten beim Auto und wies die Umzugshelfer an, was von ihren Sachen nach oben in unsere Wohnung und was in den Keller sollte. Ich wartete oben im fünften Stock und nahm alles im Empfang. Dazu zählten auch vier große Einkaufstüten mit asiatischen Kochzutaten wie sieben Packungen Nori-Blätter, sechs Dosen Kokosmilch und vier Gläser Sojasprossen.

»Äh, Schatz?«, fragte ich meine Freundin, als sie für eine Kaffeepause nach oben kam. »Was hat es damit auf sich?« Ich deutete auf die Einkaufstüten.

»Ich war mir nicht sicher, ob es in München auch einen Asia-Markt gibt. Deswegen habe ich das Notwendigste eingekauft, damit wir die nächsten Monate über die Runden kommen.«

Mit einer Familie zusammenzuziehen ist ein bisschen wie ins Ausland zu gehen. Es herrschen andere Regeln, und alles sieht ein bisschen anders aus. In Saudi-Arabien stehen Palmen, und man darf keinen Alkohol trinken, in meinem neuen Zuhause darf ich den Kochlöffel nicht im Wasser lassen, weil das Holz kaputtgeht, und in unserem Wohnzimmer stehen jetzt sechs Lampen. Jawohl, sechs.

Einen Augenblick lang hatte ich Angst, Flugzeuge könnten unsere Wohnung mit dem Flughafen verwechseln und unseren Balkon anfliegen. Aber Sonja hat mir erklärt, dass die Lampe auf dem Fernsehtisch bloß ein »Mood-Licht« sei. Wofür man eine Lampe braucht, die einen Raum nicht heller macht, weiß ich nicht. Ich hatte jedenfalls in einer meiner bisherigen Wohnungen noch nie einen Kumpel zu Besuch, der meinte: »Nett hier. Aber dir fehlt noch ein Mood-Licht.«

Aber weil ich die Mood … äh … Stimmung nicht zerstören wollte, sagte ich nur: »Ach soooo.«

Dafür sollten meine Bücher aus Platzgründen eigentlich in den Keller, aber da weigerte ich mich und drohte mit dem Schlimmsten: »Dann packe ich deine Schuhe auch in den Keller.«

Also haben wir Billy-Regale gekauft. Darin stehen meine Bücher nun ordentlich sortiert. Nach Farbe. Bloß blöd, dass ich mir die Umschlagfarben meiner Bücher nicht gemerkt habe. Wenn ich ein Buch lesen möchte, muss ich zuerst mit dem Handy googeln, wie das Cover aussieht. Das ist nicht praktisch, aber hübsch. Und das ist anscheinend wichtiger.

Und noch etwas ist neu: Ich kann nicht mehr aufs Klo gehen wie früher. Sonja hat als erste Amtshandlung in unserer gemeinsamen Wohnung den Schlüssel vom Badezimmer abgezogen und weggeräumt. Eine Sicherheitsmaßnahme, wie mir erklärt wurde. Schließlich könne es sein, dass sich eins der Kinder aus Wut oder aus Versehen im Badezimmer einsperrt und die Tür anschließend nicht mehr aufbekommt. Und dann hat man den Salat.

Das führt dazu, dass ich nun jedes Mal auf meinem Weg zum stillen Örtchen durch den Flur rufe »SODALA, ICH GEH DANN JETZT MAL AUF DIE TOILEEEEEEETTEEEEE« wie ein Marktschreier auf dem Fischmarkt, damit niemand aus Versehen hereinplatzt und mich bei meinem Geschäft überrascht. Das ist besonders blöd, wenn wir Gäste haben.

Dabei hocke ich mich in Habachtstellung über das Porzellan, um im Notfall blitzschnell meine Hose wieder hochziehen zu können. Das sieht ein bisschen aus wie ein Schwimmer auf dem Startblock. Es ist mir ein Rätsel, wie mein Vater früher auf dem Klo seinen Kaffee trinken und die Zeitung lesen konnte. Gemütlich ist das jedenfalls nicht. Aber ich will mich nicht beklagen. Paul hat es auch nicht leicht. Weil er noch zu klein ist, reichen seine

Beine nicht zum Boden. Sie zappeln hilflos in der Luft. Wenn er mit seinem Geschäft fertig ist, muss einer von uns kommen und ihm helfen. Ich habe vorgeschlagen, einmal im Monat den Fuß-Kloboden-Abstand zu messen und neben der Toilette einen Strich auf Höhe seiner baumelnden Füße zu zeichnen. »So kannst du sehen, wie viel du gewachsen bist«, habe ich zu Paul gesagt. Er fand die Idee aber nicht so toll.

Es war schon spät in der Nacht, als wir alle Möbel aufgebaut hatten und die Wohnung zumindest notdürftig eingerichtet war. Als die Kinder in ihren neuen Zimmern eingeschlafen waren, setzten Sonja und ich uns auf den Balkon und hoben unsere Gin-Tonic-Gläser auf unsere gemeinsame Zukunft. Aus der Ferne schwappte die Musik vom Coldplay-Konzert im Olympiapark zu uns herüber.

»Und, wie fühlst du dich?«, fragte Sonja, nachdem wir eine Weile einfach nur den Moment genossen hatten.

»Gut. Warum sollte es mir anders gehen?«

»Ich weiß nicht.« Sonja sah mich besorgt an. »Vielleicht weil du langsam realisierst, worauf du dich eingelassen hast, und es schon bereust?«

»Nein, überhaupt nicht.« Ich schüttelte heftig den Kopf. »Ich freu mich, nicht mehr nur das Wochenende mit dir zu haben, sondern auch den Alltag gemeinsam mit euch zu erleben.«

Kleine Wassertropfen bildeten sich in Sonjas Augen. Leise hauchte sie: »Ich liebe dich.«

»Eigentlich ...« – Sonja blickte mich kurz irritiert an –

»... fehlt jetzt nur noch eines zu meinem perfekten Glück.«

»Und was ist das?« Sonja wischte sich mit dem Handrücken über die nassen Augen.

»Genau genommen sind es zwei Sachen: ein gemeinsamer Sohn und eine gemeinsame Tochter.«

»Zwei?« Sonja fuhr erschrocken hoch. »Hast du nicht mal gesagt, du willst nur ein Kind?«

»Mindestens«, stellte ich richtig. »Zwei wären natürlich besser.«

Sonja verzog die Mundwinkel. »Das Schreien Tag und Nacht, das Nicht-mehr-schlafen-Können, das ewige Windelnwechseln ... ich dachte eigentlich, ich hätte das hinter mir. Ich hab doch schon zwei Kinder.«

»Ich weiß. Und die beiden Jungs sind toll. Aber ich hätte gern auch noch ein Kind, in dem ich Züge von mir wiedererkenne und das mein Erbgut trägt.« Ich machte eine kurze Pause. »Klingt das blöd?«

»Gar nicht.« Sonja strich mir zärtlich über die Wange.

»Lass uns doch erst mal schauen, wie du mit deiner neuen Vaterrolle zurechtkommst, und dann sehen wir weiter. In Ordnung, Schatz?« Auf ihren Lippen spiegelte sich ein Grinsen, das ich zu diesem Zeitpunkt nicht deuten konnte.

»In Ordnung«, sagte ich, zufrieden mit der Vereinbarung, und küsste sie.

Warum sollte ich mit der Rolle bitte schön nicht zurechtkommen? Pff.

KAPITEL 4

Die wunderbare Wirkung von Chloroform

Jemand muss das Jugendamt anrufen. Sonja betäubt die Kinder mit Chloroform. Sie steht um halb sieben Uhr in der Früh auf, duscht sich, und wenn sie im Morgenmantel wieder aus dem Badezimmer herauskommt, hat sie ein von Chloroform triefendes Wattepad in der Hand und schleicht damit ins Kinderzimmer, um es den Jungs auf die Nase zu drücken. Dann zieht sie die beiden bewusstlosen Kinder an und trägt sie in das Auto. Vor dem Haupttor der Schule schüttet sie Dante und Paul ein Glas Wasser ins Gesicht, damit sie wieder zu sich kommen und in ihre Klassenzimmer gehen können.

So stelle ich mir das jedenfalls vor. Anders kann ich mir beim besten Willen nicht erklären, wie Sonja die Kinder am nächsten Tag für die Schule fertig gemacht hat, ohne dass ich dabei aufgewacht bin. Ich hatte ihnen am Vorabend bloß ein paar Brote geschmiert, und von dem Tumult ist sogar unsere achtzigjährige Nachbarin wach geworden. Mit dem kleinen Arthritis-Fäustchen hat sie feste gegen die Wand geklopft, bis wir ruhig waren.

Als freier Journalist bin ich mein eigener Boss. Ich arbeite einmal in der Woche in der Online-Redaktion eines Jugendmagazins, und an den übrigen Tagen schreibe ich von zu Hause für andere Medien. Zum Glück bin ich ein sehr entspannter Boss, deswegen stehe ich meist erst um halb zwölf auf. Daher bin ich noch in Boxershorts und putze mir gerade erst vor dem Badezimmerspiegel die Zähne, als die Wohnungstür aufgeht und Sonja mit den beiden Kindern von der Schule zurückkommt.

»Huhu, wir sind wieder da.«

Ich spucke die Zahnpasta ins Waschbecken. »Na, wie war der erste Schultag in München?«

Dante: »Gut.«

Paul: »Gut.«

Na ja, man kann ihnen jedenfalls nicht vorwerfen, sie würden nicht zum Punkt kommen. Woher haben sie das bloß?

Sonja: »Und wie war's bei dir, Schatz?«

Ich: »Gut.«

Sonja: »Ich hab überlegt, dass wir zur Feier des ersten Schultages ins Kino gehen und *Cars 3* angucken. Hast du Lust?«

Ich: »Klar. Ich wollte mich heute eigentlich um meine Steuererklärung kümmern, aber bis heute Abend bin ich locker fertig. Wann fängt der Film denn an?«

Sonja: »In einer knappen Stunde.«

Ich gucke auf die Digitalanzeige vom Duschradio. Es ist zwölf Uhr. Ich wusste gar nicht, dass Kinos um diese

Uhrzeit schon Filme zeigen. Ich dachte, die hätten nur am Abend geöffnet, so wie man in Nachtclubs nur in der Nacht und in Kirchen nur zu Weihnachten gehen kann.

Als ich im Internet die Tickets bestelle und die Kosten inklusive Snacks zusammenrechne, setzen sich zwei kleine Herrschaften auf meine Schultern. Auf der linken Seite sitzt ein Engel mit weißen Flügeln und einem strahlenden Heiligenschein. Gegenüber hockt ein geiziger Opa mit einem grünen Filzhut und einem Rollator.

»Fünfzig Euro, um mit der Familie einen Film zu gucken? Die haben wohl den Arsch offen«, schimpft der alte Mann. »Du nimmst deine eigenen Süßigkeiten von zu Hause mit.«

»Aber das ist verboten«, mahnt das Englein.

»Mumpitz. Das merken die im Kino doch gar nicht.«

»Aber du weißt es. Und die Kinder auch. Wie willst du ihnen so Moral und Anstand vermitteln? Du hast jetzt eine Vorbildfunktion.«

Dann knallt der Greis dem Engel seinen Rollator gegen das Schienbein, und wir stopfen Pauls Taschen mit Gummibärchen, M&M's, zwei kleinen Flaschen Apfelschorle und einer Tupperdose mit Gurkenscheibchen aus. Wenn man ihn auf den Kopf stellen würde, regnete es Naschereien wie aus einer Piñata.

So machen wir uns auf ins Kino. Eigentlich verlasse ich nicht gern die Wohnung. Sonja sagt immer, ich wäre sogar im Gefängnis ein Stubenhocker und würde auf den Hofgang verzichten. Und da hat sie recht. Nicht einmal die arme Hannelore Kohl hat so viel Zeit in der Wohnung verbracht wie ich. Ich fühle mich halt nicht wohl in der Gegenwart fremder Menschen. Ich frage mich dann immer, was die wohl über mich denken. Daran sind meine Eltern schuld, wer sonst.

Als ich zehn Jahre alt war und den Wechsel aufs Gymnasium geschafft hatte, bekamen alle anderen Kinder in unserer Straße zur Belohnung ein Fahrrad. Ich bekam eine Zahnspange. Meine Eltern fanden, ich würde von normierten Schneidezähnen langfristig mehr profitieren als von einem Mountainbike. Doch weil meine Zähne aussahen wie Zaunlatten nach einem Tornado, musste ich eine von diesen fiesen Apparaturen tragen, die ums ganze Gesicht reichen und am Hinterkopf mit einem Bügel zusammengehalten werden. Die Kieferorthopäden nennen das einen »Gaumenbügel«. Meine Mitschüler nannten es eine »Drahtfresse«. Manchmal auch »Schneekettenvisage«, »Kussbremse«, »Metallschaden« oder »Bahngleisopfer«. Drei Jahre war ich darin eingesperrt. Und als ich endlich freikam, schlug die Pubertät zu. Mein Gesicht sah aus wie die Harry-Potter-Ausgabe in Blindenschrift. Das ist zwanzig Jahre her. Der Zahnzaun wurde inzwischen abmontiert, und meine Haut hat sich auch beruhigt, aber ich spüre immer noch die Blicke auf mir, wenn ich das Haus verlasse. Als wäre mein Leben eine Talent-Show, und die Menschen würden über jede meiner Handlungen richten wie Dieter Bohlen bei einem Casting-Teilnehmer. Im Restaurant zum Beispiel:

»Du, hör mal. Wenn mein Hund so essen würde wie du hier deine Spaghetti Carbonara, würde ich ihn einschläfern.« Auf der Straße: »So kacke wie du läuft nicht mal ne Giraffe nach drei Stunden Analsex.«

Als ich noch ein Single war, habe ich manchmal sogar Tamponpackungen auf das Fließband gelegt, damit die Mädels in der Supermarktschlange dachten: Dieser Mann hat offensichtlich eine Freundin. Er ist bestimmt nett und charmant und obendrein auch noch fürsorglich.

Nach zwei Jahren als Junggeselle hatte ich genug o. b. in meinem Badezimmerschränkchen, um damit den Eurotunnel zu stopfen.

Mein Problem, mich vor aller Augen zu bewegen, ist ein bisschen wie mit der Atmung – wenn man einmal anfängt, darüber nachzudenken, dass man nicht damit aufhören darf, weil man sonst ersticken könnte. Kaum hat man den Gedanken, atmet man ganz bewusst und verkrampft total. Genauso fühle ich mich in der Öffentlichkeit. Also bleibe ich lieber zu Hause. Das Kino ist die einzige Ausnahme. Vorausgesetzt, ich darf in der ersten Reihe sitzen, weil ich da meistens allein bin. Warum, weiß ich auch nicht.

»Erste Reihe kommt nicht in Frage, da bekomme ich Nackenschmerzen«, sagt Sonja, als wir die Karten abgeholt haben. »Das halte ich nicht aus.«

In dem Moment frage ich mich, wie schmerzhaft Wehen wirklich sein können. Aber Dante und Paul wollten auch nicht in die vorderste Reihe, weil sie dann ständig den Kopf von links nach rechts bewegen müssten, um die komplette Leinwand zu sehen, als würden sie bei einem Tennismatch zugucken. Und die drei waren nicht bereit, ein Schleudertrauma und einen steifen Hals in Kauf zu nehmen, bloß weil ich das Selbstwertgefühl von Fußpilz habe. Also habe ich die Karten notgedrungen gegen vier Plätze in der Mitte umgetauscht. Anschließend mussten wir dem Ticketabreißer unsere Karten zeigen. Meine Hände zitterten. Ich bin zweiunddreißig Jahre alt. Männer in meinem Alter kämpfen im Irak und in Syrien. Und mir bricht der Schweiß aus, weil ich Angst habe, ein pickliger Student bei der Kartenkontrolle könnte mitbekommen, dass ich meinen Stiefsohn mit Süßigkeiten ausgestopft habe wie meine Tante Ursula ihren Zwergspitz Wulfi. Zum Glück hat er unser Verbrechen nicht bemerkt. Vielleicht war es ihm auch einfach lurz. Ich sank jedenfalls ziemlich erleichtert in meinen Kinosessel.

Mitte-Mitte ist für einen Menschen wie mich eigentlich der schlimmste Platz, den er erwischen kann, weil man umgeben ist von Menschen. Sie sind neben einem, vor einem und hinter einem. Dolby-Surround-Beobachtung sozusagen. Wie ich merke, macht mir das jedoch in einer Kindervorstellung gar nichts. Je länger ich auf meinem gepolsterten Präsentiertellerplatz sitze, desto bewusster wird mir, dass Kinder und ihre Entourage mich nicht einschüchtern. Es ist mir nämlich egal, was jemand über meinen Look denkt, dem Popel auf einem Einhornpullover kleben oder Kinderkotze auf der Krawatte. Ein weiterer Vorteil ist, dass ich mein Popcorn nicht so langsam kauen muss, bis es sich in meinem Mund zu einem Brei aufgelöst hat, um die anderen Zuschauer nicht mit meinen Knirschgeräuschen zu stören. In einem Kino voller Kinder wird geschrien, geschlagen, gelacht und gepupst.

Ich liebe es.

KAPITEL 5

Der Putz-Hulk im Badezimmer

Vor meiner Wohnungstür steht ein Riese. Er trägt ein grünes Polohemd, unter dem sich gewaltige Muskeln wölben. Sogar seine Haare scheinen vor Angst erstarrt zu sein. Schwarze Stoppelbürsten stehen von seinem kantigen Kopf ab. Sein linker Unterarm ist komplett tätowiert. Die Zeugen Jehovas sehen auch nicht mehr aus wie früher, denke ich.

»Sie haben eine Putzkraft bestellt?«, fragt der Muskelberg mit rauchiger Stimme.

»Äääähhh, das war meine Freundin. Aber ...«

»Da bin ich«, unterbricht er mich.

Einen Moment blicke ich ihn einfach nur an, weil ich nicht weiß, was ich sagen soll. Dieser Kerl sieht aus, als nähme er später noch an einem illegalen MMA-Kampf im Käfig teil, nachdem er meinen Backofen geputzt hat.

»Einen Moment bitte«, sage ich und schlage die Wohnungstür schnell wieder zu. Ich muss Sonja im Büro anrufen.

Ein paar Tage zuvor hatten wir unseren ersten Streit. Dabei ging es um die Ordnung in der Wohnung. In meiner alten Junggesellenbude habe ich alle zwei Monate mal Staub gesaugt. Ich finde, das reicht. Sonja nicht.

»Du bist aber kein Single mehr, sondern wohnst jetzt mit drei weiteren Personen zusammen, und wir möchten nicht leben wie Familie Hempel«, schimpfte Sonja, als ich mich weigerte, ihr beim Fensterputzen zu helfen.

»Trotzdem muss es bei uns aber nicht so steril sein wie in einem OP-Saal«, schimpfte ich zurück.

Dann sagte Sonja: »Psssst. Die Kinder kriegen Angst, wenn sie uns streiten hören.«

Ich habe einen Freund, der war eine Zeitlang mit einer Griechin zusammen. Die schmiss immer Geschirr gegen die Wand, um Dampf abzulassen. Die beiden hatten keine Kinder. Bei uns ginge das nicht, weil so ein zerschellender Teller viel zu laut ist. Wenn wir uns richtig fetzen, dann fliegt Toastbrot durchs Zimmer. Das macht keinen Lärm.

Eine halbe Packung »Golden Toast – Butter Toast« später einigten wir uns darauf, einmal in der Woche eine Putzfrau kommen zu lassen. Ein fairer Kompromiss. Dachte ich jedenfalls. Aber …

»Du hast die falsche Putzfrau bestellt«, flüstere ich in mein Handy.

»Ich verstehe kein Wort. Sprich lauter«, sagt Sonja.

»Geht nicht«, sage ich.

»Wieso nicht?«

»Weil ich nicht allein bin.«

»Wieso? Wer ist denn bei dir?«

»Die Putzfrau steht vor der Tür.«

»Super. Dann lass sie doch rein.«

»Nee, gar nicht super.«

»Wieso?«

»Die Putzfrau ist nämlich eher ein Putz-Bodybuilder!«

»Hä?«

»Die Reinigungsfirma hat uns einen Mann zum Putzen geschickt.«

»Und wo ist das Problem?«

»Na ja, also ...« Ich überlege einen Moment, wie ich am besten formuliere, dass mir eigentlich ein französisches Stubenmädchen mit einer niedlichen Haube auf dem Kopf vorgeschwebt hatte, als ich zustimmte, eine Putzhilfe zu engagieren, ohne dabei wie ein Chauvinist zu wirken.

Dann sage ich: »Also ... mir hatte eigentlich ein französisches Stubenmädchen mit einer niedlichen Haube auf dem Kopf vorgeschwebt, als ich zustimmte, eine Putzhilfe zu engagieren.«

Leider konnte ich mich noch nie besonders geschickt ausdrücken.

»Du bist so ein Chauvinist.«

»Überhaupt nicht«, protestiere ich.

»Du denkst doch nicht wirklich, putzen wäre Frauensache, oder?«

»Natürlich nicht.«

Tatsächlich wäre es für mich auch total in Ordnung, wenn ein kleiner Junge oder ein gebrechlicher Rentner meinen Fußboden wischen würde. Ich fühle mich bloß nicht wohl dabei, jemandem zu befehlen, meine Toilette zu schrubben, der mich ungespitzt in den Keller rammen könnte, ohne dabei die WC-Ente aus der Hand legen zu müssen.

»Entschuldigung, ich hatte leider keinen Einfluss darauf, wen uns das Unternehmen schickt. Beim nächsten Mal werde ich selbstverständlich um ein zierliches Frauchen bitten, damit der Herr sich wohl fühlt, während andere hinter ihm herputzen. In Ordnung?«, flötet Sonja mit lieblicher Stimme.

»Danke.«

Sonja wird wieder ernst: »Entweder lässt du den armen Mann auf der Stelle rein, oder du kümmerst dich heute um die Hausarbeit.«

»Aber ...« Weiter komme ich nicht, weil Sonja aufgelegt hat. Widerwillig stecke ich das Handy in meine Hosentasche zurück und öffne die Tür.

Der tätowierte Muskelberg schiebt mich beiseite und betritt die Wohnung. In der Mitte des Flurs bleibt er stehen.

»Wo soll ich putzen?«

Der Mann kommt sofort zum Punkt. Offenbar kein Freund von Smalltalk. Hoffentlich tötet er mich wenigstens genauso kurz und schmerzlos.

»Also, wenn es okay für Sie wäre, dann ... vielleicht mal durch die Wohnung saugen?«, schlage ich vorsichtig vor. Ich will den Putz-Hulk auf keinen Fall wütend machen und ihm Aufgaben geben, zu denen er keine Lust hat.

»Aha«, macht der Putz-Hulk.

»Ja, und also ... wenn Sie Lust hätten, gäbe es im Badezimmer auch noch Arbeit.«

Instinktiv mache ich mich schon bereit, mich vor ihm auf den Boden zu werfen. So wie man es im Falle eines Bärenangriffs tun soll. Aber der Putz-Hulk macht bloß wieder »Aha«.

»Und der Backofen müsste auch mal wieder gereinigt werden.«

»Aha.«

»Und vielleicht einmal über die Fenster wischen?«

»Aha.«

»Ja, also das wären so die wichtigsten Dinge. Sie können ja mal gucken, wie weit Sie in der Zeit kommen. Aber bitte ... keine Eile.«

Der Putz-Hulk blickt sich um. Anscheinend sucht er etwas. Einen Kleiderschrank, in den er mich stopfen kann? Überwachungskameras? Einen Topf mit Anabolika?

»Putzmittel?«, grunzt er.

»Die stehen hier.«

Ich öffne das Schränkchen in der Küche unter dem Herd.

Prüfend betrachtet er die einzelnen Flaschen. Ich habe

in meinem Leben noch nie so viel Angst gehabt, keinen Essigreiniger im Haus zu haben, wie in diesem Moment.

»Okay«, sagt er schließlich und zieht sich ein paar gelbe Gummihandschuhe über seine Pranken. Er schnappt sich ein paar der Fläschchen und einen Eimer und verschwindet damit ins Badezimmer.

Ich atme auf.

Dann setze ich mich ins Wohnzimmer an den Esstisch und klappe meinen Laptop auf, um ein bisschen zu arbeiten. Ich soll für eine Teenie-Zeitschrift Leserfragen beantworten, die die Redaktion unter den Einsendungen ausgewählt und mir zugeschickt hat. Bei den meisten Fragen möchte man am liebsten ein Telefonbuch nehmen und der Person feste auf den Kopf hauen, in der Hoffnung, die Zahnräder damit wieder in Gang zu setzen. Dementsprechend hoch sind meine Erwartungen, als ich das Dokument im Anhang öffne und beginne, die erste Frage zu lesen.

Liebe Redaktion,
ich bin vierzehn Jahre alt und habe seit kurzem meine erste Freundin. Ich bin noch Jungfrau, und ich habe gehört, dass das erste Mal bei Frauen sehr schmerzhaft ist. Tut es bei Männern genauso weh?

Falko aus K.

Wusst ich's doch. Ich schüttle einmal den Kopf und knacke mit den Fingern. Dann tippe ich:

Lieber Falko,
das kommt darauf an. Trägt deine kleine Freundin gern schwarze Latexkleidung und hat dir den Kosenamen »Sklave« verpasst? Dann könnten dich eventuell tatsächlich ein paar Schmerzen erwarten. Ansonsten kannst du unbesorgt sein, der erste Sex tut einem Mann nicht weh.

Fertig. Was kommt als Nächstes? Ich scrolle weiter zur zweiten Frage:

Liebe Redaktion,
wem gehört die mittlere Armlehne im Flugzeug?
Lorelei aus K.

…

»Es ist jetzt kurz nach halb drei. Ich kann entweder noch staubsaugen oder die Fenster machen. Mehr schaffe ich nicht mehr bis drei.«

Der Putz-Hulk steht auf einmal im Zimmer und schubst mich aus meinen Gedanken.

Es ist schon halb drei? Erschrocken blicke ich auf die Uhr an der Wand. Tatsächlich. Ich hab beim Arbeiten total die Zeit vergessen. Vor fünf Minuten hätte ich Paul von der Nachmittagsbetreuung abholen sollen. Mist. Ich klappe meinen Laptop zu und stolpere aus der Wohnung.

»Ich muss weg«, rufe ich über die Schulter in Richtung des Putz-Bodybuilders. »Ach so – Staubsaugen wäre super.«

Dann sperre ich die Wohnungstür zu und drücke hektisch auf den Aufzugknopf. Komm schon, du blödes Ding.

Auf dem Weg nach unten schießt mir kurz die Frage durch den Kopf, ob es schlau ist, einen Fremden allein in unserer Wohnung zu lassen. Andererseits: Wenn er uns ausrauben wollen würde, könnte ich ihn sowieso nicht daran hindern.

Die Nachmittagsbetreuung von Paul ist im Keller des Schulgebäudes, ungefähr einen Kilometer von unserer Wohnung entfernt. Als ich mit Lungenrasseln vor dem Zimmer der »Kellerkinder« ankomme, sind schon alle Kinder gegangen. Bloß Paul sitzt hinten im Eck einsam an einem runden Tisch und brütet über einem Puzzle.

Vorn an einem Pult sitzt eine ältere Dame mit einer Lesebrille auf der spitzen Nase, die an einer Kette um ihren Hals hängt. Als sie mich bemerkt, legt sie die Zeitung beiseite.

»Paul, ich glaub, du wirst endlich abgeholt.«

Paul guckt zu mir hoch.

»Hallo. Darf ich das Puzzle noch fertig machen?«

Etwas unsicher blicke ich zur Lehrerin.

»Tja, das müssen Sie ihm jetzt schon erlauben, wenn Sie zu spät kommen«, sagt die Erzieherin streng.

»Wäre das denn in Ordnung?«

»Sicher. Ich würde Sie nur bitten, das Licht auszuschalten, wenn Sie gehen, und die Tür hinter sich zuzuziehen.«

»Machen wir«, sagt Paul.

»Meinetwegen«, seufze ich und zwänge mich neben ihn auf einen dieser kleinen Kinderstühle. Ich fühle mich wie Gulliver im Land der Zwerge. Oder wie einer der »The Biggest Loser«-Teilnehmer auf einem Stuhl bei Markus Lanz.

Als wir zweihundert Puzzleteile später aus dem Keller steigen und die Schule verlassen, vibriert mein Handy unablässig. Auf meinem Display erscheint die Nachricht, dass ich fünf Anrufe in Abwesenheit und eine Mailbox-Nachricht habe. So viele Nachrichten bekomme ich sonst bloß zu Silvester. Ich höre meine Mailbox ab:

»Guten Tag, Herr Reich, wir haben von einer unserer Reinigungskräfte die Nachricht erhalten, dass sie in Ihrer Wohnung eingesperrt ist. Rufen Sie mich bitte so bald wie möglich zurück.«

Ich Idiot. Ich hab die Tür zugeschlossen, als ich gegangen bin. Für einen Moment bleibt mein Herz stehen. Bilder eines wütenden Putz-Hulks, der in unserer Wohnung tobt, schießen durch meinen Kopf. Ich packe Paul an der Hand und renne, so schnell ich kann, zurück zur Wohnung – was mit einem achtjährigen Kind an der Hand und einem Scout-Schulranzen auf dem Rücken leider nicht besonders schnell ist. Mein Puls rast trotzdem, als ob ich den Mount Everest hochgesprintet wäre. Ich stelle mich schon darauf ein, im nächsten Moment quer durch die verwüstete Wohnung geworfen zu werden.

Doch als wir zu Hause ankommen, ist der Putz-Hulk weg. Dafür liegt die schmale Eingangstür zu unserer Wohnung zertrümmert auf dem Boden des Treppenhauses. Der Putz-Hulk muss sie aufgebrochen haben, um sich seinen Weg in die Freiheit zu bahnen. Die alte Nachbarin aus der Wohnung neben uns steckt den Kopf mit dem Ü-60-typischen Lila-Stich im weißen Haar vorsichtig aus ihrer Tür.

»Ist alles in Ordnung?«, fragt sie. »Ich habe vorhin so einen entsetzlichen Krach gehört …«

»Alles in Ordnung, Frau Hobmaier«, sage ich, während ich die zersplitterte Tür zurück in unsere Wohnung hieve. »Gehen Sie ruhig wieder rein. Hier gibt es nichts zu sehen.«

Den Rest des Tages werde ich wohl damit beschäftigt sein, eine neue Tür zu kaufen und einen Handwerker zu finden, der sie uns einsetzt. Trotzdem bin ich froh, dass wir den Putz-Hulk nicht getroffen haben. Meine Krankenhauskosten wären sicher höher ausgefallen.

Als Sonja nach Hause kommt und ich ihr alles erzähle, sagt sie gar nichts. Sie geht in die Abstellkammer, holt ein Blatt Papier und schreibt einen Putzplan darauf. Jetzt muss ich jeden Donnerstag staubsaugen und die Einkäufe erledigen. Dafür putzt Sonja das Badezimmer und macht die Wäsche.

KAPITEL 6

Waschmittel zur Begrüßung

Furchtbarer Lärm reißt mich am Morgen aus meinem Schlaf. Ich höre schrille Schreie und dumpfe Tritte. Ganz klar: Der Dritte Weltkrieg ist ausgebrochen. Oder ist es ein Erdbeben? Ich stecke vorsichtig den Kopf aus der Schlafzimmertür und erfahre, dass es noch viel schlimmer ist: Die Klasse 3 b hat heute Schwimmunterricht.

»Und wo ist das Problem?«, frage ich und reibe mir mit dem Handrücken Schlaf aus den Augen.

»Paul kann nicht tauchen«, stöhnt Sonja.

»Lass mich mal, ich weiß, wie man Kinder beruhigt.«

»So? Na, jetzt bin ich aber gespannt.«

Ich beuge mich zu dem motzenden Kind hinunter und puste ihm ins Gesicht. Neulich in der U-Bahn habe ich gesehen, wie eine Mutter das bei ihrem Baby gemacht hat. Und für einen Augenblick hört Paul tatsächlich auf zu quengeln und guckt mich verdutzt an. Dann plärrt er von neuem los. Komisch. Bei dem Baby hat es funktioniert. Na ja.

»Einen Versuch war's wert«, sage ich und zwänge mich

an Sonja vorbei zurück ins Schlafzimmer, um weiterzuschlafen.

»Schatz«, ruft Sonja mir hinterher. »Denkst du bitte daran, dass meine Eltern heute kommen? Falls du an einem Artikel schreiben musst, solltest du das vorher erledigen.«

Mist, die hatte ich ganz vergessen. Mühsam rapple ich mich wieder aus dem Bett hoch.

Sonjas Eltern fliegen morgen für zwei Monate nach Korea. Damit meinen sie natürlich Südkorea, aber Südkoreaner nennen ihr Land bloß »Korea«. Das ist ein bisschen irritierend, und ich frage mich, ob die Nordkoreaner auf der anderen Seite der Grenze das genauso machen. Weil die Lufthansa-Maschine unterwegs sowieso einen Stopp in München einlegt, haben die beiden beschlossen, die Gelegenheit für einen Kurzbesuch bei ihrer Tochter in ihrer neuen Heimat zu nutzen, bevor es am nächsten Tag weitergeht.

Obwohl beide Elternteile Sonjas Koreaner sind, ist meine Freundin so asiatisch wie die Milka-Kuh im Dirndl. Mal abgesehen von ihrem Aussehen erinnert nicht viel an ihre exotischen Wurzeln. Sie spricht mit norddeutschem Akzent, und als wir letztes Jahr in Hongkong Urlaub machten, hat sie nach einer Woche gestöhnt: »Ich brauch ne Pizza. Ich kann keinen Reis mehr sehen!«

Das finde ich ein bisschen schade. Es wäre aufregend gewesen, in eine fremde Kultur hineinzuwachsen. Ich würde in einer Parallelwelt leben. Im Büro würde man mich montags fragen: »Und, wie war dein Wochenende?«

Und ich würde gelangweilt sagen: »Och, na ja, wir haben Seollal gefeiert. Du weißt ja, wie das ist, wenn die Koreaner Neujahr feiern. Wir haben unsere traditionellen Hanboks angezogen und Mandu-guk gegessen, diese Dumpling-Suppe. Nichts Besonderes, ganz gemütlich.«

Damit wirkt man auf jeden Fall interessanter, als wenn man sagt: »Wir waren im Schwarzwald wandern.«

Leider scheint sich Sonja das Gleiche von der bayerischen Kultur versprochen zu haben. Ich habe noch nie so viele Weißwürste gegessen wie in den ersten zwei Wochen, seit wir zusammengezogen sind.

Als ich ihren Eltern die Wohnungstür aufmache, begrüße ich sie mit einem freundlichen »*Annyeonghaseyo*«. Das heißt hallo. Sonst kann ich bloß noch auf Koreanisch sagen: »Für trockenes und strapaziertes Haar«, weil bei uns noch eine Shampooflasche aus Korea im Badezimmer steht und ich in der Badewanne gern lese. Zur Not halt auch die Rückseiten der Badetuben.

»Kommt rein.« Ich nehme den beiden ihr Gepäck ab und stelle es in den Flur neben den Garderobenständer. »Hattet ihr eine gute Reise?«

Sonjas Eltern heißen Chanyeol und Eun-Young. Und ich kann mir beim besten Willen nicht merken, welcher Name zu wem gehört. Deswegen spreche ich immer beide zusammen an.

Dante und Paul kommen angerannt und umarmen ihre Großeltern. Dafür bekommt jeder von ihnen zwanzig Euro vom Opa. Ich bekomme auch etwas: Waschmittel. Gleich zwei XXL-Kanister Ariel drückt mir Sonjas Vater in die Hand.

»Super … Waschmittel«, sage ich. »Da … freu ich mich aber.«

»Hallo Mama und Papa.« Sonja ist hinter mir aufgetaucht und fällt ihren Eltern um den Hals.

»Sieh nur, wir haben Waschmittel bekommen«, sage ich und hebe die beiden Ariel-Kartons in die Höhe.

Sonja freut sich. Dabei haben wir doch noch Waschmittel zu Hause.

»In Korea schenkt man zum Einzug kein Brot und Salz, sondern Waschmittel«, erklärt sie mir, als sie meine Verwunderung bemerkt. »So wie das Waschmittel im Wasser aufschäumt, soll sich auch unser Glück vermehren.«

»Ach soo, haha«, sage ich, und dann lachen wir alle.

Ich nehme meinen Schwiegereltern die Jacken ab und bringe die beiden Kanister in das Badezimmer, wo unsere Waschmaschine steht, während Sonja den beiden die Wohnung zeigt.

Die Gruppe ist gerade im Klo angekommen, als ich

mich im Wohnzimmer auf das Sofa gesetzt habe, um die *Sportschau* einzuschalten. Heute spielt Bayern gegen Borussia Dortmund. Für mich als Dortmund-Fan das Spiel des Jahres.

»Und das hier ist das Klo«, höre ich Sonjas Stimme über den Flur.

»Oh, warum ist denn hier so viel Schmutz?«, fragt ihr Vater.

»Den bläst es leider immer rein, wenn es draußen windig ist«, seufzt Sonja.

»Lass mal sehen«, sagt Herr Park.

Für einen Moment ist es still in der Wohnung. Bloß das Lachen der Kinder aus dem Kinderzimmer ist zu hören.

Dann wieder Herr Park: »Die Lüftung ist nicht angeschlossen. So bringt das ja überhaupt nichts und weht euch bloß den Dreck von der Straße rein.«

Mist. Ich habe Sonjas Eltern erst einmal getroffen, trotzdem kenne ich ihren Vater gut genug, um zu wissen, was gleich passieren wird …

»Max, komm doch mal. Wir dichten die Lüftungsschlitze ab. Das ist im Nu gemacht.«

Wusst ich's doch. Sonjas Vater ist einer von diesen fleißigen Menschen, die immer sofort anpacken, wenn es etwas zu tun gibt. Also das genaue Gegenteil von mir.

Ich schalte den Fernseher seufzend wieder aus. »Ich komme.«

Während Herr Park und ich die Lüftung im Badezimmer mit Isolierband zukleben, machen die beiden Damen in der Küche Abendessen. Es gibt Kimchi und Sommerrollen, und beides ist sauscharf.

Ich finde es längst nicht mehr erstaunlich, dass die Kamikazetaktik aus Asien kommt, wenn man bedenkt, dass sich Asiaten gefühlt schon bei jedem Frühstück in den Tod stürzen.

Nach dem Abendessen spielen wir Hwatu, ein koreanisches Kartenspiel, das für Europäer nicht zu kapieren ist. Die achtundvierzig Karten haben keine Zahlen, sondern Bilder, und jedes davon sieht aus, als hätte man einem Kindergartenkind erst eine Flasche Apfelkorn und anschließend einen Malstift in die Hand gedrückt. Jedenfalls erkenne ich nichts darauf, und die meisten Motive sehen für mich ziemlich ähnlich aus. Jeder Spieler erhält fünf Karten auf die Hand, acht Karten werden offen in die Tischmitte gelegt. Die Karten geben entweder null, fünf, zehn oder zwanzig Punkte.

Ziel des Spiels ist es, sich durch das Ausspielen der richtigen Handkarte die Karten auf dem Tisch mit den meisten Punkten zu sichern.

Und wenn man von einem Motiv vier Karten hat, dann hat man einen »Schuh« – oder so ähnlich. Keine Ahnung. Ich werfe einfach irgendwelche Karten in die Mitte und hoffe das Beste. Manchmal sagen Sonja und ihre Eltern: »Nein, das geht nicht.«

Und manchmal, wenn ich offenbar eine gute Karte

gespielt habe, rufen sie ganz beeindruckt: »Ooooh! Ja, sieh mal einer an. Was macht er denn da?«

Ganz ehrlich? Er hat wirklich keinen Schimmer, was er da macht. Das ändert sich auch nicht im Laufe des Abends. Gegen Mitternacht liege ich weit abgeschlagen auf dem letzten Platz.

Als ich am nächsten Morgen schläfrig in das Wohnzimmer stolpere, sitzen dort bereits Herr und Frau Park auf dem Sofa und gucken auf dem Laptop einen Gottesdienst.

Wie die meisten Koreaner sind Sonjas Eltern sehr katholisch, und in Seoul gibt es eine Kirche, die jede Woche eine halbe Million Menschen mit Bussen aus der ganzen Region herankarrt für ebenjenen Gottesdienst, den meine Schwiegereltern nun im Internet verfolgen.

Ich stelle mir vor, wie das SEK jeden Augenblick unsere Wohnung stürmt und mich in eine Zelle mit einem kahlköpfigen Massenmörder steckt.

»Und warum haben die Schweine dich eingebuchtet?«, würde er mich bestimmt fragen.

Und ich müsste antworten: »Ich hab illegal einen Gottesdienst gestreamt.«

Da kann ich im Gefängnis auch direkt auf allen vieren durch den Duschraum krabbeln.

Trotzdem freue ich mich über ihren Besuch, und als schließlich die Zeit zum Abschiednehmen gekommen ist, versprechen Sonja und ich, sie bald einmal mit den Kindern zu besuchen.

Und bis dahin hat mir Sonja hoffentlich Hwatu beigebracht.

KAPITEL 7

Die Warzen-Fee

Mein iPhone vibriert scheppernd auf dem Gepäckträger von Dantes Kinderfahrrad und kündigt eine WhatsApp-Nachricht Sonjas an:

Schatz, magst du bitte mal kurz hochkommen?

Ausgerechnet jetzt. Ich hatte mich gerade hingesetzt und angefangen, eine weitere Leserfrage für das Teenie-Magazin zu beantworten. Ein Mädchen will wissen, wie es am besten mit seinem Freund Schluss machen soll.

Seufzend klappe ich meinen Laptop zu und stelle den Gartenstuhl zurück in die Ecke neben das Kanu und die große Ikea-Lampe, für die oben in der Wohnung kein Platz mehr war. Seit dem Zusammenzug meiner neuen Familie arbeite ich im Keller, wenn ich nicht in der Redaktion bin und die anderen zu Hause sind. In dem kleinen Holzverschlag habe ich mir zwischen lauter Gerümpel ein notdürftiges Büro eingerichtet, wo mir ein Umzugskarton voller überflüssiger Töpfe als Schreibtisch dient und ein alter Reisekoffer als Aktenschrank.

Das ist nicht unbedingt gemütlich, aber immerhin ist es hier ruhig.

Und ich darf beim Arbeiten Cola trinken – meine Ersatzdroge, seit ich vor ein paar Jahren aufgehört habe zu rauchen. Ohne Koffein kann ich keinen klaren Gedanken fassen, geschweige denn schreiben. Oben in der Wohnung ist Cola verboten. Sobald ich eine Flasche öffne und es zischt, kommt Paul angerannt und möchte auch ein Glas, darf aber keins, weil das ungesund ist. Blöderweise hat das Gesundheitsbewusstsein in unserer Gesellschaft zwar mittlerweile sogar den Tätowierladen bei uns ums Eck erreicht, wo man jetzt Goji-Beeren-Riegel angeboten bekommt, während man sich *Fuck Life* auf den Bizeps stechen lässt – doch noch nicht die dritte Klasse der Grundschule.

Deswegen fragt Paul: »Warum darf ich nicht?«

»Weil es ungesund ist.«

»Ich geb dir drei Euro.«

»Nein.«

»Fünf Euro.«

»Nein.«

»Warum nicht?«

»Weil es ungesund ist.«

»Bitte.«

»Nein.«

»Warum nicht?«

»Weil es ungesund ist.«

»Und warum darfst du?«

»Weil ich älter bin.«

»Und wenn ich älter bin?«

»Dann darfst du.«

»Und jetzt?«

»Nein.«

»Warum nicht?«

Eine der ersten Lektionen, die ich als nagelneuer Papa gelernt habe, ist, dass Kinder wie PEGIDA-Anhänger sind:

Man sollte sich keinesfalls auf eine Diskussion mit ihnen einlassen, das bringt einfach nichts.

Als ich die Wohnung betrete, steht Sonja in der Küche und verstaut Einkäufe im Kühlschrank.

»Hi Max, wie war's im Büro?«

Das fragt Sonja mich jedes Mal, wenn ich aus dem Keller komme.

»Gut. Wir haben eine Spinne als neue Praktikantin.«

»Und, wie ist sie?«

»Sie wirkt ein bisschen unmotiviert. Eigentlich hängt sie den ganzen Tag nur in der Deckenecke rum.«

»Sehr gut. Dann muss ich mir wenigstens keine Sorgen machen, dass sie dich verführt.«

»Na ja, sie zeigt ganz schön viel Bein. Aber ich find das eher billig.«

Wir lachen beide, und Sonja gibt mir einen Kuss.

»Was gibt's«, frage ich.

»Ich wollte dich fragen, wie deine Pläne für heute Abend aussehen.«

Sonja hat dabei den Kopf tief in das Tiefkühlfach gesteckt, um Platz zu schaffen für das ganze Gemüse, das sie eingekauft hat. Es wirkt ein bisschen, als würde sie sich mit den Tiefkühlerbsen verabreden wollen.

Ich zucke mit den Achseln. »Ich habe nichts vor, warum?«

»Dann würde ich nämlich mit Mareike ausgehen, wenn es für dich okay ist.«

»Mareike?«

»Die Mutter von Anton.«

»Anton?« Ich verstehe kein Wort.

»Der Klassenkamerad von Paul.« Sonja macht eine Pause und blickt mich prüfend an. »Paul kennst du aber, oder?«

»Das ist der Postbote, oder?«

»Scherzkeks. Die hat auch eine Patchwork-Familie. Ihr Mann hat noch einen sechzehnjährigen Sohn aus seiner ersten Ehe.«

»Ah«, sage ich und versuche, dabei möglichst interessiert zu klingen.

»Jedenfalls hat sie gefragt, ob ich sie heute auf die lange Nacht der Musik begleite.«

Es freut mich, dass Sonja so schnell einen Kontakt geknüpft hat. Bevor sie sich entschied herzuziehen, hatte ich ihr vorgeschlagen, zu ihnen nach Hamburg zu kommen, weil ich fürchtete, dass sie, so weit entfernt von ihren Freundinnen, vereinsamen und am Ende auch unsere Beziehung darunter leiden könnte. Auch wenn das bedeutet hätte, dass ich einmal in der Woche mit dem Zug sieben Stunden nach München in die Redaktion hätte pendeln müssen. Ein Kraftakt, den mir Sonja auf keinen Fall zumuten wollte. Sie denkt immer erst an das Wohl der anderen. Einer von vielen Gründen, warum ich sie liebe.

»Klar, geh nur«, sage ich. »Dann machen die Jungs und ich heute einen Männerfernsehabend.«

»Super, danke, Schatz.«

»Oreo-Kekse?«

»Hier.«

»Saure Pommes?«

Paul hält die Haribo-Packung in die Höhe. »Hier.«

»Eistee?«

»Hier.«

Meine Männerabende sind auch nicht mehr wie früher, denke ich, als ich einen Kontrollblick auf den Couchtisch werfe, wo wir die Snacks für den Abend aufgebaut haben. Statt mit einem Vollrausch enden sie jetzt mit Diabetes.

»Karottensticks, damit Mama denkt, wir hätten auch was Gesundes gegessen?«

»Hier.« Paul grinst.

Dass wir Mama verschaukeln, findet er klasse. Er liebt

es, mit Streichen zu provozieren und heimlich gegen Regeln zu verstoßen. Dante dagegen ist viel vorsichtiger und manchmal ein bisschen schüchtern, eher ein Schöngeist, der gern Klavier spielt, während Paul auf YouTube die schönsten Fußballtore der vergangenen Saison anguckt. Deshalb ist es für mich schwieriger, mit ihm einen gemeinsamen Nenner zu finden als mit Paul, der mir in vieler Hinsicht ähnlich ist und jeden Quatsch mitmacht. Na ja, fast jeden …

Vor ein paar Tagen war ich am Nachmittag mit den Kindern allein zu Hause, weil Sonja zur Post musste. Ich fand, es sei an der Zeit, dass wir Männer mal richtig Blödsinn zusammen machten, und trommelte die Jungs im Flur zusammen.

»Wir färben uns die Haare blond und überraschen damit die Mama, was meint ihr?«

Paul: »Muss ich dann mit blonden Haaren in die Schule?«

Ich: »Nein, das kann man wieder abwaschen. Also?«

Paul: »Au ja!«

Dante (mit besorgtem Blick): »Ich glaub nicht, dass Mama das gefallen würde.«

Ich: »Natürlich nicht. Das ist doch der Witz an der Sache. Also los, zieht eure Schuhe an.«

Ich schnappte mir die beiden Jungs und ging mit ihnen zum Drogeriemarkt auf der anderen Straßenseite, wo wir das Angebot an Haarfärbeprodukten studierten.

Paul: »Das hier?« Er zog eine Packung *Coloration Hellblond 9* aus dem Regal. »Was bedeutet Aufbau-Ceramid?«

Ich: »Das bedeutet, dass deine Haare auch noch blond strahlen, lange nachdem deine Mutter uns umgebracht hat.«

Dante: »Sollen wir Mama nicht lieber anrufen und fragen?«

Ich: »Dann wäre es doch keine Überraschung mehr.«

Paul: »Das hier?«

Er reichte mir eine Packung *Colovista Washout – Purple Hair.*

Ich: »Zeig mal.«

Ich nahm ihm das Tönungsmittel aus der Hand und studierte die Rückseite.

Dante (schüttelte den Kopf): »Das wird Mama gar nicht gefallen.«

Ich: »... die Farbe ist auswaschbar nach zwei bis drei beziehungsweise fünf bis zehn Haarwäschen und verblasst bei jedem Waschvorgang.«

Paul: »Was heißt das?«

Ich: »Dass die Farbe zwar auswaschbar ist – es aber ein paar Tage dauert.«

Paul: »Ich geh auf keinen Fall mit lila Haaren in die Schule.«

Also tat ich, was jeder verantwortungsbewusste Erziehungsberechtigte an dieser Stelle getan hätte: Ich versuchte, ihn mit einer Flasche Cola zu bestechen. Was jedoch nicht half. Ohne Haarfärbemittel und mit einem sichtlich erleichterten Dante verließen wir das Geschäft.

Apropos: »Wo steckt eigentlich Dante? Wir wollen doch anfangen …«

»Der ist in seinem Zimmer.«

»DAAAANTEEEE?«, rufe ich über den Flur.

Keine Antwort.

Ich finde ihn mit dem Handy am Ohr in seinem Kinderzimmer am Schreibtisch sitzend.

»Kommst du zu unserem DVD-Abend?«, frage ich.

»Ich telefoniere gerade mit Papa«, sagt er, steht von seinem Stuhl auf und macht die Tür vor meiner Nase zu.

Ich gehe zurück zu Paul ins Wohnzimmer.

»Bleibt mehr für uns«, sage ich, schiebe die DVD *Boss Baby* in den Player und lege mich neben Paul auf das Sofa, der sich am Ellbogen kratzt.

»Was hast du da?«

»Ich weiß nicht.«

»Zeig mal.«

Paul streckt mir seinen Ellbogen entgegen, wo eine kleine graue Warze prangt.

»Warte, ich hol kurz das Warzenmittel aus dem Badezimmer.«

»Tut das weh?«, fragt Paul.

»Nein, damit vereise ich die Stelle nur. Du wirst nichts spüren.«

»Aber schmeiß sie dann nicht weg, okay?«

»Die fällt nicht so schnell ab. Das dauert ein paar Tage, bis sie verschwindet«, erkläre ich.

»Ach so …«

»Was um Gottes willen wolltest du denn damit machen?«

»Sie unter mein Kopfkissen legen.«

Klar, blöde Frage. Was man mit Warzen halt so macht. Ich verziehe angeekelt das Gesicht. »Warum das denn?«

»Weil ich dann Geld von der Warzen-Fee bekomme, oder?«

Vor Lachen verschlucke ich mich am Eistee. »Das ist süß, Paul«, sage ich, als ich wieder sprechen kann. »Aber es gibt leider keine Warzen-Fee.«

Pauls kleine Stirn legt sich in Falten. »Warum gibt es eine Zahn-Fee, aber keine Warzen-Fee?«

Hm. Gute Frage. Zum Glück fällt mir darauf eine sehr weise Antwort ein: »Das fragst du am besten nachher die Mama.«

Um halb zehn ist der Film zu Ende. Eigentlich hätten die Kinder seit einer Stunde schlafen sollen, was die beiden natürlich wissen. Dennoch sind sie schockiert, als ich sie ins Bett schicken will.

»Waaaas? Jetzt schon?«, rufen sie, als ob ich komplett den Verstand verloren hätte. Kinder sind tolle Schauspieler.

»Ja, jetzt schon«, sage ich. »Und jetzt ab, sonst geht ihr morgen sogar schon um sieben Uhr ins Bett.«

»O Mann«, nörgelt Dante und nimmt seinen kleinen Bruder an die Hand. »Komm mit, Paul.«

»Das ist voll gemein«, schimpft Paul und tritt beim Hinausgehen gegen die Wohnzimmertür.

Viel zu viele Minuten später liegt Paul endlich in seinem Bett – wach und unzufrieden. Ich hab ihn nämlich falsch zugedeckt. Sagt Paul.

»Du musst mich zudecken wie Mama.«

»Und wie macht Mama das?«

»Du musst die Decke auf mich werfen und dann glattstreichen.«

Ich führe seine Anleitung gewissenhaft aus.

»Besser?«, frage ich.

»Na ja. Bisschen«, sagt Paul. Ich kann an seinem Gesicht ablesen, was er wirklich denkt: Wie soll mich dieser Kerl auf das Leben vorbereiten, wenn er noch nicht einmal die Kunst des Zudeckens beherrscht? So was soll ein Vorbild sein? Na bravo. So viel zum Thema, dass man in der Schule angeblich was fürs Leben lernen würde.

»Warte, ich zeig's dir«, sagt Paul und klettert aus dem Bett. »Leg du dich mal rein.«

Ich lege mich in das winzige Zwergen-Size-Bett, aus dem meine Beine herausragen.

»Arme an die Seite drücken«, befiehlt Paul.

Ich gehorche und presse meine Arme fest gegen meinen Körper.

Paul greift die beiden unteren Zipfel vom Bezug und wirft die Batman-Bettdecke über mein Gesicht. Anschließend zieht er Batman an den Beinen, bis zu meinem Kinn.

»Jetzt noch festklopfen«, sagt Paul und patscht mit den flachen Händen ein paarmal grob auf meinen Körper und gibt mir einen Vorgeschmack darauf, was Sonja und mich erwartet, wenn wir alt sind und die Kinder uns pflegen.

Auf dem Rückweg ins Wohnzimmer gehe ich an Dantes Zimmer vorbei, um ihm eine gute Nacht zu wünschen.

»Schlaf gut, Dante.«

»Gute Nacht.« Seine Stimme klingt brüchig. Weint er etwa?

»Ist alles in Ordnung?«

»Ja, passt schon.« Dante versteckt sein Gesicht unter der Decke. Ich gehe in das Zimmer und setze mich auf seine Bettkante.

»Was hast du?«

»Nichts«, tönt es dumpf unter der Bettdecke hervor.

Habe ich gesagt, dass Kinder gute Schauspieler sind? Das war ein Irrtum.

»Jetzt sag schon. Vorher gehe ich sowieso nicht weg.«

Dante schiebt die Bettdecke weg. Sein Gesicht ist gerötet von den Tränen. »Ich vermisse meinen Papa.«

Auf einmal spüre ich, wie ein fetter Kloß in meinem Hals wächst. Ich war bisher so damit beschäftigt, mich an meine neue Lebenssituation zu gewöhnen, dass ich gar nicht darüber nachgedacht habe, was die Kinder aufgegeben haben.

»Bist du jetzt böse? Es ist nicht wegen dir.« Er macht eine Pause und guckt mich an. »Wirklich nicht.«

Ich muss das Gesicht von ihm abwenden, um nicht selbst gleich loszuflennen. Das muss man sich vorstellen: Ich habe diesem kleinen Jungen seinen Vater weggenommen – und er macht sich um mich Sorgen. Was kann ich tun, damit er sich besser fühlt? Ich muss an meinen eigenen Vater denken.

Als ich noch ein kleines Kind war, hat er mich manchmal nachts aus dem Bett geholt, wenn etwas Lustiges im Fernsehen kam. Dann saßen wir zusammen auf dem Sofa und haben oben im ersten Stock auf seinem Schlafzimmer-Fernseher heimlich *Die lustige Welt der Tiere* oder *Die Götter müssen verrückt sein* geguckt, während meine Mutter unten im Wohnzimmer war. Wir mussten ganz leise sein, aber ich fand das toll.

»Dante, willst du noch ein bisschen aufbleiben und mit mir eine Runde Fifa zocken?«

Dante schüttelt den Kopf. »Ich schlaf jetzt besser. Es ist schon spät.«

»Meinst du denn, du kannst jetzt schlafen?«

»Ich glaub schon.«

Ich streichle ihm über die Schulter. »Na gut, dann mach's gut, bis morgen.«

»Bis morgen.«

KAPITEL 8

Vorstellungsgespräch bei einem Hamster

Als Sonja spät am Abend nach Hause kommt, erzähle ich ihr von dem Vorfall mit Dante. Es bricht ihr fast das Herz. Schließlich haben wir beide die Kinder ihrem Vater entrissen, um zusammen sein zu können. Immer wieder hat Sonja die beiden vorher gefragt, ob sie wirklich in München leben möchten. Und hätten Dante und Paul nein gesagt, Sonja wäre niemals zu mir gezogen. Trotzdem war das in gewisser Weise natürlich egoistisch von uns. Die Kinder müssen nun die Konsequenzen tragen. Sonja hatte deswegen ohnehin schon Schuldgefühle ohne Ende, nun aber beschließt sie, den beiden eine Freude zu machen und ihnen ihren sehnlichsten Wunsch zu erfüllen: Sie dürfen sich ein Haustier aussuchen.

Beim Frühstück am nächsten Morgen überbringt sie den Jungs die frohe Kunde:

»Dafür, dass ihr den Umzug nach München so lieb mitgemacht habt, habt ihr eine Belohnung verdient. Wenn ihr möchtet, bekommt ihr ein Haustier.«

Es folgt ein Gefühlsausbruch wie einst bei Roberto Benigni bei der Oscar-Verleihung.

»Aber …«, unterbreche ich die Party-Stimmung, bevor eins der Kinder im Freudentaumel noch über die Stühle steigt, »… Ihr seid dann für das Tier verantwortlich.«

»Natürlich«, rufen die beiden.

»Ihr müsst jeden Tag mit ihm spielen.«

»Klar«, sagen die beiden.

»Und es füttern.«

»Hä? Was denkst du denn?«, sagen die beiden.

»Und es sauber machen.«

»Ja! Ja! Ja! Wir werden es jeden Tag sauber machen. Wir schwören«, rufen die beiden in Chor.

Keine Ahnung, warum ich trotzdem noch Zweifel habe. Vielleicht weil ich ein Scheidungskind bin und durch den Verlust meines Vaters gelernt habe, mich mit Hilfe von Pessimismus vor erneuten Verletzungen zu schützen. Oder weil Paul erst vorgestern einen Xbox-Controller wütend durchs Zimmer gepfeffert hatte, weil Badetag war.

Ich hätte auch sagen können, dass sie dem Tier das Essen vorkauen müssten, und sie hätten gesagt: »Selbstverständlich. Das wollten wir eh machen.«

Aber was bleibt uns anderes übrig? Wir müssen ihnen glauben und können nur das Beste hoffen.

»Und was für ein Haustier kriegen wir«, fragt Dante.

»Kriegen wir so einen Hund wie Scooby-Doo?«, ruft Paul aufgeregt.

»Eine Dogge? Auf keinen Fall«, sage ich.

»Und einen anderen Hund?«

»Gar keinen Hund«, sagt Sonja.

»Wie wäre es mit einem Aquarium?«, schlage ich vor.

»Oder einer Katze?«, fragt Dante.

»Max mag keine Katzen«, sagt Sonja.

»Warum nicht?«, fragt Dante und guckt mich an, als hätte ich gesagt, ich würde Pringles-Chips nicht mögen.

»Weil ich als Kind eine Katze hatte, die uns jeden Tag terrorisiert hat. Ständig hat sie einen gebissen und gekratzt«, erkläre ich. »Einmal kam mein kleiner Bruder gerade aus der Dusche, und das Vieh sprang ihn an und krallte sich an seinem Oberkörper fest. Mein Bruder ist schreiend durch das Haus gelaufen, und die Katze hing an ihm wie ein Wackeldackel.«

Die Kinder brechen in wieherndes Gelächter aus bei der Vorstellung. Als sie sich wieder beruhigt haben, einigen wir uns nach zähen Verhandlungen schließlich auf zwei Hamster, für jeden einen.

Eine Woche später sitze ich in der Redaktion, als ich einen Anruf von Sonja bekomme: »Max, hältst du dir für morgen bitte frei?«

»In Ordnung. Warum?«

»Wir holen die Hamster von der Züchterin ab.«

»Na gut.«

»Und kannst du heute etwas früher nach Hause kommen?«

»Wozu?«

»Wir müssen den Käfig aufbauen.«

»Können wir das nicht morgen machen, wenn wir die Hamster geholt haben?«

»Nein, wir müssen das heute aufbauen und ein Foto davon machen, das wir ihr morgen zeigen.«

»Bitte?«

»Sie will sichergehen, dass wir alles haben, was nötig ist, und die Hamster in gute Hände kommen. Sonst gibt sie die uns nicht.«

»Du meinst also, ich habe morgen einen Vorstellungstermin für einen Hamster, und wenn es blöd läuft, kommt die Frau zu dem Ergebnis, dass ich zwar zwei Kinder aufziehen kann, aber kein Nagetier?«

»Sieht so aus.«

»Na super.«

Am nächsten Vormittag stehen wir vier alle hübsch herausgeputzt wie die Trappfamilie am Heiligabend irgendwo in der bayerischen Provinz vor der Haustür der Züchterin, in meiner Hosentasche das Handy mit dem Käfigfoto. Auf der Autofahrt hierher haben wir sogar noch den Gingham-Instagram-Filter darübergelegt. Sicher ist sicher.

»Wenn sie mich fragt, was meine Stärken und Schwächen sind, dann gehen wir. Mit oder ohne Hamster, mir egal«, zische ich Sonja zu, als eine hochschwangere Frau uns in ein miefiges Zimmer führt, in dem zwischen Sofa und Fernsehtischchen etwa zwanzig Hamsterkäfige übereinandergestapelt stehen.

Die Dame zieht zwei aufgeregt quietschende Hamster heraus und steckt sie in unsere beiden tragbaren Minikäfige. Es folgt ein fünfzehnminütiger Crashkurs in der Kunst des Hamsterbürstens. Das müsse man bei Teddyhamstern nämlich regelmäßig machen, sagt die Züchterin und legt gratis noch eine passende Bürste oben drauf. Nachdem die Dame das Foto unseres Käfigs noch kontrolliert hat, lässt sie uns schließlich mit ihren zotteligen Lieblingen davonfahren.

Drei Tage später sitzen Sonja und ich auf dem Sofa und haben jeder einen Hamster auf dem Schoß. Im Fernsehen läuft *Big Bang Theory*. Sonja sitzt am linken Rand des Sofas und ich am rechten Rand. Hamster sind sozusagen die Gallagher-Brüder der Haustiere, wie uns die Züchterin erklärt hat: Sie kommen nicht miteinander klar, werden bisweilen sogar aggressiv, und man muss sie möglichst voneinander fernhalten.

Eigentlich sollten die Kinder sich ja um die Viecher kümmern. Aber wie sich gezeigt hat, sind unsere Hamster »Clyde« und »Bonnie« selbst für Nachttiere richtige Langschläfer und wachen erst auf, wenn die Kinder längst schlummern. Deswegen bürsten Sonja und ich nun die Hamster. Ich blicke rüber zu Sonja, die »Clyde« liebevoll durchs Fell fährt.

»Da könnt ich direkt eifersüchtig werden«, sage ich mit einem verschmitzten Lächeln.

»Dann komm ein bisschen näher. Ich hab noch eine Hand frei.«

Ich rücke an Sonja und »Clyde« heran, doch sofort werden die Tiere angesichts der Nähe zueinander unruhig.

»O Schatz, ich glaub, das ist doch keine gute Idee.«

Also rücke ich wieder zurück in meine Ecke. Es stimmt wohl, was man sagt: Mit Kindern im Haus ändert sich das Liebesleben dramatisch.

KAPITEL 9

Klopapier

Na großartig, der Eistee ist leer. Bei unserem Filmabend neulich haben wir wohl alles ausgetrunken, und der geheime Cola-Vorrat im Keller ist auch aufgebraucht. Mist. Enttäuscht schubse ich die Kühlschranktür wieder zu. Es ist schon schwer genug, abends an einem Text zu arbeiten, ohne das Gehirn mit Cola zu versorgen. Aber ganz ohne Zucker ist es praktisch unmöglich. Da könnte ich genauso gut ohne Epo bei der Tour de France mitfahren.

»Ich geh mal eben rüber zu Penny und kauf Eistee«, rufe ich durch die Wohnung und schlüpfe in meine Jacke.

»Max, wart mal kurz.« Mit einer Einkaufsliste in der Hand kommt Sonja aus dem Wohnzimmer in den Flur geschossen. »Könntest du vielleicht auch noch kurz diese Sachen mitbringen?« Sie drückt mir den Zettel in die Hand.

Rasch überfliege ich die notwendigen Besorgungen:

Gurken
Maiskolben

Frühlingszwiebeln
Milch
Wiener Würstchen
Klopapier

Ich stöhne auf. Ich hasse es, Klopapier zu kaufen. Für mich ist das der Zahnarztbesuch der Supermarkteinkäufe. Hin und wieder leider nötig, aber immer unangenehm. Und daran ist die Verpackung schuld. Sie ist gerade so groß, dass man sie nicht mehr in der Tüte verstauen kann und auf dem Heimweg gesondert in der Hand tragen muss – wo sie jeder Passant sehen kann und sich denkt: »Aha, der Kerl kackt.«

Ich fühle mich nicht wohl dabei, wenn sich fremde Menschen bei meinem Anblick vorstellen, wie ich auf der Schüssel sitze. Das ist erniedrigend. Natürlich wissen die Konzerne wie Zewa und Hakle das, deswegen machen sie es ja. Denn in diesen Unternehmen sitzen genau die Streber, denen wir früher johlend die Unterhosen hochgezogen haben, nun in den Vorständen und rächen sich an uns, indem sie uns mit diesem Verpackungsformat erniedrigen.

»Muss das sein?«, jammere ich.

Sonja verdreht die Augen. »Na ja, ist halt aufgebraucht. Ich weiß ja nicht, wie du sonst ...«

»Schon gut, ich bring's mit.«

Ich ziehe die Wohnungstür auf, als Paul aus dem Kinderzimmer ruft: »Wo gehst du hin?«

»Bloß kurz rüber zu Penny«, rufe ich zurück, als mir auf einmal eine geniale Idee durch die Synapsen schießt. Es ist, als wäre in meinem Kopf ein Motor angesprungen. Auf einmal verstehe ich den Sinn von Kindern: Erhalt der Spezies? Pustekuchen. Man kann ätzende Aufgaben auf sie abwälzen!

»Wollt ihr mit?«, rufe ich über den Flur.

»Nö«, dröhnt es aus Dantes Zimmer. Mist. Aber ich habe es nicht anders erwartet. Dante ist schon groß. Er macht lieber sein eigenes Ding. In seinem Alter war ich genauso. Hockte immer in meinem Zimmer am PC, wo ich das Fußballgame *Anstoss* zockte, statt mit dem Rest der Familie unten im Wohnzimmer *Die Siedler von Catan* zu spielen. Ist ja auch in Ordnung. Aber zum Glück ist Paul noch kleiner und schneller zu begeistern. Meine Hoffnung ruht nun auf ihm ...

»Ich komm mit.«

Bingo.

»Na dann los. Zieh dir schnell deine Schuhe an, und komm.«

Unten im Hof fragt Paul: »Spielen wir wieder unser Spiel?«

»Klar. Du fängst an.«

»Robben«, ruft Paul und sieht mich herausfordernd an.

»Hmmm«, mache ich und sage nach einer kurzen Pause: »Neymar.«

»Mit R?«, fragt Paul. Ich nicke, und Paul legt die Stirn in Falten. Dann ruft er aufgeregt: »Ronaldo.«

Dieses Spiel spielen Paul und ich immer, wenn wir unterwegs sind. Eine Dame mittleren Alters vom Typ Deutschlehrerin kommt uns entgegen und lächelt uns freundlich an. Das passiert mir sonst nie. Ich trage einen abgewetzten Hoodie und dreckige Turnschuhe. Meine Haare haben das letzte Mal einen Kamm getroffen, als ich zu meiner Kommunion musste. Normalerweise wechseln Frauen um diese Uhrzeit die Straßenseite, wenn sie merken, dass ich hinter ihnen laufe, oder greifen vorsichtshalber unauffällig nach ihrem Pfefferspray. Aber mit einem kleinen Kind an meiner Seite werde ich offensichtlich anders wahrgenommen. Paul ist mein Statussymbol. Ein lebender Mercedes. Eine pupsende Rolex.

Als wir den Supermarkt betreten, wird dort gerade ein Horrorfilm gedreht. Vielleicht auch ein Werbespot für eine Kondom-Marke. Ein kleines Kind schmeißt sich vor dem Süßigkeitenregal trotzig auf den Boden. Ein Stück weiter an der Wursttheke spuckt ein kleines Mädchen die Gratis-Wiener, die es gerade bekommen hat, wieder aus und weint. Vor dem Kühlregal wischt dann eine gestresste Mutter ihrem Sohn mit einem Feuchttuch die Milchschnittenklumpen aus dem Gesicht.

Paul und ich sehen uns an und denken wohl gerade das Gleiche: *What the fuck …?*

Paul ist das einzige Kind im Laden, das nicht plärrt. Sogar an den Süßigkeiten gehen wir vorbei, ohne dass er bettelt. Erst als wir vor dem Regal mit den Getränken stehen und den Eistee suchen, sagt er: »Ooooh, guck mal.« Er deutet auf die Cola-Dosen. »Na, sieht das nicht lecker aus?«

Ich seufze. »Ja, tut es.«

»Kauf doch eine.«

Ich schüttle den Kopf.

»Na komm. Du liebst Cola so sehr.«

Paul ist wie eine Schlange, die mich verführen will, nach der verbotenen Dose zu greifen.

»Ich sag's Mama nicht, wenn ich auch eine bekomme.« Er zwinkert mir verschwörerisch zu.

»Ich glaube, das ist keine gute Idee. Es ist schon sieben Uhr. Dann kannst du heute Nacht nicht schlafen.«

»Ich trinke sie erst morgen. Ich versprech's.«

Einen Moment lang sehe ich ihn an. Ach, was soll's. »Na gut. Das bleibt aber unser kleines Geheimnis.«

Paul nickt eifrig wie ein Wackeldackel auf der Rallye Dakar, und ich lege eine Dose für ihn in den Einkaufskorb.

»Und für dich?«

»Ich brauch keine«, sage ich, obwohl ein kleines Männchen in meinem Kopf brüllt: »Jaaaaaaa!! Cooooolaaaaaaa!!! YUMMY YUMMY YUMMY!!!« Aber vor dem Jungen muss ich ein Vorbild sein und standhaft bleiben. Tschakka!

Wir schreiten schnell weiter in den Gang mit den Hygieneartikeln, bevor das Kopfmännchen meine Selbstbeherrschung in den Schwitzkasten nimmt und doch noch gewinnt.

»Trägst du bitte das Klopapier, Paul?« Ich ziehe eine Packung aus dem Regal und drücke sie dem Jungen in die Hand. Mit einem Schmunzeln stelle ich fest, dass auf der Seite extra groß das Wort *Comfort* aufgedruckt ist. Gott, bin ich froh, damit nicht nach Hause laufen zu müssen. Ich weiß genau, was die Leute auf unserem Heimweg denken würden, wenn sie mich damit sehen: »Sieh an. Der Herr hat es wohl gern kuschelig an den Arschbacken.« Ich finde, es sollte auch eine Stahlwolle-Edition von Toilettenpapier geben, wo auf der Packung steht: *Kratzig*.

Da würden die anderen Männer auf der Straße denken: »Der ist ein ganzer Kerl.« Und die Frauen würden rufen: »Na, hallöchen. Diesen maskulinen Stahl-Po würde ich gern mal mit meinen Fingernägeln packen.« Und ich würde mich nicht umdrehen, sondern bloß mit Singsangstimme rufen: »Sorry, Ladys – vergeben!«, und die Packung Klopapier locker in der Hand schwingen wie einst *Pretty Woman* die Shoppingtüten über den Rodeo Drive.

»Okay«, sagt Paul leichten Mutes und nimmt das Klopapier so entgegen, als handle es sich um einen harmlosen Gegenstand wie eine Ketchupflasche. Oh, oh, oh. Du naives Kind.

An der Kasse packe ich die Lebensmittel in eine Einkaufstüte, während die Kassiererin immer wieder

Paul mustert, der neben mir unbekümmert die Klopapierpackung in die Luft wirft. Als ich in meinem Geldbeutel nach Kleingeld kruschtle, fragt sie in Pauls Richtung: »Was bist du denn für ein Mischling?«

Mit einem Schlag versteifen sich meine Glieder. Spinnt die? Paul ist doch keine Hundezüchtung. Ausländerfeindlichkeit habe ich schon immer verachtet, aber seit ich eine koreanische Familie habe, reagiere ich bei dem Thema natürlich besonders sensibel. Sonja macht ihren Freunden ständig Geschenke, weil sie es liebt, anderen eine Freude zu machen. Dante schenkt Straßenmusikern sein Taschengeld. Paul bringt uns am Sonntag das Frühstück ans Bett. Und so was soll nichts zählen, bloß weil die drei eine andere Haarstruktur haben? Es ist absurd. Und ich kann nichts daran ändern. Ich fühle mich ohnmächtig. Ich kann einem Nazi ins Gesicht schlagen, wenn er mir seine Überzeugungen ins Gesicht sagt. Aber ich kann nicht fünf Millionen AfD-Wähler verprügeln.

Soweit ich weiß, hat man Sonja bisher nie angefeindet. Aber natürlich bekommt sie die zunehmende Ausländerfeindlichkeit in unserem Land in den Medien mit, und ich bewundere ihre Stärke, dass sie sich davon nicht verunsichern lässt. Ich wünschte, ich könnte genauso locker damit umgehen. Stattdessen vermute ich an jeder Ecke einen Rassisten. Eine Mercedes-Fahrerin raubt uns die Vorfahrt: Rassistin. Der Barista kredenzt auf ihrem Cappuccino kein Schaumherz? Rassist. Der Opa mit dem vollen Einkaufswagen in der Schlange lässt uns nicht vor, obwohl wir bloß zwei Sachen haben: Eindeutiger geht's nun wirklich nicht mehr.

Besorgt blicke ich zu Paul, um zu sehen, wie er die Bemerkung aufgenommen hat. Aber der scheint die Situation gar nicht so recht zu verstehen und guckt mich bloß ratlos an.

»Dein Papa ist Deutscher. Und was ist deine Mama?«, hakt die Kassiererin nach.

»Koreanerin«, antworte ich und blicke sie dabei wachsam an. Ein falsches Wort, und ich ramm dir die Maiskolben so tief in den Arsch, dass du nur noch Popcorn scheißen wirst. Komm schon, gib mir einen Grund.

Doch die Kassiererin nickt anerkennend und meint: »Es sollte hier mehr Koreaner geben. Eine wirklich schöne Mischung.«

Uff. Ein erleichtertes Lächeln plumpst aus meinem Mund, und wo gerade noch Zorn war, plustert sich nun Stolz in meiner Brust auf. Sie hat mich Papa genannt. Ich bin jetzt ein Papa. Kein Typ. Kein Junge. Ein Papa. Das ... klingt irgendwie cool. Ich schiebe Paul sanft in Richtung Ausgang.

»Na komm, mein kleiner Casanova. Packen wir's.«

Als ich die Wohnungstür aufschließe, kommt Sonja aus der Küche und begrüßt uns. Das macht sie immer. Wie Wilma Feuerstein. Sie bleibt nicht auf dem Sofa sitzen oder kocht weiter in der Küche, sondern sie empfängt mich an der Tür. Ich glaube, das ist es, was mir in den letzten Jahren als Single am meisten gefehlt hat: jemand, der sich freut, wenn ich nach Hause komme.

»Habt ihr alles bekommen?«

»Ja, bloß bei den Frühlingszwiebeln bin ich mir nicht sicher. Ich hab nämlich keine Ahnung, was das ist. Jetzt haben wir entweder Frühlingszwiebeln oder Sellerie.«

»Ach«, winkt Sonja ab. »Wenn nicht, ist auch nicht so schlimm.«

»Und weißt du wahaas?« Paul legt verschmust seine Arme um Sonjas Hüfte. »Max hat mir Cola gekauft.« Er grinst spitzbübisch und fügt hinzu: »Aber er hat gesagt, ich darf es dir nicht verraten.«

Was für eine kleine Petze. Aber ich bin selbst schuld. Ich hab die Bindung zwischen Mutter und Kind unterschätzt. Dagegen habe ich einfach keine Chance. Jedenfalls noch nicht.

»Ach, hat er das? Na, ausnahmsweise.« Sonja trägt die Einkaufstüte rüber in die Küche und verstaut die Lebensmittel in den Schränken. »Dafür hat er den Eistee vergessen«, höre ich es von drüben kichern.

Verdammt!

KAPITEL 10

Sex mit dem Christkind

»… und heute früh wache ich irgendwo in Starnberg auf. Ich dreh mich um, und stellt euch vor: Neben mir liegt eine zierliche Blondine mit tätowierten Flügeln auf dem Rücken. Und ich hab null Erinnerung, wer das ist.«

Mein Kollege Finn steht in der Büroküche und erzählt Christian und Hannes aus der IT-Abteilung eine seiner zahlreichen Sexgeschichten. Seit seine Langzeitfreundin vor drei Monaten mit ihm Schluss gemacht hat, hüpft Finn von einem Bett ins nächste. »Ich dachte erst, ich hätte mit dem Christkind gepennt.«

»Total gut«, sagt Hannes und lacht so sehr, dass ihm das Brillengestell von der Nase rutscht.

»Du erlebst immer verrückte Sachen«, sagt Christian.

Finn setzt noch einen obendrauf: »Und ich so: ›Ja, ist denn heut schon Weihnachten?‹ Haha.«

Hannes: »Total gut.«

Christian: »Super. Du immer.«

Die drei feiern Finns Abenteuer gerade mit ein paar High Fives, als sie mich bemerken.

»Hey, du Lutscher, sag bloß, die Regierung hat dir Freigang gegeben?« Finn knufft mir freundschaftlich gegen die Schulter. Mit »Regierung« meint er Sonja. Seit wir vor ein paar Jahren gemeinsam die Journalistenschule absolviert haben, sind wir die besten Freunde.

»Ich hab den beiden gerade von meiner gestrigen Bar-Bekanntschaft erzählt. Wie war dein Abend?«

»Gut«, sage ich.

»Ja? Erzähl, was hast du gemacht?«, bohrt Finn nach.

Sechs Augen blicken mich neugierig an.

»Äh …«, mache ich. »Kennt ihr Emil, die Flasche zum Anziehen?«

Finn, Hannes und Christian schütteln den Kopf.

»Ich bis gestern auch nicht«, sage ich aufmunternd und erkläre: »Das ist eine Trinkflasche aus Glas, die die Kids jeden Tag mit in die Schule nehmen.«

»Ah«, macht Christian.

»Damit sie nicht kaputtgeht, steckt sie in einem Stoffsack«, fahre ich mit meiner Geschichte fort. »Gestern wollte ich die Flaschen auswaschen und habe sie aus dem Beutel genommen. Dabei ist mir eine auf den Küchenboden gefallen und zersplittert.«

»Okay …«, sagt Finn.

»Also habe ich Paul stattdessen eine leere Lipton-Eistee-Flasche mit Wasser gefüllt und in den Schulranzen gepackt. Ich dachte, damit wäre das Thema erledigt. Denkste.«

Ich mache eine kurze Dramatikpause, dann fahre ich fort:

»Als Paul die neue Flasche sieht, ruft er:

›Wo ist Emil?‹

Und ich so: ›Wer ist Emil?‹

Und Paul so: ›WAAAS? Du kennst nicht Emil, die Flasche zum Anziehen?‹

Und ich so: ›Nein, Entschuldigung. Ich habe leider nur Fachabitur.‹«

Finn lächelt gequält. Es sieht ein bisschen so aus, als zöge ein Angelhaken an seinem Mundwinkel.

»Und Paul so: ›Da ist kein Bisphenol drin wie bei den Plastikflaschen.‹«

Frage in die Runde: »Mal ehrlich, wer um alles in der Welt weiß, was Bisphenol ist?«

Christian: »Soweit ich weiß, ist das eine chemische Verbindung, mit der man Kunststoff herstellt. Wird auch oft als Antioxidans in Weichmachern verwendet. Ziemlich gesundheitsschädlich. Die EU hat dazu kürzlich erst im Parlament debattiert, ob und in welchen Mengen das noch in unseren Konservendosen vorkommen darf. Unglücklicherweise hat man beschlossen, dass es weiterhin erlaubt ist. Meiner Meinung nach ein krasses Fehlurteil. Die Franzosen beispielsweise …«

»Ist ja gut, ich hab's verstanden«, unterbreche ich den Klugscheißer genervt. »Ich wusste es jedenfalls nicht. Ich also zu Paul: ›Was soll denn Bisphenol sein?‹

Und Paul so: ›Das sind Teile an Flaschen, die abgehen, und dann trinkt man die mit. Das soll man aber nicht.‹

Das muss man sich mal vorstellen – das Kind, das am

Tag zuvor noch fragte: ›Wie viel bekomme ich von dir, wenn ich das Spülmittel trinke?‹, hielt mir plötzlich Vorträge über chemische Schadstoffe in Nahrungsmitteln.«

Hannes: »Tatsächlich kann das Zeug gesundheitliche Schäden verursachen. Ich hab da neulich eine Studie gelesen, die …«

Finn: »Bla, bla, bla. Jetzt lasst ihn doch mal endlich seine Geschichte zu Ende erzählen.«

Ich: »Jedenfalls hab ich mich deswegen gestern den halben Abend mit Paul auf dem Schoß auf der Emil-Homepage durch Millionen von Flaschen gescrollt, bis wir einen Stoffsack gefunden haben, der ein Muster hatte, das Paul gefällt.«

Als ich mit meiner Geschichte fertig bin, blicke ich in die Runde. Es ist sehr still.

Finn ist der Erste, der das Schweigen bricht. »Ich sag es dir ja nur ungern, mein Freund, aber deine Geschichten waren auch schon mal besser.« Dann greift er sich eine Butterbrezel aus dem Korb neben der Kaffeemaschine und sagt: »Elf Uhr, Jungs. Wir müssen zur Konferenz.«

Hannes und Christian folgen ihm rüber zum Glaskasten, wo die Redaktion jeden Morgen die Artikelthemen bespricht, die im Laufe des Tages auf der Homepage erscheinen sollen. Ich bleibe allein zurück und warte darauf, dass mein Kaffee fertig ist. Während der Espresso in meine Tasse läuft, steigt mein Wutpegel an. Finn hat recht, denke ich. Früher waren meine Geschichten wirklich besser. Und ich weiß auch, woran das liegt: Ich bin ein Schulbrotschmierer geworden. Ein Schlafliedsinger. Ich bin ein langweiliger Papa.

Als ich als Letzter den durchsichtigen Redaktionsraum betrete und mich neben Finn an den Konferenztisch stelle, sage ich: »Lass uns heute Abend einen draufmachen.«

Finn dreht den Kopf zu mir um: »Und was sagt die Regierung dazu?«

»Pff«, mache ich. »Niemand kann mir verbieten, mit einem Kumpel in eine Bar zu gehen. Ich bin schließlich ein erwachsener Mann.«

»Oh, yeah, Baby«, platzt Finn vor Freude ein bisschen zu laut heraus.

Der Chefredakteur, Herr Forstmann, der gerade noch im Gespräch mit seiner fünfundsechzigjährigen Assistentin steckt, wirft uns einen tadelnden Blick zu. Wie zwei Schuljungen gucken wir zu Boden, aber es gelingt uns nicht, mit dem Grinsen aufzuhören. Erst jetzt fällt mir auf, dass in dem Raum etwas fehlt: »Wo sind die Stühle?«

»Die neueste Macke des Verlegers«, flüstert Finn. »Sitzen ist das neue Rauchen, meint er.« Dabei macht er mit seiner Hand eine Scheibenwischergeste vor seinem Gesicht.

Herr Forstmann hat sein Gespräch beendet und beginnt die Konferenz mit der Frage, die er immer stellt: »Was macht die Konkurrenz?«

Der stellvertretende Chefredakteur, ein hochgewachsener Mann mit grauem Haarkranz: »*MAUZ Online* hat einen Redakteur für vier Wochen in ein Fitness-Bootcamp vom härtesten Personaltrainer der Welt geschickt, von wo aus er nun wöchentlich berichtet. Damit haben sie bei den Seitenzugriffen um fünf Prozent zugelegt und uns damit zum ersten Mal seit knapp acht Wochen im direkten Vergleich auf den zweiten Platz geschickt.«

Forstmann haut energisch auf den Tisch. »Das ist es, was ich euch immer sage: Die Menschen wollen persönliche Geschichten lesen. Am besten welche, die immer weiter fortgeschrieben werden und so eine Beziehung zum Leser aufbauen. In Zukunft will ich jeden Mittwoch eine persönliche Kolumne auf unserer Seite sehen. Also, was fällt euch ein?« Er blickt fragend in die Runde.

Ein dürrer Kollege, der ein bisschen aussieht wie Günther Jauch, ist der Erste, der sich zu Wort meldet: »Ich könnte eine Reisekolumne schreiben und Deutschland erkunden. Ich meine: Heutzutage fliegt doch jeder Azubi nach Mauritius. Aber wie gut kennen wir eigentlich unser eigenes Land?«

Ein Mann, den alle in der Redaktion bloß »Tupperdosen-Thorsten« nennen, weil er sein Mittagessen immer von zu Hause mitbringt: »Ich finde das ein bisschen zu allgemein. Du willst doch bloß auf Spesenrechnung durchs Land tingeln.«

Forstmann: »Was schlägst du vor?«

Tupperdosen-Thorsten: »Reisegeschichten über die entlegensten Orte in Deutschland. Titel: Urlaubsgrüße vom Arsch der Welt.«

Günther Jauch wird kreidebleich. So hat er sich das wohl nicht vorgestellt.

Forstmann (schließt einen Moment die Augen und denkt nach): »Originelle Idee, aber ist mir zu negativ. Was haben wir noch?«

Finn: »Ich mache vier Wochen ein Praktikum als Puff-Daddy in einem Bordell und schreib über das Geschehen hinter den Kulissen.«

Die fünfundsechzigjährige Assistentin schnappt schockiert nach Luft.

Forstmann: »Ist eher was für den *Playboy*.«

Ich: »Ich habe neulich von einer Bierdiät gelesen. Die könnte doch jemand von den Kollegen ausprobieren, der Bier mag.«

Forstmann: »Zu oft gehabt. Über diese ganzen kuriosen Diäten, die es gibt, hat man schon überall gelesen.«

Tupperdosen-Thorsten: »Warum ist ein Bier besser als eine Frau? Ein Bier schmeckt den ganzen Monat.«

Dem Günther-Jauch-Doppelgänger schießt vor Lachen der Ingwertee aus der Nase.

Finn: »Marihuana wird doch immer weiter legalisiert. Wieso nicht darüber eine Kolumne machen? In einer Folge arbeite ich in einer Marihuana-Apotheke. In einer anderen Folge besuche ich einen Großproduzenten im Ausland und in einer weiteren Folg…«

Forstmann (unterbricht): »Bordell, Marihuana – dein Amsterdam-Urlaub scheint dir nicht gut bekommen zu sein.«

Finn grinst.

Forstmann zu seiner Assistentin: »Dem Finn streichen wir zum Selbstschutz besser die restlichen Urlaubstage.«

Finn hört zu grinsen auf.

Forstmann: »Hat jemand auch einen brauchbaren Vorschlag?«

Finn: »Ich hab noch einen.«

Forstmann verdreht die Augen.

Finn: »Der gute Max hier (Finn legt den Arm um meine Schultern) lebt seit kurzem mit seiner Freundin und ihren zwei Kindern zusammen. Er könnte über seine Erfahrungen schreiben, oder?« (Finn blickt mich an.)

Ich (zögerlich): »Ja, schon.«

Forstmann: »Klasse. Endlich mal ein brauchbarer Vorschlag. Das ist unterhaltsam, nah am Leser und voll im Trend. Heutzutage leben ja immer mehr Paare in Patchwork-Familien. Super, gefällt mir. Ich will einmal die Woche von dir fünftausend Zeichen über deine Wandlung vom chaotischen Junggesellen zum zweifachen Patchwork-Papi lesen. Kriegst du das hin?«

»Natürlich«, sage ich ganz cool, während mein Herz Samba tanzt. Nichts gegen das Beantworten von Leserbriefen und klassische Artikel über neue Musikalben. Aber Ich-Geschichten sind die Champions-League-Spiele für einen Autor. Hier kann ich meiner Kreativität freien Lauf lassen und Menschen unterhalten.

Am Abend stoßen Finn und ich im »Strohhalm« mit einem Weizenbier und einer Piña Colada auf meine neue Kolumne an.

»Auf unseren neuen Starkolumnisten«, sagt Finn und hebt sein Glas.

»Auf deine geniale Idee, über meine Familie zu schreiben«, sage ich und schwenke meinen Cocktail gegen sein Glas, dass es klirrt.

Finn nimmt einen kräftigen Schluck und wischt sich den Schaum aus dem Bart. »So, und jetzt will ich für den Rest des Abends nichts mehr von Kindern und Familie hören. Heute ist Männerabend, verstanden?«

»Geht klar«, sage ich. Wir prosten uns von neuem zu, und Finn verabschiedet sich für kleine Junggesellen.

Ich blicke mich im Raum um. Die Bar ist nicht besonders groß, bloß ein bisschen größer als ein handelsübliches Wohnzimmer. Trotzdem ist der Laden nicht voll. Ein paar Frauen stehen in der Mitte des Raumes, und ein paar Jungs lungern am Tresen herum und trinken sich den Mut an, den sie brauchen, um die Mädels anzusprechen. Ich kenne das. Vor einem Jahr war ich noch einer von ihnen. Jetzt steht eine attraktive Frau mit langen braungebrannten Beinen vor mir, und alles, was ich denke, ist: Kann man von übermäßigem Piña-Colada-Genuss eigentlich laktoseintolerant werden? Ich beschließe, als Nächstes lieber einen Whiskey Sour zu bestellen.

Nach ein paar Minuten kommt Finn zurück.

»Trink aus, wir gehen.«

Ich sehe ihn verdutzt an. »Wir sind doch gerade erst gekommen, und mein Glas ist noch fast voll.«

»Egal. Ich hab vor der Toilette zwei Mädels kennengelernt, die uns auf eine WG-Party mitnehmen. Ich steh total auf die eine von den beiden. Also please, verbau mir das nicht.«

Finn deutet auf eine Blondine hinter sich, die aussieht, als wäre sie die Tochter von Barbara Schöneberger und Jürgen Klopp. Daneben steht ihre hagere Freundin, der man am liebsten sofort einen Burger ausgeben möchte, damit sie was auf die Rippen bekommt. Ich blicke auf meine Uhr. Schon zehn.

»O Mann, jetzt sei kein spießiger Papi.«

»Also gut, aber nur eine Stunde.«

»Logo.« Er haut mir auf den Rücken. »Du wirst es nicht bereuen.«

Ich bereue es. Und das, obwohl wir erst vor zehn Minuten angekommen sind. Seitdem sitze ich auf einem Klappstuhl in der Küche und flehe mein Trommelfell an, doch bitte nicht zu platzen, während Lemmy Kilmister aus den Boxen in der Ecke der Zimmerdecke brüllt. Ein Kerl mit langem Pferdeschwanz und schwarzem Heavy-

Metal-T-Shirt lehnt zusammengesunken auf dem Kachelboden gegen die Spülmaschine. Das Kinn auf der Brust, die Arme schlaff herunterhängend, bewegt er nur noch den Kopf schwerfällig zum Bass. Finn steht mit seiner Bekanntschaft aus der Bar auf dem Balkon und will bestimmt nicht gestört werden.

Ihre dürre Freundin kommt in die Küche und reicht mir ein Glas Wodka Red Bull.

»Wie heißt'n eigentlich?«

»Max, und du?«

»Anna.«

»Ah«, sage ich.

Anna zieht einen Schmollmund. »Gefällt dir mein Name etwa nicht?«

»Doch. Aber ist halt so ein Standardname.« Ich nippe an meinem Glas und muss mich schütteln. Das Zeug ist schweinestark. »Auf jeden Fall ist er besser als Xanthippe.«

»Hey, meine Tante heißt so.«

Ich gucke sie mit offenem Mund an. »Erzähl keinen Quatsch, im Ernst?«

»Bist du bescheuert? So heißt doch kein Mensch.« Sie lacht. »Hicks.« Sie hält sich die Hand vor den Mund.

»Hoppla, Schluckauf«, sagt sie und kichert.

»Du musst die Luft anhalten und dreimal schlucken und dabei die Finger in die Ohren stecken«, sage ich und nippe erneut an meinem Glas, weil ich aus Fehlern einfach nicht lerne. Pfui Teufel.

Anna steckt sich die Finger in die Ohren und hält die Luft an. So sitzt sie ein paar Sekunden da und wartet.

»Cool, der Schluckauf ist weg. Woher weißt'n so was?«

»Hat mir mein Sohn verraten. Der guckt sich auf You-Tube ständig Lifehacks an.«

»Du hast einen Sohn?«

»Zwei sogar. Das heißt: Eigentlich sind es die Kinder von meiner Freundin, aber wir leben zusammen.«

Jetzt ist es Anna, die »Ah« macht.

Auf einmal wird sie sehr schweigsam. Sie trinkt ihr Glas leer und sagt: »Du, ich muss mal wieder nach den anderen gucken.« Dann steht sie auf und geht aus der Küche.

Eine Weile sitze ich wieder alleine auf meinem Klappstuhl wie ein Museumswärter. Auf einmal flammt in der Alkoholleiche auf dem Fußboden vor mir ein Funken Leben auf. Er rappelt sich mühsam hoch und lässt sich auf den freien Stuhl neben mir plumpsen.

»Hast du mal ne Kippe?«, lallt er. Er stinkt nach Schweiß, Bier und Magensäure.

»Sorry, ich rauche nicht. Hab aufgehört vor ein paar Jahren.«

»Is ne Schande«, sagt er. »Dieser ganze Gesundheitswahnsinn, das ist doch ... Wahnsinn!« Er legt seinen Arm um meine Schulter. »Weißt du, wer alles richtig gemacht hat?« Er deutet nach oben.

»Gott?«

Mein stinkender Freund sieht mich so fassungslos an, als hätte ich einem Einhorn meine Zunge ins Ohr gesteckt.

»Nein, Mann. Ich rede von Lemmy.«

»Ah«, mache ich.

»Vierzig Jahre lang hat er jeden Tag eine Flasche Jacky Cola gesoffen und drei Packungen Zigaretten gequalmt.«

Er mustert mich.

»Respekt.«

»Der Mann hat gelebt und sich nichts geschissen. In den Achtzigern wollte er eine Bluttransfusion haben. Und weißt du, warum er keine bekommen hat?«

Ich schüttle den Kopf.

»Weil die Ärzte gesagt haben, dass ihn reines Blut töten würde. Alter, sein Körper hatte sich so an den Alkohol und die Drogen im Blut gewöhnt, dass er ohne gar nicht mehr konnte.«

»Krass.«

»Ja, Mann. Und trotzdem ist er siebzig Jahre alt geworden. Also scheiß auf diesen ganzen Gesundheitsbullshit. Alles nur Lügen von oben.«

»Lemmy?«, frage ich verunsichert.

»Fuck, Alter! Die Regierung!«

»Ah. Klar.«

Er nimmt ein Glas Wein vom Küchentisch, das dort jemand hat stehen lassen, und prostet damit dem Stereo-Lautsprecher zu. »Cheers, Lemmy.«

Plötzlich fällt mir wieder eine wichtige Lektion ein, die ich in den letzten Monaten vergessen habe: Partys sind wie Filme mit Matthias Schweighöfer – nie so lustig, wie man es sich vorher ausgemalt hat.

Ich vermisse Sonja.

Entschlossen schubse ich den Arm meines neuen Freundes von meiner Schulter und stehe auf. Ich will nach Hause. Ich suche nach Finn, aber der steht nicht mehr auf dem Balkon. Vermutlich ist er mit seiner neuen Bekanntschaft ins Schlafzimmer verschwunden. Ich trete hinaus in die Nacht und setze mich ins nächste Taxi.

Als ich zu Hause ankomme, ist es bereits ein Uhr nachts. Leicht angetrunken stochere ich mit dem Wohnungsschlüssel im Schloss, bis die Tür endlich aufschwingt und ich leise hineinschleiche.

»Max?«, höre ich Sonjas Stimme aus dem Schlafzimmer.

»Hiiiii«, rufe ich und hechte mich überschwänglich zu ihr ins Bett, um sie zu küssen.

Sonja dreht das Gesicht weg und fragt streng: »Wo bitte schön bist du gewesen?«

»Ich war noch mit Finn in einer Bar.«

»Ich hab dir ein Dutzend WhatsApp-Nachrichten geschickt.«

»Echt? Ich hab aber keine bekommen.« Ich fische das Handy aus meiner Hosentasche und checke das Display.

Mist. Akku leer. »'tschuldige. Mein Fehler«, sage ich und setze dabei meinen niedlichsten Dackelblick auf.

»Hast du getrunken?«

»Ein bisschen.«

»Ganz toll. Du lebst weiter dein Single-Leben, und ich sitze daheim und kümmere mich um den Haushalt.«

»Es tut mit leid. Sei bitte nicht sauer, ja?«

Pauls dünnes Stimmchen aus dem Kinderzimmer unterbricht unsere Diskussion. »Ist Papa gekommen?«

Sonjas Blick wird sofort weich. Sie flüstert: »Er hat Papa gesagt. Hast du gehört? Wie süüüüß.«

»Hi Paul«, rufe ich fröhlich zurück. »Ich komm gleich zu dir.«

»Ist gut«, ertönt seine Stimme noch einmal. Ich wende mich wieder Sonja zu: »Es tut mir wirklich leid, dass ich nicht Bescheid gesagt habe. Hilft es, wenn ich sage, dass ich überhaupt keinen Spaß hatte?«

»Hm«, macht Sonja. »Ein bisschen.« Sie lächelt jetzt wieder.

»Mir tut's auch leid«, sagt sie, jetzt schon viel liebevoller. »Natürlich kannst du mit deinen Freunden ausgehen. Wäre nur schön gewesen, wenn du kurz angerufen hättest.«

»Mach ich nächstes Mal ganz bestimmt. Versprochen«, sage ich und gehe hinüber in Pauls Zimmer, um ihm gute Nacht zu sagen.

Später im Bett beschäftigt mich noch immer, dass er »Papa« gesagt hat – ob wohl aus verschlafenem Versehen? Süß, ja, das war's. Aber auch ein bisschen beängstigend.

Was tun wir den Kindern hier eigentlich an, wenn das mit mir und Sonja nicht klappt?

KAPITEL 11

Die Zeitschriftenmafia

Ach du Scheiße. Ich sehe aus wie ein Igel in der Pubertät. Angewidert stehe ich vor dem Badezimmerspiegel und betrachte mein Gesicht, wo sich eine Mannschaft von kleinen Eiterpickeln aufgestellt hat. Eine Mischung von Ekel und Faszination überkommt mich im Angesicht meiner Mischhaut. Wie konnte das über Nacht passieren? Erinnerungen an meine Pubertät und die gehässigen Kommentare meiner Mitschüler werden wach. Zum Glück habe ich heute eine Freundin, der total egal ist, wie ich aussehe. Für sie zählt nur die Schönheit meiner Seele.

»Iiih, wie siehst du denn aus?«, kreischt Sonja, als sie ins Badezimmer kommt. Okay, die Schönheit meiner Seele und meines Gesichts.

»Ich bin heute Morgen so aufgewacht«, antworte ich, ohne den Blick vom Spiegel abzuwenden. »Irgendwie scheinen meine Talgdrüsen Amok zu laufen.«

Sonja mustert mich besorgt.

»Woran denkst du?«, frage ich.

»Vielleicht ist das eine Stressreaktion. Ist dir das mit mir und den Kindern zu viel?«

»Blödsinn. Das hat doch nichts mit euch zu tun. Mach dir darüber keine Sorgen«, sage ich und könnte sie küssen, dass sie sich solche Gedanken macht.

Könnte. Wenn sie mich nicht wegdrücken würde.

»Äääħhhh, das lassen wir im Moment mal lieber«, sagt sie und duckt sich unter meinen Armen hindurch.

Nach dem Frühstück fahren wir in die Praxis von Doktor Nestbauer. Er ist zwar kein Hautarzt, aber das Grundstudium ist doch bei allen Ärzten gleich, und zu einem anderen Arzt wollte ich nicht. Das fehlte mir gerade noch, dass eine fremde Hautspezialistin ganz nah mit der Lupe an mein entstelltes Gesicht rückt und sagt: »Oja, das sieht fies aus.« Ich schäme mich ohnehin schon für mein Aussehen und würde mich am liebsten in mein Zimmer sperren wie den Glöckner von Notre-Dame, bis die Pickel abgeklungen sind. Also, wenn ich mich schon jemandem zeigen muss, dann bitte einem Menschen, den ich kenne.

Am Empfang füllt gerade ein Geschäftsmann im Anzug das Anmeldeformular für seine alte Mutter neben ihm aus. Die junge Sprechstundenhilfe hinter der Rezeptionstheke streckt den Kopf an den beiden vorbei und wendet sich an Sonja und mich: »Bei Ihnen ist alles gut?«

Merkwürdige Frage. Wer geht denn zum Arzt, wenn alles in Ordnung ist? »Alles bestens. Wir wollten uns nur das Wartezimmer angucken. Wir möchten nämlich das Kinderzimmer für unser Baby genauso einrichten.«

Zumindest hätte ich das normalerweise in so einer Situation geantwortet. Doch leider hat der Ausschlag mein Selbstbewusstsein vom Platz gefegt. Daher sage ich nur: »Wir möchten bitte zum Doktor.«

Das Mädchen tippt etwas in den Computer. »Um wen von Ihnen geht es?«

Mein Gesicht ist übersät mit Eiterbeulen. Sonja sieht so wunderschön aus wie immer. Die Praxisdame hat offensichtlich den Instinkt einer Brotdose.

»Das bin ich.«

Nachdem ich der Sprechstundenhilfe meine DAK-Karte in die Hand gedrückt habe, nehmen wir im Wartezimmer Platz. Sonja geht zum Zeitschriftentisch im Eck und greift sich die *Bunte*. »Hier liegt der *Kicker*. Soll ich ihn dir mitbringen?«

Ich schüttle den Kopf. »Ich lese in Arztpraxen nicht.«

»Angst vor den Keimen?«

»Nee. Die Ärzte stecken doch alle mit dem Zeitschriftenverband unter einer Decke. Das unterstütze ich nicht.«

»Hä?«

»Na, es ist doch immer das Gleiche. Man greift sich eine Zeitschrift, und mitten im Artikel ruft die Arzthelferin dich auf. Du legst die Zeitschrift weg, ohne das Ende des Artikels zu erfahren, und wirst in das Behandlungszimmer geführt – wo du dann wieder fünf Minuten auf den Arzt wartest.«

»Und?«

»Warum führt man mich ins Behandlungszimmer, wenn der Arzt noch gar nicht da ist?«

Sonja pustet sich eine Strähne aus dem Gesicht. »Ich befürchte, du sagst es mir gleich.«

»Damit ich die Artikel, die mich interessieren, nicht zu Ende lesen kann und mir die Zeitschrift auf dem Heimweg kaufe. Anfixen nennt man das. Und das unterstütze ich nicht.«

Die meisten Frauen würden mir für solche Aussagen den Vogel zeigen und ihre sieben Sachen packen. Nicht aber Sonja. Sie liebt mich, so wie ich bin. In ihrer Gegenwart muss ich mich nicht verstellen. Sie lässt mich sogar meinen Kriegszug gegen die GEZ und die Bezeichnung »Poke Bowl« (das sind einfach nur Salatschüsseln, verdammt noch mal!) führen. Einer von vielen Gründen, warum Sonja die Frau meines Lebens ist. Liebe ist, wenn man den anderen nicht einweisen lässt.

Sie rollt bloß schmunzelnd mit den Augen.

»Aaaaah ja. Gut zu wissen. Aber solltest du als Journalist diese üblen Machenschaften« – bei diesen Worten formt sie aus irgendeinem Grund mit den Fingern Anführungszeichen in die Luft – »nicht sogar unterstützen? Das steigert doch die Verkaufszahlen und festigt damit auch deinen Arbeitsplatz.«

»Da siehst du mal, wie selbstlos ich bin. Ich setze meinen Arbeitsplatz zum Wohle der Gemeinschaft aufs Spiel. Ich bin so was wie ein Medienmärtyrer.«

Sonja schüttelt den Kopf und liest weiter in ihrer

Illustrierten. Nach einer Weile fragt sie: »Wann warst du eigentlich das letzte Mal beim Arzt?«

»Vor drei Monaten zur Zahnreinigung.«

»Ich meinte, bei einem Internisten.«

»Hm«, mache ich. »Keine Ahnung. Schon ewig her. Wahrscheinlich bei meiner Musterung.«

»Seitdem hast du dich nicht mehr untersuchen lassen?« Sie wirkt entsetzt.

»Ich geh nicht gern zu Ärzten.«

»Warum das denn?«

»Ich hab doch früher geraucht. Und meine Opas sind beide an Lungenkrebs gestorben. Jetzt habe ich Angst, dass man bei mir auch was findet.«

»So ein Quatsch. Du wirst schon keinen Krebs haben. Und wenn man die Krankheit rechtzeitig erkennt, kann man sie behandeln.«

»Aber nicht jeden Krebs«, halte ich dagegen. »Und wenn ich ohnehin sterben werde, möchte ich es lieber nicht wissen.«

»Du lebst jetzt aber nicht mehr allein, sondern mit mir und den Kindern. Und du bist uns wichtig. Damit trägst du eine gewisse Verantwortung – schließlich zerstörst du ja auch unser Leben, wenn du stirbst. Du kannst nicht mehr so egoistisch sein, du musst mehr auf dich achten.« Sonja wirkt ernsthaft wütend. Sie tut gerade so, als ginge es um ihr Leben, dabei ist es doch mein Körper.

In dem Moment tritt das Mädchen vom Empfang ins Wartezimmer. »Herr Reich? Kommen Sie bitte mit.«

Sonja legt die *Bunte* zurück auf den Beistelltisch und begleitet mich in das Behandlungszimmer. Doktor Nestbauer kommt natürlich erst fünf Minuten später dazu.

Nach einem freundschaftlichen Händedruck setzt er sich auf seinen kleinen Drehhocker und bittet mich, auf der weißen Liege ihm gegenüber Platz zu nehmen. »Wie geht's deiner Mutter?«

»Alles gut«, sage ich.

»Sehr schön. Grüß sie von mir.«

»Mach ich.«

»Und wie geht's Pauls Magen?«

»Auch gut. Vielen Dank noch mal für Ihre Hilfe.«

»Ich bitte dich.« Doktor Nestbauer macht eine abweisende Handbewegung. »Diesmal hat's dich wohl ein bisschen erwischt, hm?«

»Schon irgendwie«, sage ich kleinlaut. Das Thema ist mir unangenehm. Der Glöckner von Notre-Dame hat sich bestimmt auch nicht gern über seinen Buckel unterhalten.

»Könnte das am Stress liegen?«, schaltet sich Sonja besorgt ein.

»Hast du denn momentan viel Stress?«, fragt mich Doktor Nestbauer.

Ich zucke mit den Schultern. »Nö, eigentlich nicht.«

»Schatz, du warst lange Single und wohnst jetzt plötzlich mit einer dreiköpfigen Familie zusammen. Es ist völlig normal, wenn du ein bisschen gestresst bist.« Sonja greift meine Hand und drückt sie zärtlich. Ich kann mir wirklich nicht vorstellen, dass es irgendwo auf der Welt eine noch verständnisvollere Frau gibt.

»Hmmm«, macht Doktor Nestbauer. »Knöpf doch bitte mal dein Hemd auf.«

Damit hab ich nicht gerechnet. Der Ausschlag ist doch nur im Gesicht.

»Wozu?«, frage ich.

»Ich würde dich gern abhören«, sagt Doktor Nestbauer und steckt sich sein Stethoskop in die Ohren, bevor er das andere Ende auf meine Brust drückt. Ich zucke zusammen. »Entschuldige, ist ein bisschen kalt. Und jetzt atme bitte ganz tief ein ...«

Ich erfülle ihm den Wunsch.

»... und wieder aus.«

Wir wiederholen das Prozedere dreimal, dann legt er das Stethoskop beiseite und faltet die Hände in seinem Schoß. »Also, ich glaube nicht, dass es am Stress liegt ...« Aufatmen. Bei Sonja.

»Das sieht mir eher wie eine allergische Reaktion aus. Hast du gestern irgendetwas Ungewöhnliches gegessen?«

Ich schüttle den Kopf. »Nein, eigentlich nicht.«

»Doch, wir hatten gestern Zabaglione zum Nachtisch«, sagt Sonja. »Das hattest du vorher noch nie gegessen.«

»Stimmt«, werfe ich ein. »Aber dann müssten du und die Kinder doch auch Ausschlag haben.«

»Nicht unbedingt«, sagt Doktor Nestbauer. »Ich würde

noch bis morgen abwarten. Wenn es dann nicht besser geworden ist, solltest du einen Hautarzt aufsuchen.«

»In Ordnung«, sage ich und knöpfe mein Hemd wieder zu.

»Aber ich würde trotzdem gern einen Belastungstest bei dir machen und eine Blutprobe nehmen, in Ordnung, Max?«

»Natürlich.« Sagt Sonja für mich.

Ein paar Tage später liegt das Ergebnis meiner Untersuchung vor uns auf dem Wohnzimmertisch und verrät: Sonja ist ein Pessimist. Für sie habe ich einen Körperfettanteil von zweiunddreißig Prozent. Angeblich gäbe es Butter mit einem geringeren Fettgehalt. Aber ich schließe daraus: Ich bestehe demnach zu achtundsechzig Prozent aus Muskelmasse. Bäm. Nimm das, Schwarzenegger! Und der Ausschlag ist längst abgeklungen. Es lag wohl tatsächlich an der Zabaglione beziehungsweise an dem Marsala darin. Also alles wieder in Butter, denke ich und freue mich.

Doch schon am nächsten Morgen vergeht mir das Lachen. Ich sitze zusammen mit Dante und Paul am Frühstückstisch, als Sonja mit zwei Gläsern aus der Küche kommt und eins davon vor mir abstellt. Es ist randvoll mit einer dickflüssigen grünen Pampe.

»Bitte schön. Das Frühstück der Champions.«

Ich verziehe das Gesicht. »Das sieht ja furchtbar aus.«

»Furrrrrchtbar«, wiederholt Dante und wiehert mit seinem Bruder um die Wette. Er rollt das »R«, bis es klingt, als würde ein Neunziger-Jahre-Modem eine Internetverbindung aufbauen. Meine Familie lebt nun schon ein paar Wochen in München, aber die bayerische Redensart finden sie immer noch lustig.

»Ah, geh weida. Jetzt nimmst dei Glasl und probierst erst a moi, bevor du grantlst. Prosit«, improvisiert Sonja und schiebt das ekelhafte Gesöff näher an mich heran.

Alle drei lachen.

Mir hingegen ist gar nicht zum Spaßen zumute. »Bist du sicher, dass das trinkbar ist?« Ich beäuge das Glas skeptisch von allen Seiten. Kleine rote Klümpchen schwimmen darin. »Und dass es schmeckt?«

»Da sind Erdbeeren drin und Leinsamen und Karotte und Matcha und Proteinpulver. Ist supergesund.«

Angewidert schiebe ich das Glas von mir. »Ein einfaches Nein hätte gereicht.«

»Stell dich nicht so an. Du musst ein bisschen mehr auf deine Gesundheit achten. Damit es dir leichter fällt, mache ich auch mit«, sagt Sonja und hebt wie zum Beweis das zweite Glas in die Höhe.

Als ich immer noch zögere, fügt sie hinzu: »Was hältst du von einer Wette? Wer länger auf Zucker verzichtet, hat gewonnen. Wenn du es bist, lade ich dich auf ein Dortmund-Spiel ins Stadion ein.«

»Hieße das etwa, dass ich nicht mal mehr Eistee trinken dürfte?«

»Nope.« Sonja schüttelt den Kopf.

»Cappuccino mit ein bisschen Zucker?«

»Auch nicht.«

»Aber wenigstens Froot Loops essen?«

»Scha-hatz?«

»O Mann.« Ich denke einen Moment lang über den Vorschlag nach. »Und wenn du gewinnst?«

»Dann machst du einen Wellnesstag mit mir.«

»Na gut«, gebe ich klein bei und gucke neidisch über den Tisch zu Paul und Dante, die sich ihre verlockend bunten Froot Loops in riesige Schalen schütten. Sie befeuchten diese süßen Kohlehydratberge mit einem Klecks Milch und streuen obendrauf noch einen vollen Esslöffel Zucker. Und trotzdem haben die beiden Jungs einen Waschbrettbauch, auf dem man ölverschmierte Latzhosen von KFZ-Mechanikern wieder frühlingsfrisch waschen könnte. Das ist nicht fair.

»Klasse, dann haben wir einen Deal«, jubelt Sonja und stößt ihr Grüne-Pampe-Glas mit meinem Grüne-Pampe-Glas an.

Pfui Teufel.

In den darauffolgenden Tagen leide ich entsetzlich unter dem Zuckerentzug. Im Internet finde ich die Erklärung, warum das so ist. Anscheinend aktiviert Zucker im Gehirn die gleichen Areale wie Heroin und macht ebenso süchtig. Mein Zustand ist zwar nicht so schlimm, dass ich mir heimlich Zuckerinjektionen spritzen müsste – aber ich merke, dass ich extrem müde bin, und das ohne Unterlass. Am dritten Tag meiner Kur gehe ich sogar vor den Kindern ins Bett, weil ich mich nicht mehr auf den Beinen halten kann. Merkwürdigerweise scheint Sonja überhaupt keine Probleme zu haben. Allmählich dünkt mir, dass diese Wette ein großer Fehler war.

Und das Thema Gesundheit ist für sie mit unserem Experiment leider alles andere als erledigt: Zu meinem Geburtstag ein paar Wochen später bekomme ich ein Fahrrad von ihr. Ich bin seit fünfzehn Jahren nicht mehr geradelt. Es war mir schon immer zu anstrengend. Das Aufsetzen, das Treten, das Abschließen. Nein, danke. Außerdem muss man auf den Straßenverkehr achten, und alles geht viel zu schnell. Das Leben als Fußgänger ist deutlich entspannter.

Natürlich habe ich mich trotzdem über das Geschenk gefreut, allein schon, weil mir bewusst ist, was Sonja sich dabei gedacht hat. Sie und die Kinder unternehmen häufig Fahrradtouren. Und sie hat mir das Bike geschenkt, damit ich mitfahren kann und mich nicht ausgeschlossen fühle. Die drei nehmen mich also in ihren kleinen Radelclub auf.

Etwas anderes stört mich: Ich bin jetzt dreiunddreißig Jahre alt, ein Alter, in dem Alexander der Große bereits die halbe Welt erobert hatte. Selbst jemand wie Kim

Jong-un ist bloß vier Wochen älter als ich. Daher bin ich der Meinung, dass ich eigentlich selbst entscheiden können sollte, wie ich Fahrrad fahren möchte. Sonja findet das nicht. Als wir zur Feier des Tages eine Radtour zur Eisdiele machen, um mein Geschenk einzuweihen, bleibt sie an einer roten Ampel neben mir stehen und blickt kritisch auf meine Füße. »Dein Sattel ist zu niedrig.«

»Nö, ich find's gut so.«

»Du kannst dein Bein ja überhaupt nicht durchstrecken. Von hinten siehst du aus wie ein Frosch.«

»Ist doch egal, wie ich aussehe.«

»Quatsch, so ist es viel anstrengender.«

»Find ich gar nicht.«

»Da vorn ist ein Fahrradgeschäft. Da lassen wir schnell deinen Sattel einstellen.«

Immer mehr Fahrradfahrer bleiben neben uns an der Ampel stehen, und das Gespräch wird mir allmählich peinlich. Ich beschließe, lieber klein beizugeben. Vorher würde Sonja sowieso keine Ruhe geben. Denn das tut sie nie. Einmal waren wir in einem Starbucks, und sie hat geschlagene fünf Minuten auf mich eingeredet, von ihrem Chai Latte zu probieren – bis ich schließlich nachgab, weil ich Angst hatte, sie würde sonst in dem voll besetzten Café zu mir sagen: »Na komm, mach den Mund schön weit auf, hier kommt das Chai-Latte-Flugzeug.«

Manchmal vergisst Sonja, dass ich ihr Lebensgefährte bin und nicht ihr Kind. Aber so ist das eben, wenn man mit einer Mutter zusammen ist. Es muss eine Art genetischer Code sein, der mit der Mutterwerdung aktiviert wird und der dafür sorgt, dass man auf das Wohl seiner Lieben achtet. Und wenn Sonja seit einem Jahrzehnt mit Adleraugen kontrolliert, dass ihre Kinder im Winter eine Mütze tragen, dann fällt es ihr natürlich schwer, über den blanken Schädel des Partners hinwegzusehen. Muttergene sind in gewisser Weise wie Herpes. Die kriegst du nicht so schnell weg. Aber ich mache ihr deswegen keinen Vorwurf. Sie will ja nur mein Bestes. (Insgeheim hoffe ich sogar, dass sie diese Schrullen beibehält.)

Fünf Minuten später stehe ich also vor dem Fahrradladen und lasse mein Rad justieren. Das heißt: Sonja lässt mein Rad justieren. Sie und der Händler stehen vor mir und mustern fachmännisch meine Beine.

Sonja: »Sehen Sie mal, ich glaub, sein Sattel ist zu niedrig.«

Händler: »Ja, ein bisschen höher könnt's schon sein.«

Sonja: »Schatz, steig mal ab, damit der Herr drankann.«

Der Händler zieht einen Inbusschlüssel aus der Hosentasche und macht sich an meinem Sattel zu schaffen. Mit jeder Umdrehung schraubt sich mein Sitz nach oben und mein Stolz nach unten.

Händler: »So, jetzt müsst's passen.«

Sonja: »Schatz, setz dich mal drauf, und fahr ein paar Meter.«

Brav mache ich, was mir befohlen wird.

Sonja: »Jetzt ist es besser, oder?«

Ich: »Es drückt ein bisschen im Schr…«

Sonja: »Ich hab eigentlich den Herrn gemeint.«

Ich: »Ach so.«

Händler: »Ja, so sieht's gut aus.«

Sonja: »Haben Sie vielen Dank.«

Dann schwingt sich Sonja auf ihr Fahrrad und fährt los, und ich radle mit Schmerzen in der Leiste hinterher.

KAPITEL 12

Der Geruch von Wein

Ich habe mich geirrt. Es ist doch nicht toll, dass Sonja so schnell Anschluss in der neuen Stadt gefunden hat. Jedenfalls nicht, wenn das bedeutet, dass ich das Haus verlassen muss. Und genau danach sieht es heute leider aus. Sonjas neue Freundin Mareike und ihr Mann haben uns zum Abendessen eingeladen. Deswegen hocke ich nun im Flur auf dem Boden vor unserer Garderobe und ziehe mir leise fluchend meine Schuhe an. Ich finde, dass für einen Abend bei Freunden dasselbe gilt wie für ein Polizeiverhör: Da zieht man niemand anderes mit rein. Das badet man schön allein aus. Sonja sieht das anders.

»Du bist kein Single mehr. In einer Beziehung macht man so was zusammen«, erklärt sie. »Ich hab keine Lust, immer die Einzige zu sein, die allein kommt, während alle anderen ihren Partner dabeihaben.«

»Und warum darf Dante hierbleiben?«, frage ich und deute in Richtung Wohnzimmer, wo ihr elfjähriger Sohn auf dem Sofa sitzt und mit dem Handy spielt.

»Anders als Paul hätte er da niemanden zum Spielen und würde sich nur langweilen.«

»Ich kenne die doch auch nicht«, protestiere ich. »Ich werde mich genauso langweilen.«

Das Problem mit einer älteren Freundin ist nämlich, dass sie unter Umständen, wenn man Pech hat, Freundinnen hat, die ein bisschen älter sind als sie selbst. Und wenn es ganz dick kommt, sind diese Freundinnen wiederum mit Männern verheiratet, die noch ein paar Jahre älter sind. Um es kurz zu machen: Jochen ist hundert.

Sonja rollt mit den Augen. »Dass du immer so übertreiben musst. Er ist dreiundfünfzig.«

Als ob das ein Unterschied wäre. Das sind immerhin zwanzig Jahre mehr. Also fast ein Vierteljahrhundert. Im Mittelalter wäre das ein komplettes Menschenleben. Als ich gerade meine ersten Schritte machte, lernte er, Auto zu fahren. Und als er das erste Mal Vater wurde, habe ich noch mein Tamagotchi gefüttert.

Sonja drückt die Türklinke herunter und blickt mich auffordernd an. »Also, kommst du nun mit?«

»Ich komme mit«, grummle ich. In guten wie in schlechten Zeiten. Das sind dann wohl die schlechten.

»Aber ich habe beim besten Willen keine Ahnung, worüber ich mit Jochen reden soll«, maule ich beim Hinausgehen.

Ich bin nämlich sauschlecht beim Smalltalk. Ich weiß nie, was ich erzählen soll. Mein Alltag ist einfach nicht besonders aufregend. Ich steige aus dem Bett, putze mir die Zähne mit einer handelsüblichen Colgate Blend-a-Med und setze mich anschließend vor den Laptop, um zu arbeiten. Fertig. Wie soll ich daraus nun eine Geschichte stricken, die die Partygesellschaft dazu bringt, sich die Schenkel wundzuklopfen? Dazu interessieren mich andere Menschen viel zu wenig. Genau genommen sind sie mir so egal wie das Reizdarmsyndrom eines Zirkuspferdes. Deswegen fallen mir auch nie spannende Fragen ein. Im Gegenteil, über schlichte Wiederholungen komme ich nicht hinaus. Wenn die Person mit der U-Bahn hergekommen ist: »Fahren Sie immer mit der U-Bahn?«

Wenn die Person einen Hund hat: »Sie mögen also Tiere?«

Es ist brutal. Man kann mit mir super Abende auf dem Sofa verbringen, aber bestimmt keine anregenden Gespräche führen.

Sonja kennt dieses Problem nicht. Sie ist immer unterhaltsam und weiß stets ein Gesprächsthema.

»Jetzt stell dich nicht so an. Jochen ist auch bloß ein Mann. Sprich mit ihm einfach, wie du mit Finn sprichst. Und außerdem bin ich doch bei dir«, sagt Sonja und gibt mir einen Kuss auf die Wange.

Zehn Minuten später ist Sonja weg, und ich bin ganz allein mit Jochen. Aber der Reihe nach. Als wir an dem modernen Mehrfamilienhaus ankommen, öffnet Mareike die Tür und führt uns in die Küche, wo Jochen jedem ein Glas Wein reicht. Ich hasse Wein. Obwohl ich dreiunddreißig Jahre alt bin, habe ich immer noch die

Trinkgewohnheit eines Kleinkindes nach der Stillzeit. Ich mag weder Wein noch Bier oder jede andere Flüssigkeit, die nach Alkohol schmeckt. Lediglich Mixgetränke wie Wodka Bull oder Whiskey Sour sind für mich in Ordnung, wenn die Mischung sanft genug ist. Und selbst diese Drinks sind eine Ausnahme, um mich zu betrinken, wenn ich mit Finn um die Häuser ziehe. An unserem ersten Jahrestag waren Sonja und ich in einem schicken Restaurant. Sie trug das rote Kleid, das so einmalig schön an ihr aussieht, und ich einen dunklen Anzug. Ich bestellte das Rindercarpaccio im Kräutermantel mit einem Olivenkompott und das gebratene Lachsforellenfilet an Pastinakenschaum. Dazu eine Cola. Nicht sehr stilvoll, ich weiß. Der Kellner hat geguckt, als hätte ich Wurstwasser verlangt. Aber Sonja störte das nicht. Sie fügte sogar noch hinzu: »Und tun Sie ihm bitte eine Zitronenscheibe ins Glas«, weil sie wusste, dass ich meine Cola so am liebsten trinke. Das war der Moment, wo ich wusste: Das ist mein Deckel. Mit dieser Frau will ich zusammenleben.

»Sehr schön habt ihr es hier«, sagt Sonja und blickt sich in der Küche um. »Das sieht ja stylisch aus.« Sie deutet auf ein paar Bretter, die an Seilen über der Spüle baumeln und auf denen mehrere Töpfe mit grünen Kräutern stehen.

»Ja, nicht wahr? Ich hab das auf Pinterest gesehen und fand es so toll, dass ich es nachgemacht habe«, sagt Mareike und streichelt ihrem Mann zärtlich über den Arm.

»Du konntest es dir zuerst nicht vorstellen, aber mittlerweile gefällt es dir auch, oder?«

»Vorstellen konnte ich es mir schon. Vor allem die Arbeit, die es machen würde, die Bretter an der Decke anzubringen.«

»Wofür habe ich denn einen Ingenieur geheiratet?«, erwidert Mareike und küsst ihren Mann.

Jochen lächelt und füllt unsere Gläser wieder auf. Dann wendet er sich an mich: »Was meinst du, wollen wir die Damen schnattern lassen und uns ins Arbeitszimmer zurückziehen, um uns in Ruhe zu unterhalten?«

Unterhalten. Wer um Gottes willen drückt sich denn so aus? Ich quatsche mit Kumpels, meinetwegen ratschen wir auch – aber wir unterhalten uns doch nicht. Das impliziert eine förmliche Thematik des Gesprächs und schließt jedes Geplänkel über Fußball und Frauen aus. »Finn und ich haben uns gestern über den Prachtarsch der Schiedsrichterin Bibiana Steinhaus unterhalten.« Den Ausdruck »Arbeitszimmer« verwendet in meinem Bekanntenkreis auch niemand, außer um bei Cluedo Oberst von Gatow mit dem Leuchter zu verdächtigen.

»Nein, danke.« Hätte ich gern gesagt. Aber selbst mir ist klar, dass das unhöflich wäre. Panisch suche ich den Blick meiner Freundin, damit sie mir hilft, aber ich finde ihn nicht, weil die Frauen sich gerade über Mareikes nigelnagelneuen Herd beugen und über die Vorteile von Induktionskochfeldern austauschen. Was immer das sein mag.

Jochens Arbeitszimmer sieht aus wie das Besprechungszimmer eines VIP-Schönheitschirurgen. Ein riesengroßer beigefarbener Teppich bedeckt den Boden des Raumes, an dessen Ende ein gläserner Designschreibtisch am Fenster platziert ist. Und an der Wand steht das braune Ledersofa aus der Sendung *Circus HalliGalli*.

»Cool, das gleiche wie bei Joko und Klaas«, sage ich und bin ziemlich stolz, dass mir ein ebenso geschmeidiger Gesprächseinstieg über einen banalen Gegenstand gelungen ist wie kurz zuvor meiner Freundin. Ich lerne eben schnell. Bäm.

»Ja?«, fragt Jochen interessiert. »Sind das Freunde von dir?«

»Hm? Äh ... nee«, sage ich. »Das sind Fernsehmoderatoren.«

»Ah«, macht Jochen.

O Mann.

Bevor wir das nächste Mal andere Menschen treffen, muss ich mir von Sonja unbedingt einen Crashkurs in der Kunst der Kommunikation geben lassen. Da fällt mir ihr Tipp wieder ein, mit Jochen einfach zu reden wie mit Finn.

Ich mustere Jochen. Er sitzt auf dem Sofa und riecht an seinem Wein. ER RIECHT AN SEINEM WEIN! Wenn ich ihn jetzt frage: »Und, du Lutscher? Was machen die Weiber?« Dann schnaubt er bestimmt vor Schreck so fest ins Glas, dass die ganze Plörre in sein Gesicht spritzt. Also sage ich lieber nichts. Stattdessen mache ich es ihm nach und rieche ebenfalls an meinem Wein. Auch wenn ich keine Ahnung habe, was der Quatsch soll. Riecht halt nach Wein.

»Hmhm. Wein«, sage ich.

»Das ist ein Grauburgunder aus dem Breisgau.«

»Ah«, sage ich, weil mir dazu nicht mehr einfällt. Halt, mir fällt doch noch was ein: »Sieh an.«

Dann nehme ich einen Schluck, um das Schweigen zu überbrücken und ein bisschen Zeit zu gewinnen. Pfui Teufel. Ich hasse Wein wirklich.

»Mein Urgroßvater kam ursprünglich aus dem Breisgau, bevor er mit meiner Großmutter nach Schleswig gezogen ist.«

Ich weiß weder, was das Breisgau ist, noch, wo Schleswig liegt. Nicke aber und hoffe, dass er nicht nachfragt. Tut er nicht. Stattdessen erzählt er von seinem Vater und der Kunst des Schiffbaus. Und mein einziger Gedanke währenddessen ist: Sieht so nun meine Zukunft aus? Sind das die Themen, über die sich Erwachsene unterhalten? Wenn meine Eltern früher Besuch hatten, bin ich als Kind aus meinem Bett geklettert und nach unten geschlichen, weil ich dabei sein wollte. Ich fand das spannend. Hätte ich gewusst, über was für einen Unsinn Eltern sich unterhalten – ich wäre im Bett geblieben und hätte zu Gott gebetet, dass ich niemals erwachsen werde.

Ich habe mal eine Doku im Fernsehen gesehen über das Initiationsritual eines afrikanischen Stammes, bei dem die Heranwachsenden nackt über die Rücken einer

Herde Rinder rennen müssen. Ich hab mir noch nie so sehr gewünscht, irgendwo am Arsch der Welt nackt über eine Kuh zu laufen wie jetzt gerade. Wo ist eigentlich Sonja? Die höre ich nebenan in der Küche fröhlich kichern. Die Glückliche.

»Ich müsste mal aufs Klo«, sage ich, vielleicht eine Spur zu begeistert. Aber ich freue mich einfach über einen Grund, um zumindest für ein paar Minuten hier rauszukommen.

Jochen deutet nach oben in den ersten Stock. »Auf der rechten Seite am Ende des Flurs.«

Ich glaube, seit Natascha Kampusch war niemand mehr so froh, ein Zimmer zu verlassen, wie ich in diesem Moment.

Im ersten Stock komme ich auf dem Rückweg vom Klo am Kinderzimmer vorbei, wo Paul und sein Freund auf dem Fußboden vor dem Bett hocken und die Köpfe über einem Handy zusammenstecken.

»Was macht ihr da?«, frage ich.

»Wir spielen Clash of Clans«, antwortet das blasse Kind neben Paul, das Anton heißt.

»Cool«, sage ich. »Darf ich auch mal probieren?« Hauptsache, ich muss nicht so schnell wieder nach unten zu den Erwachsenen. Paul stöhnt und zieht sich den Schirm seiner Kappe ins Gesicht. Offenbar ist es ihm vor seinem Freund unangenehm, dass ich hier bin. Klar, aber wenn er abends in den Keller soll, um den Müll wegzuwerfen, dann ist er froh, wenn ich dabei bin.

Anton gibt mir zögerlich das Handy. »Na gut.«

Als Kind besaß ich jede Spielkonsole, die auf dem Markt war, und war Profi in jedem Spiel. Freunde reichten mir ihre Gameboys, damit ich Endgegner für sie besiegte. Jetzt muss ich feststellen, dass meine besten Gamer-Tage hinter mir liegen. Das Spiel ist mir zu grell und zu schnell, und nach wenigen Sekunden heißt es *Game over*. Und wie es scheint, sind die Kinder von heute nicht gerade tiefenentspannt, wenn man ihnen einen neuen Highscore versaut. »O Mann, gib bloß wieder her«, schimpft das fremde Kind und reißt mir das Handy aus der Hand.

Ich fühlte mich ein bisschen wie früher, als die großen Jungs bei uns in der Straße mich beim Fußball nicht haben mitspielen lassen. Jetzt lassen mich die Kleinen nicht mitspielen. Ich frage mich, ob ich jemals irgendwo dazugehören werde.

Als ich die Treppe wieder runtergehe, kommen Mareike und Sonja gerade aus der Küche, um uns zum Abendessen zu rufen.

»Na, wie war's?«, fragt Sonja.

»Brutal«, flüstere ich.

Sonja lacht. »Entschuldige. Den Rest des Abends stehe ich dir bei, versprochen«, sagt sie und legt den Arm um meine Hüfte. Und da weiß ich: Zu Sonja gehöre ich. Und das reicht mir voll und ganz.

KAPITEL 13

Arschbomben

Nachdem der Mensch das Feuer und das Rad erfunden hat, scheint die Luft wohl raus gewesen zu sein. Der Erfolgsdruck war weg. Seitdem hat er nämlich vor allem Unsinn produziert. Wie etwa den Wackeldackel oder den »Erotischen Karpfenkalender«. Aber der größte Blödsinn seit Menschengedenken ist definitiv die Badekappe. Was soll das? Ich könnte mit Schuppenflechte ins Wasser gehen und bekäme sogar Applaus dafür, wenn ich es mit einem Salto vom Zehn-Meter-Brett täte. Aber wehe, ich ziehe vorher kein Gummi über meinen frischgewaschenen Zwei-Zentimeter-Schopf. Dann gibt's Ärger von der Badeaufsicht. Also stehe ich im Umkleidebereich des Hallenbads und streife mir mühsam das quietschgelbe Kopfkondom über die trockenen Haare. Das ziept gewaltig. Es fühlt sich an, als würden mir unsichtbare Dominafeen an den Haaren ziehen. Noch schlimmer jedoch ist das Schamgefühl, das mich durchzuckt, wenn ich in den Spiegel blicke.

»Ich seh total blöd aus«, motzt Dante neben mir. Und damit hat er leider recht. Wir sehen alle total blöd aus.

Wie große Albinopilze. Aber es hilft nichts. Wir wollen ja keinen Schönheitspreis gewinnen, sondern Paul das Tauchen beibringen, damit es in Zukunft morgens keine Dramen mehr gibt, wenn Schwimmunterricht auf seinem Stundenplan steht. Und hier im Hallenbad ist eine Badekappe nun einmal Pflicht.

Das Schwimmbad hat drei Becken. Ein Gymnastikbecken, in dem ein paar Senioren gerade in einer Polonaise durch das Wasser stapfen, und ein flaches Kinderbecken für die Säuglinge. Die Kinder und ich sind im tiefen Becken. Außer uns sind hauptsächlich andere Väter mit ihren kleinen Kindern da. Offenbar ist heute Besuchstag für alle Scheidungsväter. Freundlich nicke ich ihnen zu. Warum, weiß ich auch nicht so genau. Vielleicht ist es der Stolz, dass ich nun zu ihrer Gruppe dazugehöre. So wie sich LKW-Fahrer und Biker zunicken, wenn sie sich auf der Autobahn begegnen. Es ist kein forsches Nicken, wie es mein Opa auf seinen Spaziergängen machte, wenn er einen Passanten grüßte und dabei seinen Hut vom Kopf nahm. Eher so ein angedeutetes Zeitlupennicken, als würde dir ein Baywatch-Rettungsschwimmer im Vorspann ein Zeichen des Erkennens geben, während er am Strand entlangläuft.

»Okay, Paul. Dann los. Tauch!«, sage ich.

Wenn Kinder vor etwas Angst haben, darf man ihnen nicht das Gefühl geben, sie hätten eine Wahl. Man befiehlt es ihnen einfach mit strengem Ton. Zu sehr auf sie einzugehen ist ein Fehler, den viele Eltern meiner Meinung nach machen. Vielleicht sollte ich statt einer Patchwork-Kolumne lieber einen Erziehungsratgeber schreiben. Ich könnte bestimmt vielen Eltern helfen.

Paul schüttelt den Kopf. »Nee. Ich mag nicht.«

Hm. Vielleicht war es doch ein bisschen naiv zu denken, es könnte so einfach sein.

»Komm schon. Du willst doch nicht der Einzige in deiner Klasse sein, der nicht tauchen kann, oder?«

»Ist mir doch egal, was die anderen machen.«

Ich kann die Gedanken der anderen Väter um uns herum hören: »Seht euch den Anfänger an. Der versucht's mit Argumentation. Haha.«

»Bitte«, flehe ich.

»Nein.«

»Und wenn ich mit dir zusammen tauche?«

»Auch nicht.«

»Wenn du jetzt mitmachst und tauchst, kriegst du nachher eine Cola.«

Paul zögert einen Moment. »Also gut«, sagt er schließlich und hält das Gesicht ins Wasser. Das heißt: Eigentlich ist es bloß die Nase. Und bereits nach zwei Sekunden zieht er auch die so ruckartig aus dem Wasser und japst, als ob er die letzten fünf Minuten gefesselt auf dem Meeresgrund verbracht hätte. Die anderen Männer im Schwimmbad nicken mir anerkennend zu, zumindest in meiner Einbildung. »Jetzt hat er's kapiert.«

»Ganz toll, Paul«, sage ich. »Und jetzt vielleicht mal das ganze Gesicht?«

»Warte«, schnauft Paul. »Ich muss mich kurz vorbereiten.«

»Ach so.«

»Halt dir die Nase zu«, empfiehlt Dante seinem kleinen Bruder und macht es ihm vor. Als Paul endlich bereit ist, mit dem kompletten Körper unterzutauchen, sind meine Finger längst schrumplig geworden.

»Wir stoppen die Zeit«, schlage ich vor, um dem Procedere einen neuen Anreiz zu geben. »Fünfundzwanzig Sekunden musst du für die Cola unter Wasser bleiben. Deal?«

Paul kräuselt die Stirn und blickt angestrengt in die Ferne. Entweder pinkelt er gerade ins Becken, oder er überlegt, ob sein Leben wohl eine Spezi wert ist. Am Ende grinst er auf jeden Fall ziemlich zufrieden und ruft: »Okay!«

Dann taucht er unter. Allerdings bloß vier Sekunden.

»Na, das hat aber noch nicht gereicht für eine Cola.«

»Ich kann nichts dafür«, rechtfertigt sich Paul und wischt sich die nassen Haare aus dem Gesicht. »Ich schwebe automatisch hoch.«

»Du musst mit den Armen rudern«, rät Dante und zeigt ihm, wie es geht. Aber das bringt auch nichts. Spätestens nach fünf Sekunden treibt der kleine Körper wieder an der Oberfläche. Für jeden Mörder wäre das Kind ein Alptraum.

»Okay, pass auf«, sage ich schließlich nach dem achten Fehlversuch. »Ich drück dich unter Wasser, damit du unten bleibst. Und wenn du auftauchen willst, presst du einmal kurz meine Hand. Dann ziehe ich dich sofort hoch.«

Paul ist skeptisch. Wir müssen erst ein paar Testläufe machen, bei denen er wieder nur das Gesicht unter Wasser hält, um zu sehen, wie schnell ich ihn wirklich hochziehen kann, bevor er schließlich einwilligt. Ich drücke also den kleinen Körper unter Wasser. Sollte er jemals in der Schule erzählen, wie er tauchen gelernt hat, klingelt bestimmt das Jugendamt bei uns und nimmt uns die Kinder weg. Das würde Sonja nicht gefallen. Sie würde bestimmt mir die Schuld geben und ... oh, Paul drückt schon eine ganze Weile meine Hand. Hoppla. Schnell ziehe ich ihn nach oben, worauf er mit einem lauten Japsen an die Wasseroberfläche schießt.

»Wie lange war das?«, fragt er aufgeregt und wischt sich die nassen Haare aus den Augen.

»Fünfundzwanzig Sekunden.«

»Super, Paul«, ruft auch Dante.

»Also kriege ich die Cola?«

»Ja, kriegst du«, sage ich, und Paul freut sich.

»Das waren doch nie im Leben fünfundzwanzig Sekunden«, flüstert Dante mir zu.

»Psssst«, mache ich. Denn ehrlich gesagt habe ich komplett vergessen zu zählen, während Paul unter Wasser war. Vielleicht waren es also auch nur fünfzehn Sekunden. Aber das spielt keine Rolle. Paul hat seine Angst vor dem Wasser besiegt, und ich spüre etwas, das ich noch nie zuvor empfunden habe: Zum ersten Mal bin ich von ganzem Herzen stolz auf einen anderen Menschen. Mein Rücken ist in diesem Moment so breit, als hätte ich selbst einen Sieg errungen.

Ein schriller Pfiff unterbricht unseren emotionalen Glücksmoment. Auf der anderen Seite des Beckens steht eine kleine Bademeisterin, aus deren kurzer Hose stämmige Beine ragen, und blickt grimmig auf zwei Teenager, die gerade einen Kopfsprung vom Beckenrand machen wollen.

»Dürfen die das nicht?«, fragt Paul.

»Nein, man muss die Treppe nehmen.«

»Und was passiert, wenn ich es trotzdem mache?«, will Dante wissen.

»Dann kommst du ins Gefängnis«, sage ich. Glücklicherweise haben Kinder von Strafrecht keine Ahnung. Aus irgendeinem Grund finden sie nämlich alles reizvoll, was verboten ist, und die Aussicht auf einen Aufenthalt in einer kleinen Zelle ohne Fernseher ist das Einzige, was sie davon abhält, es zu tun. Neulich waren wir auf dem Weg zum Supermarkt. Der Penny steht eigentlich genau gegenüber von unserem Haus auf der anderen Seite einer Schnellstraße. Leider ist die Ampel zweihundert Meter weiter auf der rechten Seite. Man muss also zweihundert Meter in die eine Richtung laufen, um die Straße zu überqueren, und anschließend wieder zweihundert Meter in die andere Richtung laufen, um zum Supermarkt zu gelangen. Oder man spart sich den Umweg und läuft einfach quer über die Straße. Das sollen die Kinder aber natürlich nicht, weil es viel zu gefährlich ist. Auf dem Weg zum Einkaufen erklärte ich ihnen also lang und breit, dass man das auf keinen Fall machen darf.

»Was passiert sonst?«, wollte Dante wissen.

»Dann kriegst du einen Strafzettel von der Polizei«, antwortete ich.

»Und wie viel kostet das?«

Ich googelte den Bußgeldkatalog und verkündete: »Fünf Euro« – selbst erstaunt, wie günstig es sei. Daraufhin rechnete Dante aus, über wie viele rote Ampeln er gehen könne, bis das Geld auf seinem Sparkonto aufgebraucht ist, und wir stellten fest, dass die beiden Jungs mehr Geld besitzen als ich. Im Supermarkt an der Kasse bot Dante mir dann an, die Rechnung zu übernehmen. Das war so deprimierend, dass ich seitdem lieber mit Gefängnis drohe, was aber leider auch nicht immer abschreckt. Vor allem nicht Dante, der momentan in einer Lebensphase steckt, die ich die Für-wie-viel-würdest-du-Phase nenne.

»Für wie viel würdest du ins Becken springen?«, fragt Dante.

»Hundert Euro«, ruft Paul aufgeregt.

»Auch für einen Euro?«

»Okay«, sagt Paul, und ehe ich einschreiten kann, schwimmt er auch schon zum Beckenrand, wo er sich schwerfällig wie ein Walross aus dem Wasser zieht. Er wartet einen Moment ab, in dem die Bademeisterin in eine andere Richtung guckt, und platziert dann eine Arschbombe im Wasser.

Die Bademeisterin kriegt das natürlich trotzdem mit und bläst wieder in ihre Trillerpfeife. Anklagend zeigt sie mit dem Finger auf uns. Entschuldigend hebe ich die Hand. Als die stämmige Dame sich umdreht, kichern wir.

»Ich krieg einen Euro von dir.«

»Junge, als ob ich jetzt einen Euro dabeihätte. In meiner Badehose, oder wo?«

»Okay«, sagt Paul und fragt: »Für wie viel würdet ihr ins Becken pinkeln?«

»Gar nicht«, sage ich.

»Tausend Euro«, sagt Dante.

»Was?«, ruft Paul erstaunt. »Ich würde das sogar umsonst machen.« Und ich habe absolut keinen Zweifel daran, dass er das ernst meint.

Dante blickt sich im Hallenbad um und überlegt. Dann sieht er die Wasserrutsche am anderen Ende des Beckens. »Und für wie viel würdet ihr ohne Badehose da durchrutschen?« Er zeigt auf die schmale Röhre.

»Fünftausend Euro«, sage ich.

»Auch für fünf Euro?«

»Vergiss es.«

»Ich mach's«, ruft Paul und klatscht aufgeregt mit der flachen Hand auf die Wasseroberfläche. Das Wasser spritzt uns in die Augen. Als ich wieder klar sehe, macht sich ein kleiner Kerl bemerkbar, der auf meiner Schulter sitzt. Er hat einen Körper wie das Davidoff-Model aus der Werbung und trägt keine Badekappe. In seiner Hand hält er eine Tüte Popcorn.

»Geil«, sagt er. »Das will ich sehen.«

Gegenüber auf meiner anderen Schulter hockt ein winziger Familienvater. Er trägt eine Badekappe auf dem Kopf und eine Nasenklammer auf der Nase. »Du kannst das Kind doch nicht nackt rumlaufen lassen.«

»Warum denn nicht?«, fragt das Mini-Davidoff-Model.

»Weil Eltern ihren Kindern ein Vorbild sein müssen und ihnen beibringen sollten, sich an Regeln zu halten.«

Schon wieder diese blöde Vorbildfunktion. Verdammt. Wahrscheinlich hat der Spießerwinzling recht, denke ich.

Aber in dem Augenblick schießt der blanke Po von Paul auch schon aus der Röhre, und Dante und ich kringeln uns vor Lachen, bis die Bademeisterin mit Paul im Schlepptau angestampft kommt und schimpft: »Das ist jetzt die zweite Verwarnung. Ich muss Sie bitten zu gehen.«

Als wir nach Hause kommen und Sonja die Kinder an der Wohnungstür in den Arm nimmt, bekommt sie einen Schreck. »Eure Haare sind ja noch ganz nass ...«

»Max hat gemeint, Fönen sei was für Frauen«, sagt Paul.

Sonja blickt mich vorwurfsvoll an. »Du kannst die Kinder bei dem Wetter doch nicht mit nassen Haaren rausgehen lassen. Morgen sind sie krank.«

»Ach Quatsch, Schatz. Du übertreibst mal wieder. Du bist viel zu fürsorglich.«

Am nächsten Morgen steht Sonja im Schlafzimmer und kruschtelt in ihrem Kleiderschrank. Sie ist stinkwütend. Das merke ich sofort. Ein Frauenversteher wie ich erkennt die dezenten Signale augenblicklich.

1. Sie weckt mich. Sonja ist normalerweise so mitfühlend, dass sie niemals jemanden wecken würde, wenn es nicht notwendig ist. Es könnte in der Küche brennen, und Sonja würde erst, wenn das Inferno den Flur erreicht hat, mir einen zärtlichen Kuss auf die Wange geben und flüstern: »Schatz, tut mir leid, dass ich dich wecke, aber die Wohnung steht in Flammen.«
2. Sie sagt: »Ich bin stinkwütend, Maximilian.«

»Was ist denn los?«, frage ich verschlafen.

»Dante und Paul haben beide Halsschmerzen. Jetzt darf ich mit ihnen zum Arzt fahren und kann nicht arbeiten gehen. Ganz toll, echt.« Sie reißt ihren Mantel aus dem Kleiderschrank und blickt mich an. »Du musst langsam mal anfangen, Verantwortung zu übernehmen. Du bist kein Single mehr.«

Dann rauscht sie aus dem Zimmer und schnappt sich die beiden Jungs, um zu Doktor Nestbauer zu fahren.

KAPITEL 14

Kuhhälften am Morgen

Um 6:15 Uhr klingelt mein Wecker und schreckt mich aus dem Schlaf. Sonja hat recht: Ich muss mehr Verantwortung übernehmen. Deswegen habe ich gestern Abend großmundig versprochen, dass ich die Kinder in Zukunft jeden Morgen für die Schule fertig mache. Aber gestern Abend war ich auch nicht so müde wie jetzt. Nun liege ich im Bett und überlege, ob es nicht noch andere Wege gibt, Verantwortung zu tragen. Ich könnte Dante am Nachmittag zum Klavierunterricht bringen oder zu den Elternabenden gehen. Schließlich hat selbst Jesus bloß ein Abendmahl veranstaltet und seinen Jüngern kein Frühstück gemacht.

»Bleib liegen, Schatz, ich steh schon auf«, stöhnt Sonja und richtet sich auf. O Mann. Jetzt habe ich ein schlechtes Gewissen. Sonja ist so eine großartige Mutter und Partnerin. Obwohl sie bestimmt genauso müde ist wie ich, quält sie sich für ihre Familie aus dem Bett. Für uns würde sie jedes Opfer bringen. Ihre Augen sind verklebt vom Schlaf, und die Haare fliehen in alle Himmelsrichtungen weg von ihrem Kopf wie Zuschauer bei einer

Massenpanik. Aber ich fand sie noch nie so toll wie in diesem Augenblick. Und so gern ich ihr Angebot auch annehmen würde, kommt das nicht in Frage. Also gebe ich ihr einen Kuss auf die Wange und klettere schwerfällig aus dem Bett. Noch kein halbes Jahr Stiefvater, und schon bin ich besser als Jesus. Ha! Nimm das, Heiland. Draußen ist es noch dunkel, als ich im Halbschlaf in meine Jogginghose und meinen Hoodie schlüpfe. Ich fühle mich wie Rocky auf dem Weg zum Training, bloß dass ich nicht auf Kuhhälften einprügeln werde, sondern zwei kleine Kinder aufwecken will. Ich weiß allerdings nicht, was anstrengender ist. Schläfrig trotte ich in das Kinderzimmer von Dante und schalte das Licht an: »Guten Morgen, aufstehen.«

Dann gehe ich rüber in Pauls Zimmer und mache das Gleiche noch mal. Leider hat selbst Dornröschen einen leichteren Schlaf als Kinder, und als ich einen Kontrollblick in Dantes Zimmer werfe, liegt er noch immer regungslos im Bett. Sonja kniet sich dann immer neben die Jungs und streichelt ihnen zärtlich das Haar, bis sie aufwachen. So viel Geduld habe ich heute früh nicht. Ich gehe in die Küche und kippe den beiden ein Glas Wasser in den Nacken. Dreißig Sekunden später stehen beide auf den Füßen. Na also, geht doch. Das kommt auch in meinen Erziehungsratgeber.

Anschließend verschwinde ich ins Badezimmer für die Morgenpflege. Der Erste, der reinplatzt, während ich mich gerade rasiere, ist Paul: »Kann ich meine kurze Hose in die Schule anziehen?«

»Hm«, murmle ich, das Gesicht voll mit Rasierschaum.

»Was? Ich versteh dich nicht.«

»Zieh bitte die dunkle Jeans an, die Mama dir gestern rausgelegt hat.« Schaum tropft mir in den Mund. Pfui Teufel.

»Warum kann ich nicht die kurze Hose anziehen?«

»Weil der Himmel rabenschwarz ist und ein Orkan vorhergesagt wurde. An deiner Stelle würde ich zusätzlich noch einen Sturzhelm aufsetzen und ein paar Karabinerhaken mitnehmen.«

»Aber mit der Hose sehe ich voll blöd aus«, jammert er.

Klar. Plötzlich ist er Stilexperte, aber der Nutella-Fleck auf seinem Sweatshirt hat ihn gestern nicht gestört.

Als Nächstes kommt Dante ins Bad. »Wir haben kein Müsli mehr.«

»Dann mach dir doch ein Salamibrot.«

»Okay«, sagt er und trottet wieder davon. Dreißig Sekunden später kommt er zurück. »Kann man die Pelle mitessen?«

»Ja.«

»Hm«, macht Dante. »Ich frag mal Mama.«

Manchmal wüsste ich gern, was für ein Bild Kinder eigentlich von ihrer Mutter haben. Sie scheinen zu denken, Sonja hätte die letzten zehn Jahre Salamikunde studiert und als Nebenfächer »Wasser kochen« und »Papier in den Drucker einlegen« belegt. Denn egal, was ich sage, die Jungs wollen zur Sicherheit noch eine zweite Meinung von ihrer Mutter hören. Selbst wenn eins der Kinder eine Blinddarmentzündung hätte und der Arzt erklärte, es für das Beste zu halten, eine laparoskopische Appendektomie vorzunehmen, würde das Kind erwidern: »Nichts für ungut, Herr Doktor, aber da frag ich noch mal Mama.«

»Nein!«, rufe ich und schmiere mir die Zahnpasta auf die Zahnbürste.

»Warum nicht?«

»Weil Mama schlafen soll. Sonst hätte ich auch im Bett bleiben können, wenn sie sowieso wach wird.«

»Na gut«, sagt Dante und schlurft in die Küche.

Seufzend stecke ich mir die Zahnbürste in den Mund. Bäh! Ein künstlicher Geschmack von Erdbeerkaugummi breitet sich auf meiner Zunge aus. Was zum Teufel ist das? Ich blicke auf die Tube auf dem Waschbeckenrand und sehe, dass ich aus Versehen die Zahnpasta der Kinder benutzt habe. Ich habe keine Ahnung, warum der Biber auf der Tube so grinst. Das Zeug schmeckt widerlich. Hastig spucke ich die Zahnpasta ins Waschbecken.

Um halb acht verlassen wir die Wohnung. Dante fährt mit dem Fahrrad ins Gymnasium, und ich laufe mit Paul zur Grundschule.

»Spielen wir wieder unser Spiel?«, fragt Paul.

»Klar. Du fängst an.«

»Ulreich.«

»Hummels.«

»Schmelzer.«

An einer Straßenkreuzung bleiben wir stehen, und Paul greift meine Hand. Ein wohliger Schauer läuft mir über den Rücken, als ich die kleine Hand in meiner Pranke spüre. Im Schwimmbad hat er zwar auch schon mal danach gegriffen, aber das war reiner Überlebenstrieb. Diese Geste, das merke ich, ist etwas anderes. Das ist Zuneigung. Okay, jetzt keine Szene machen, einfach cool bleiben. Sonst nimmt er nie wieder deine Hand, denke ich. Wie ein Vogelei halte ich sein kleines Händchen ganz behutsam, während wir weitergehen. Zwei Querstraßen vor der Schule lässt er plötzlich los. »Okay, geh jetzt.«

»Hä? Aber wir sind doch noch gar nicht da.«

»Egal«, drängt Paul.

Ich blicke nach vorn und sehe ein paar Kinder in Pauls Größe vor dem Schulgebäude. Jetzt verstehe ich: Seine Freunde sollen nicht sehen, dass ich ihn zur Schule bringe. Er schämt sich für mich. Ich fass es nicht. Ich war doch immer ein cooler Typ, trage zerrissene Jeans, habe Partys gefeiert und höre Rap-Musik. Und nun bin ich peinlich? Diese Erkenntnis schmeckt bitter.

»Aber ein paar Meter kann ich dich noch begleiten, oder?« Ich bin noch nicht bereit, das neue Glücksgefühl sofort wieder aufzugeben.

»Neeee«, sagt Paul.

Und bevor der kleine Junge noch eine einstweilige

Verfügung gegen mich erwirkt, lasse ich ihn die letzten Meter allein laufen.

Sonja verbringt den Vormittag in ihrem Büro, die Kinder sind in der Schule. Ich bin also allein zu Hause. Ganz schön ruhig hier. Hm. Und nun? Ich fläze mich aufs Sofa und zappe mich durchs Programm. Es laufen Scripted-Reality-Müll und die zweihundertste Wiederholung einer »*Two and a Half Men*«-Folge. Gelangweilt schalte ich den Fernseher wieder aus. Dann arbeite ich eben ein bisschen, muss ohnehin langsam mit meiner nächsten Patchwork-Kolumne anfangen. Ich setze mich mit dem Laptop an den Wohnzimmertisch. Leider ist es verdammt schwer, kreativ zu sein, wenn das Gehirn Zucker verlangt. Meine zittrigen Finger schweben über der Tastatur und tippen ... nichts. Mir fällt nichts ein. Verdammt. Ich brauche dringend etwas zum Knabbern. Wie ein Junkie pilgere ich in die Küche und durchforste die Schränke nach Zuckerersatz. Schließlich finde ich ein paar Reiswaffeln, die Sonja immer parat hat, wenn einer der Jungs zwischendurch etwas haben will. Skeptisch betrachte ich die Packung. Ob das was bringt? Vorsichtig beiße ich in eine der Waffeln und spucke sie sofort wieder aus. Bäh. Das schmeckt ja wie Pappe. Ich spüle meinen Mund am Wasserhahn aus, wobei mein Blick auf Pauls Trinkflasche fällt, die ausgewaschen auf dem Waschbeckenrand steht. Mist. Ich hab vergessen, sie ihm in den Schulranzen zu stecken, und er hat nun den ganzen Tag nichts zu trinken dabei. Mir fällt das Erlebnis heute Morgen auf dem Schulweg ein, als er meine Hand nahm. Und plötzlich weiß ich, worum es in meiner nächsten Kolumne gehen wird: um meine unterschiedlichen Beziehungen zu den beiden Jungs. Dazu werde ich diesmal die Form eines Briefs an Dante wählen.

Als ich fertig bin, überfliege ich meinen Text noch einmal.

Lieber Dante,
als meine Eltern sich getrennt haben, war ich ungefähr so alt wie Du. Ich habe mich in den letzten Wochen oft gefragt, wie ich wohl reagiert hätte, wenn damals ein neuer Freund meiner Mutter bei uns eingezogen wäre. Die Antwort ist: Ich hätte es gehasst. Niemals hätte ich akzeptiert, dass mir ein fremder Mann sagt, wann ich ins Bett gehen soll. Aber Du und Dein Bruder, Ihr akzeptiert das. Du hast mich vom ersten Moment willkommen geheißen in Eurer kleinen Familie. Du bist wirklich ein außergewöhnlicher Junge. Glaub mir, so viel habe ich immerhin verstanden, auch wenn ich vielleicht manchmal den Eindruck erwecke, von Erwachsenendingen keinen Plan zu haben.

Und mir ist auch aufgefallen, dass ich mehr mit Paul unternehme als mit Dir. Dein kleiner Bruder und ich haben unsere Spiele und Insider-Witze, und beim Fernsehen setzt er sich auf meinen Schoß. Denk bitte trotzdem nicht, ich würde Dich weniger mögen. Das stimmt nämlich nicht. Dein Bruder macht es mir bloß ein bisschen einfacher, weil er auf mich zugeht. Denn eigentlich bin ich genauso introvertiert wie Du. Mir fällt es selbst schwer, auf Menschen zuzugehen. Manchmal sitzt Du neben mir, und ich frage mich: Ob er es wohl mögen würde, wenn ich seinen Rücken streichle? Oder fände er es unangenehm, von einem fremden Mann berührt zu werden? Vielleicht bist Du auch schon zu alt dafür?

Du siehst: Ich habe keine Ahnung. Niemand hat mir erklärt, wie man mit Kindern umgeht. So was lernt man leider nicht in der Schule.

Bitte hab noch ein bisschen Geduld mit mir. Ich werde mich bessern mit diesem Vaterding, versprochen.

In Liebe
Max

KAPITEL 15

Starke Blasen, schwache Blasen

Zwei Wochen später ist Dante traurig. Jippie. Vielleicht ist das meine Gelegenheit, meinen Vorsatz in die Tat umzusetzen, meine Beziehung zu ihm zu verbessern.

Ich packe gerade im Wohnzimmer ein paar Notizen zusammen, um mich damit in mein Kellerabteil zurückzuziehen, als ich höre, wie Dante ruft: »Das ist so unfair«, und dann seine Zimmertür zuschmeißt. Keine Ahnung, worum es geht. Dieser Satz kann sich auf praktisch alles beziehen. Gestern war es unfair, weil er kein Bier probieren dufte, und letzte Woche war es unfair, weil er eine Jacke für die Schule anziehen musste. Also gehe ich in die Küche und frage Sonja.

»ApeCrime sind heute in der Stadt und geben eine Autogrammstunde«, sagt sie.

»Wer um alles in der Welt ist das?«

»Irgendwelche YouTuber.«

»Hm«, mache ich. »Ich könnte ihn doch hinbringen.«

»Musst du nicht arbeiten?«

Tatsächlich müsste ich bis morgen noch einen Haufen

Leserfragen für das Teenie-Magazin beantworten. Aber das hier ist wichtiger.

»Ach, das kann ich zur Not auch morgen noch erledigen. Wird halt ein bisschen stressig, aber das geht schon.«

»Sicher?«

»Klar.«

»Danke!«, sagt Sonja und gibt mir einen Kuss.

Zaghaft klopfe ich gegen Dantes Tür. Das Kinderzimmer eines Pubertierenden ist wie ein entführtes Flugzeug auf dem Rollfeld: Da stürmst du nicht einfach rein, ohne vorher die Lage zu checken.

»Dante?«

»Was?«

Ich öffne die Tür einen Spalt. »Zieh deine Schuhe an. Ich bring dich zur Autogrammstunde.«

Sofort hellt sich Dantes Miene auf. »Echt?«

»Logo. Ape Time mag ich auch.«

»Die heißen ApeCrime.«

»Mein ich ja.«

Dreißig Minuten später sitze ich mit Dante und Paul in der U-Bahn auf dem Weg zur Saturn-Filiale, wo der Auftritt stattfinden soll. Während unser Zug durch einen Tunnel rattert, überlegen die Jungs, welchen Freunden sie ein Autogramm mitbringen können. Denn die Nachricht, dass die beiden gleich ApeCrime treffen, hat sich in ihren Klassen ausgebreitet wie Chlamydien auf einem Rockfestival. Nun möchte jeder von ihnen eine Unterschrift.

Dante: »Ich brauche auf jeden Fall ein Autogramm auf meiner Handyhülle.«

Paul: »Und mir muss Cengiz unbedingt mein T-Shirt unterschreiben.«

Dante: »Glaubst du, sie unterschreiben einem auch zwei Sachen?«

Paul: »Das weiß ich leider auch nicht.«

Dante überlegt. »Max, du holst dir kein Autogramm, oder?«

Ich: »Ich? Nein. Warum?«

Dante: »Dann könntest du dir doch für meinen Freund Maurice ein Autogramm geben lassen, oder?« Er reicht mir einen karierten DIN-A5-Block.

Paul: »Und vielleicht kannst du fragen, ob sie für Anton auch ein Blatt unterschreiben?«

Ich: »Meinetwegen. Aber erklärt mir doch mal bitte, was so toll an diesen YouTubern ist.«

Dante: »Also, das sind Cengiz, Andre und Jan.«

Paul ruft aufgeregt dazwischen: »Aber Cengiz ist der Coolste.«

Dante: »Aber Jan auch.«

Paul: »Ja, Jan auch.«

Dante: »Eigentlich sind alle lustig.«

Paul: »Find ich auch.«

Ich: »Okay, und was machen die Lustiges?«

Dante: »Die machen so Wettbewerbe. Einmal haben sie gewettet, wer am längsten nicht aufs Klo muss.«

Erwartungsvoll blicken die beiden Kinder mich an. Ich kann an ihren großen Augen sehen, wie sie darauf warten, dass ich sage: »Nicht dein Ernst? Wie geil ist das denn?« Aber stattdessen gucke ich erst zum einen Kind. Dann zum anderen. »Wir fahren also durch die halbe Stadt, weil ein paar Typen nicht aufs Klo gehen?« Na toll, ich hab neulich Abend diese ekelhafte Riesenschnake über Dantes Bett mit bloßen Händen eingefangen und weggetragen. Aber sein Held ist natürlich ein Heini mit ner großen Blase.

»Ach, du verstehst das nicht«, winkt Dante ab. Er klingt wie ich damals, als ich meiner Oma erklärt habe, warum ich einen Instagram-Account habe. Super, ich bin jetzt also wie meine Oma.

»Die machen noch viel mehr.«

»Aha«, sage ich, will aber lieber gar nicht erst wissen, was diese Affen noch machen. Womöglich würde ich es mir sonst noch anders überlegen und mit den Kindern wieder nach Hause fahren.

Nach einer Weile fragt Dante: »Wie weit ist es noch?«

»Schon noch ein Stück«, sage ich.

»So ungefähr?«

Dante braucht immer genaue Zeitangaben.

Im Auto fragt er: »Wie lange fahren wir noch?«

In der Küche fragt er: »Wie lange dauert es noch, bis es Abendessen gibt?«

Wenn wir bei Freunden sind, fragt er: »Wie lange bleiben wir noch?«

Die Antwort an sich scheint dabei keine Rolle zu spielen. Egal, welche Zeit ich ihm nenne, er hat jedenfalls noch nie geantwortet: »Ojemine, dann muss ich wohl ein paar Termine verschieben.« Er möchte es einfach wissen. Ich weiß nicht, wofür. Vielleicht möchte er später beim Statistischen Bundesamt arbeiten. Oder in der Marktforschungsabteilung eines Pharmaunternehmens für Beruhigungsmittel. Wenn sein Chef ihn in der Konferenz fragt: »Herr Park, was haben Sie für uns?«, wird Dante nach vorn gehen und anhand einer Flipchart-Präsentation erläutern: »Unsere Kernzielgruppe bekommt durchschnittlich nach der vierten Frage, wie lange etwas noch dauert, einen Nervenzusammenbruch.«

Ich blicke zum Streckenplan der U-Bahn an die Decke. »Noch sieben Stationen.«

»Ah«, sagt Dante.

Im ersten Stock des Saturn-Marktes hat sich eine Schlange von Acht- bis Vierzehnjährigen vor einer kleinen Bühne versammelt. Security-Mitarbeiter in schwarzen Anzügen stehen am Rand und passen auf, dass die Begeisterung sich nicht unkontrolliert Bahn bricht. Zusammen mit den Jungs stelle ich mich ans Ende der Schlange und warte. Und warte. Und warte. Keine Spur von den YouTubern.

»Wie lange dauert das denn noch?«, frage ich.

»Weiß ich nicht«, sagt Dante.

»So ungefähr?«

Dante zuckt mit den Schultern, und wir warten weiter, während drei Kinder vor uns darüber diskutieren, wie sie ihre Idole gleich begrüßen sollen. Zur Auswahl stehen: Umarmung, Handschlag und Ghetto-Faust. Über die Lautsprecher des Ladens läuft die neuste Single-Auskopplung der YouTuber, die offensichtlich auch Musik machen. Die mich persönlich aber überhaupt nicht überzeugt. Ganz im Gegensatz zu dem kleinen Mädchen hinter mir in der Schlange, das ich sagen höre: »Ich muss nur einmal in meinem Leben ApeCrime live sehen, dann kann ich sterben.«

Es dauert eine Stunde, bis ApeCrime endlich die Bühne betreten und das kleine Mädchen sterben kann. Das heißt: Eigentlich sind es bloß zwei von ihnen, weil das dritte Band-Mitglied krank ist. Das muss der mit der mitreißenden Ausstrahlung sein, denn ganz ehrlich: Die anderen beiden Jungs sehen in ihren Jeans und Turnschuhen aus wie ganz normale Teenies. Tatsächlich erinnert mich der eine an den Verkäufer bei uns an der Tankstelle. Was haben die bitte schön, was ich nicht habe? Offenbar eine Menge. Zumindest tritt ein Kind nach dem anderen ehrfürchtig nach vorn, reicht einem der Security-Männer am Bühnenrand sein Handy, damit dieser ein Foto von ihm neben seinen Helden machen kann, und holt sich auf der Bühne sein Autogramm ab. Als ich an der Reihe bin und der Security-Mann mein Handy nehmen möchte, lehne ich freundlich ab.

»Nein, danke.«

Der Sicherheitsmann sieht mich misstrauisch an. Nanu? ApeCrime ist hier, und dieser Mann will kein Foto? Sehr verdächtig.

»Ich bin nur hier, weil ich für Freunde meiner Söhne ein Autogramm holen muss«, sage ich und flattere mit dem Block in meiner Hand vor seiner Nase.

Er winkt mich durch. Aber sein Blick sagt: Ich behalt dich im Auge.

Ich trete also auf die Bühne, begrüße die beiden Stars und lasse mir für Maurice und Anton zwei Blätter unterschreiben. Dann gehe ich wieder. Dante und Paul erwarten mich am Rand der Bühne und tauschen ihre Erfahrungen aus.

»Und, wie war's bei dir?«, fragt Paul, als ich dazustoße.

»Total aufregend. Weiß gar nicht, wie ich heute Nacht schlafen soll.«

»Haha«, macht Dante. »Sehr witzig.«

Ich muss grinsen und streiche ihm durchs Haar. »So, muss noch jemand aufs Klo?«

Die beiden Jungs schütteln die Köpfe.

»Gut, dann kommt. Gehen wir.«

Als wir unten auf dem U-Bahnsteig stehen und auf die Bahn warten, wird Paul unruhig. Immer wieder greift er sich mit der Hand in den Schritt. Es sieht so aus, als wolle er ihn zudrücken. Dante macht mich darauf aufmerksam. »Max, ich glaub, Paul muss mal aufs Klo.«

Ich mustere ihn. »Musst du Pipi, Paul?«

»Ich glaub schon«, sagt er und tritt von einem Bein aufs andere. Ich blicke hoch zur Abfahrtsanzeige. In zwei Minuten kommt die nächste U-Bahn. Die verpassen wir dann wohl. »Aber ich hab doch vorhin extra noch mal gefragt, wer aufs Klo muss, bevor wir gegangen sind.«

»Da musste ich ja auch noch nicht«, beschwert sich Paul.

Offenbar gibt es bei Kindern nur zwei Zustände: »Ich muss auf keinen Fall, frag nicht so blöd« oder »Ich pinkle mir gleich in die Hose«.

Wenn ein erwachsener Mann aufs Klo muss, wartet er bis zur Halbzeitpause und macht sich bis dahin noch ein Bier auf. Ein Kind hält es nicht einmal bis zum nächsten Querpass aus. Kinderblasen sind in dieser Hinsicht wie der Gipfel des Mount Everest. Die Situation kann sich von einer Sekunde auf die nächste dramatisch ändern – und dann wird's brenzlig. So wie jetzt. Ich habe nämlich keine Ahnung, wo eine Toilette ist. Einen Moment überlege ich, ihn einfach auf die Gleise pinkeln zu lassen. Kinder dürfen so was. Kinder dürfen alles. Die ziehen ihre Unterhosen aus und kacken neben Oktoberfestzelte. Mütter packen im Starbucks ihre Brüste aus, um ihre Babys zu stillen. Alles in Ordnung. Alles zum Wohle des Kindes. Aber wenn ich aus Versehen meinen Hosenladen ein Stückchen offen lasse, werde ich auf der Straße mit Sicherheit von der nächsten alten Dame angerüffelt. Ach ja, Kinder haben's gut.

Aber Paul will gar nicht auf die Gleise pinkeln. Der Herr möchte ein Klo. Ganz schön etepetete. Aber was bleibt mir anderes übrig? Ich nehme Paul an die eine Hand und Dante an die andere und renne mit den beiden die Rolltreppe hoch in das Zwischengeschoss, wo ein paar Geschäfte untergebracht sind. Angstschweiß tropft aus meinen Poren, während ich die Läden abklappere und mich abwechselnd sagen höre:

»Entschuldigung, haben Sie ein Klo?«

»Hältst du's noch aus, Paul?«

»Bitte lieber Gott, lass ihn nicht in die Hose pinkeln.«

In einem Café finden wir schließlich ein Klo. Leider sind alle Kabinen besetzt, so dass Paul neben mir auf und ab hüpft und ein angestrengtes Gesicht macht, als würde er versuchen, eine Zehn-Kilo-Hantel hochzuheben.

»Geh doch einfach bei den Damen«, schlage ich vor. Ich hätte genauso gut sagen können: »Mach deine Hausaufgaben doch schon am Freitagnachmittag statt am Sonntagabend.« Das wäre für Paul gleichermaßen absurd.

»Ich bin doch kein Mädchen«, protestiert er und drückt seine Hände fest in seinen Schritt. Ich sehe ihm an, dass er es nicht mehr lange aushält, bis es hier rundgeht wie bei einem herrenlosen Feuerwehrschlauch unter Hochdruck.

»Ich flehe dich an, Paul, tu's einfach.« Panik schwingt in meiner Stimme.

»Neee«, jammert er.

»Los jetzt!«

»Nein!«

In solchen Momenten frage ich mich: Was würde James Bond jetzt wohl tun? Ständig schwärmen Frauen davon, was für ein harter Kerl Daniel Craig ist. Dabei wirkt jede Fastfood-Bedienung männlich, wenn sie in der einen Hand eine Walther PPK hält und ein Bond-Girl in der anderen. Aber Stil zu bewahren, während du ein Autogramm von ApeCrime in der Hand hältst und neben dir ein Kind aufs Klo muss, das ist die wahre Kunst! Fick dich, 007.

Zum Glück springt in dem Moment eine Tür auf, und ein dicker Mann mit langen, fettigen Haaren und einem Metallica-Shirt über der Plauze kommt schnaufend aus der Kabine. So viele Sagrotan-Tücher kannst du gar nicht auf die Klobrille legen, dass ich mich da draufsetzen würde. Aber das sag ich dem Kind natürlich nicht.

»Klasse, Paul. Jetzt nichts wie los«, rufe ich und unterdrücke einen Würgereiz. Der Kleine ist noch jung. Der braucht solche Nahtoderfahrungen zum Wachsen.

Als wir eine knappe Stunde später endlich in unserem Hausflur ankommen, ist der Aufzug außer Betrieb, und uns bleibt nichts anderes übrig, als die fünf Stockwerke bis nach oben zu laufen. Heute ist wirklich nicht mein Tag. Überrascht stelle ich fest, dass mir das Treppensteigen viel leichter fällt als noch am Tag unseres Einzugs. Mein Lebenswandel scheint tatsächlich Wirkung zu zeigen.

Das sage ich Sonja aber nicht, sonst fühlt die sich noch bestätigt und schlägt womöglich vor, eine Woche zu fasten und nichts als Wasser und Glaubersalzen zu uns zu nehmen.

Als wir oben ankommen, erwartet Sonja uns schon in der Tür. »Schatz, mach die Augen zu«, sagt sie mit einem merkwürdigen Lächeln.

»Aber ich hab noch die Schuhe an …«

»Macht nichts, komm einfach mit.« Sie nimmt meine Hand und führt mich über den Flur ins Schlafzimmer. Oha. Es muss wirklich wichtig sein, wenn ich mit Schuhen durch die Wohnung laufen darf. Als ich den weichen Bettvorleger unter meinen Schuhen spüre, sagt sie: »So, jetzt aufmachen.«

Das Erste, was ich sehe, ist, dass unser Bett nicht mehr in der Mitte des Raumes steht, sondern an dessen Seite. Dadurch hat Sonja Platz geschaffen für einen Sessel in der gegenüberliegenden Ecke sowie einen kleinen runden Tisch und eine Stehlampe. An der Wand neben der Tür hängt nun ein kleiner Fernseher.

»Damit du nun einen Bereich für dich hast, wo du dich zurückziehen kannst, wenn es dir mit uns zu stressig wird, und nicht mehr im Keller arbeiten musst.«

Einen Moment lang weiß ich nicht, was ich sagen soll. So etwas hat noch nie jemand für mich getan.

»Wie hast du denn den Fernseher aufgehängt?«, stammle ich verblüfft.

»Na ja, ich hatte ein bisschen Hilfe vom Hausmeister«, sagt Sonja. »Freust du dich?«

»Und wie«, sage ich. Aber da ist noch mehr: Ich fühle Scham. Ich kann mich nicht erinnern, wann ich jemals etwas so Nettes für Sonja getan habe. Plötzlich überkommt mich der starke Drang, sie in den Arm zu nehmen und nicht mehr loszulassen.

»Urgh«, macht Sonja und kichert. Ich lasse sie frei und gebe ihr einen langen Kuss.

»Igitt«, ruft Paul, und die beiden Kinder verziehen sich mit ihren Autogrammen in ihre Zimmer.

Abends um halb neun ist Schlafenszeit für Dante und Paul. Normalerweise bringt Sonja die Jungs ins Bett, während ich im Wohnzimmer bleibe. Schließlich müssen die Kids seit dem Umzug ihre Mutter mit mir teilen, und zumindest dieses Ritual sollen sie ganz für sich allein haben. Deswegen verabschieden sich die beiden immer kurz vorher bei mir, bevor sie endgültig unter die Bettdecke schlüpfen. Normalerweise bleiben sie dabei im Türrahmen stehen und rufen: »Gute Nacht, Max. Bis morgen.« Heute nicht.

»Danke, dass du mit uns zur Autogrammstunde gegangen bist. Schlaf gut«, sagt Dante und legt seine kleinen Arme um meinen Hals. Das hat er noch nie getan. Ich bin komplett überrumpelt.

»Logo, kein Ding«, sage ich total cool. Zumindest versuche ich, so zu klingen. Aber als er aus dem Wohnzimmer verschwunden ist, habe ich noch immer dieses Kribbeln am Herzen.

KAPITEL 16

Fuß-Fische

Ich bin so schwach. Ich schäme mich. Meine Selbstbeherrschung ist lächerlich, quasi nicht vorhanden. Gerade mal Tage habe ich es ohne Zucker ausgehalten. Und dann bin ich rückfällig geworden. Ich saß in der Redaktion, um meine Kolumne für die kommende Woche fertig zu schreiben, und mir fiel wieder einmal nichts ein. Alles, woran ich denken konnte, war: Cola! Also bin ich schließlich in die Kantine runtergelaufen und habe mir eine Dose gekauft. Sonja erfährt es ja nicht, dachte ich, und was macht eine Dose, verteilt auf meine nächsten fünfzig Lebensjahre, schon aus? Eben.

Am Nachmittag schickte Sonja mir ein Selfie von sich und den Kindern beim Picknick im Englischen Garten mit der Frage: *Du fehlst hier. Was machst du gerade?*

Ich machte ein Selfie von mir an meinem Schreibtisch mit einem traurigen Gesicht und schrieb darunter: *Arbeiten :-(*

Blöderweise hatte ich nicht darauf geachtet, dass im Hintergrund des Bildes noch die Cola-Dose zu sehen war. Ich Depp. Ich Riesenvolldepp.

Jedenfalls stehe ich deswegen nun mit Sonja im Spa »Fisch & Relax«, um meine Wettschuld einzulösen. Ein kleiner Raum mit matter Beleuchtung und verstaubten Flohmarktmöbeln, der mich ein bisschen an das Wohnzimmer meiner Oma erinnert. Sogar ein Aquarium hatte sie. Sonja hat sich ein Fisch-Spa ausgesucht, weil sie das schon lange mal ausprobieren wollte. Dabei hält man die Füße in ein Wasserbecken und lässt sich die abgestorbenen Hautschüppchen von den Fischen abknabbern. Es ist absurd. Ich schwimme nicht gern in natürlichen Gewässern, weil mich die Vorstellung ekelt, eine Forelle könnte mich berühren. Ich hab mich mit Sonja zwar nie über das Thema »Forellen am Körper – wie stehst du dazu?« unterhalten, aber ich hab sie beim Baden im Meer auch noch nie rufen hören: »Kommt her, Fischis, Fischis. Hier bin ich.« Und dennoch haben wir gerade einer osteuropäischen Frau mit roten Locken achtzig Euro in die Hand gedrückt, damit sie einen Schwarm Fische dreißig Minuten lang auf uns loslässt. Die Kinder sind heute bei Freunden. Wir haben den Nachmittag also für uns, und Sonja fand, das sei eine gute Gelegenheit für den Spa-Tag, den ich ihr schulde. Ich hab mal gelesen, es sei für eine Beziehung wichtig, dass die Eltern regelmäßig etwas ohne Kinder unternehmen – um nicht zu vergessen, dass man nicht nur Erzieher ist, sondern eben auch ein Liebespaar. Jetzt gerade wäre ich aber wahnsinnig gern bloß Erzieher.

»Kommen Sie, kommen Sie«, befiehlt die osteuropäische Wellness-Diktatorin und winkt uns nach vorn zum

Eingangsbereich des Ladens, wo zwei große Aquarien stehen.

Schockiert gucken Sonja und ich auf die braunen Fische darin, von denen jeder einzelne groß genug ist, um die Hornhaut einer kompletten Fußballmannschaft zu verputzen.

»Ich hab gedacht, die wären viel kleiner«, flüstert Sonja.

»Ich auch.«

Ich bin nicht sicher, ob ich dort wirklich hineinsteigen soll oder gleich ein Kellner kommt, um sich von mir zeigen zu lassen, welchen dieser Fische er in der Küche für mich zubereiten soll. In guten Fischrestaurants ist so was ja angeblich üblich.

Es kommt aber kein Kellner. Nur die Krim-Therapeutin steht neben uns und klatscht in die Hände. »Hopp! Rein, rein.«

Ein paar Schaulustige auf der Straße drücken ihre Nasen gegen die Glasfront direkt vor uns. Wer kam eigentlich auf die blöde Idee, die Fischbecken direkt ins Schaufenster zu stellen? Sex sells, schon klar. Aber Hornhaut sells? Ich bezweifle jedenfalls, dass meine aufgeweichten Schrumpelfüße einen Kaufanreiz auslösen. Höchstens Brechreiz. Du greifst doch auch nicht aufgeregt zum Hörer und rufst die RTL-Hotline an, um dich fürs Dschungelcamp zu bewerben, wenn du gerade gesehen hast, wie Peer Kusmagk in einer Kiste mit Ratten begraben wurde. Du schüttelst den Kopf und wartest mit deiner Teilnahmezusage, bis dir das Finanzamt einen Vollstreckungsbescheid schickt.

Zaghaft stecke ich meine Füße in das Becken und greife dabei nach Sonjas Hand. Hat was von *Thelma & Louise*, wie sie auf die Klippe zurasen. Sofort stürzen sich die Fische auf meine Füße, als hätten sie seit Tagen keine vernünftige Hornhaut mehr zu fressen bekommen. Bei der ersten Berührung stoße ich vor Schreck einen schrillen (aber sehr männlichen!) Schrei aus und ziehe meine Beine blitzartig wieder aus dem Wasser. Angewidert gucke ich zur Seite auf Sonja, die immer noch trockene Füße hat und diese fest an ihren Körper presst. »Ich glaub, ich will das doch nicht.«

»Ooooh, wie schade«, sage ich mit gespielter Enttäuschung.

Sonja dreht sich zu der Spa-Besitzerin um. »Können wir stattdessen eine Fußmassage nehmen?«

Die Dame nickt mit dem Kopf und ruft in einer fremden Sprache etwas durch den Raum, woraufhin ein zierliches Mädchen von vielleicht zwanzig Jahren mit dunklem Pferdeschwanz durch einen Kettenvorhang aus dem Hinterzimmer tritt und mir Handtücher bringt. Nachdem ich meine Füße abgetrocknet habe, folgen wir den beiden Damen zu einer Reihe von Sesseln an der Wand. Klobige, braune Massagestühle, in die Sonja und ich uns plumpsen lassen. Der dicke Rotschopf reicht uns zwei Flaschen Wasser und beginnt, meine Füße mit Öl einzureiben. Das zierliche Mädchen widmet sich währenddessen meiner Freundin. Sonja schließt die Augen. Ein zufriedenes Lächeln spiegelt sich auf ihren Lippen. Ich versuche, es ihr gleichzutun, und schließe ebenfalls meine Augen. Aber es fällt mir schwer, die fremden Hände an meinen Füßen zu genießen. Mir schießen tausend Fragen durch den Kopf: Warum entscheidet sich jemand dafür, ausgerechnet Fußmasseur zu werden? Ich muss an das Arbeitsamt denken. Als ich mit der Schule fertig war, habe ich dort einen Test gemacht, der mir helfen sollte herauszufinden, welcher Beruf für mich geeignet sei. Der Computer empfahl mir, Hebamme zu werden. Das war insofern erstaunlich, als es mir noch nicht einmal gelingt, unfallfrei das Spielzeug aus einem Überraschungsei zu bekommen. Ich frage mich, was die Dame dort an meinen Zehen angeklickt hat, damit bei ihr am Ende Fußmasseur herauskam? So leidenschaftlich, wie sie meinen großen Zeh bearbeitet, scheint sie jedenfalls ein Hobby zum Beruf gemacht zu haben. Ob ich mal stöhnen sollte? Ich habe in einer Studie gelesen, dass sich Frauen beim Sex wünschen, der Mann würde stöhnen, damit sie wissen, dass es ihm gefällt. Vielleicht ist die Dame gekränkt, wenn ich keinen Laut der Zufriedenheit von mir gebe? Ich werde jetzt einmal stöhnen, ihr zuliebe.

Ich mache »Uuh« und zucke vom Klang erschrocken zusammen.

Ach du Scheiße, das klang ja, als ob man einem Walross nen Splitter aus der Flosse gezogen hätte.

Sonja dreht den Kopf zur Seite und lächelt mich an. »Ist das nicht herrlich?«

Ganz ehrlich: Ohne Kinder ist es auch nicht immer toll.

KAPITEL 17

Fontanellen

Am süßesten sind Kinder als Baby. Wenn die Finger noch ganz klein sind und sie mit dem zerknautschten Gesicht aus dem Kinderwagen hervorlugen. Da geht einem das Herz auf, und man denkt: »Ich will auch eins.«

Aber wenn man beim Abendspaziergang zwei tätowierte Jugendliche sieht, die betrunken eine leere Bierdose über den Bürgersteig kicken, dann klatscht man eher nicht die Hände gegen die Backen und seufzt: »Ach ja, so einen hätte ich auch gern. Komm, Schatz, husch nach Hause, lass uns ein Kind machen.«

Trotzdem bin ich froh, dass Dante und Paul schon so groß sind. Zum Üben ist das perfekt, weil man sie nicht so leicht kaputtmachen kann. Einem Fahranfänger schenkt man auch nicht gleich einen Neuwagen. Du lässt ihn erst mal mit Opas solidem Škoda Fahrpraxis sammeln, mit dem man fast nichts falsch machen kann. Schließlich gibt es ungefähr eine Million Möglichkeiten, ein Baby versehentlich zu töten.

Du gibst ihm nur ein Gummibärchen. Es verschluckt sich. Baby tot.

Du legst ihm nur ein schön großes Kissen ins Bett. Es erstickt. Baby tot.

Du wirfst es nur spielerisch in die Luft. Genickbruch. Baby tot.

Du drehst dich nur vom Wickeltisch weg. Es fällt runter. Baby tot.

Du stellst nur kurz die Packung mit dem Rattengift neben ihm ab. Baby tot.

Und dann gibt es da noch die Fontanelle. Der personifizierte rote Knopf. Jedes Mal, wenn ich ein Baby sehe, überkommt mich dieses starke Verlangen, den Zeigefinger dort hineinzudrücken, um zu sehen, was dann passiert. Ich glaube, nachdem Adam und Eva aus dem Paradies verbannt worden waren, weil sie von der verbotenen Frucht gegessen hatten, entschloss sich Gott, den Babys eine Fontanelle zu verpassen, nur um zu sehen, ob die Menschheit aus ihrem Fehler gelernt habe und Versuchungen fortan widerstehen könne.

Glücklicherweise ist diese undichte Stelle bei Dante und Paul längst versiegt. Sie sterben nicht mehr so leicht. Die Psychologie spielt dafür bei ihnen eine umso größere Rolle. Bei Patchwork-Familien vielleicht sogar noch mehr, weil die natürliche Bindung zwischen Kind und Stiefvater nicht von Anfang an da ist wie beim klassischen Familienmodell. Eine Mutter kann ihrem Kind eine Woche Hausarrest aufbrummen und bekommt zum Muttertag trotzdem Blumen geschenkt. Aber wehe, der Stiefvater schimpft nur ein einziges Mal über eine Fünf in Mathe. Dann ist er für alle Zeit ein Arschloch. Deswegen muss man das Band zwischen Kind und Stiefvater erst stricken. Und ich habe keine Ahnung, wie das geht. Einer Frau machst du ein paar raffinierte Komplimente, die wirklich etwas mit ihr selbst zu tun haben, und kochst für sie. Wenn du dann auch noch besser aussiehst als ein Nacktmull auf Entzug, kannst du dich eigentlich schon bei Parship abmelden. Aber Dante und Paul würden mich keinen Zentimeter lieber mögen, selbst wenn ich Bauchmuskeln wie Pflastersteine hätte und die beste Spaghetti Carbonara der Welt kochen könnte. Der Prozess des Anbandelns mit Stiefkindern ist viel komplexer, eben weil man zu ihnen auch mal streng sein muss. Und trotzdem sollen sie mich dabei lieb gewinnen. Ein Tanz auf dem Drahtseil. Und bei Sonja ist das eben nicht so. Die geht eigentlich immer selbständig ins Bett, wenn es Schlafenszeit ist – ohne dass ich erst schimpfen muss.

Deswegen sitze ich nun vorm Laptop in meiner Männerecke und google mich durch Ratgeber für Patchwork-Familien. Sonja ist im Büro, die Kinder sind in der Schule. Ich bin allein und wollte die Zeit eigentlich nutzen, um ein bisschen zu arbeiten. Leider habe ich die Konzentrationsspanne einer Stubenfliege. Es ist mir unmöglich, meine Gedanken länger als eine halbe Stunde am Stück auf einen Text zu lenken. Und weil *Bild Online* seine Sportseite etwa dreimal am Tag aktualisiert, scrolle ich mich nun gelangweilt durch Ratgeberseiten. Hauptsache, nicht arbeiten. Eine Studie behauptet, dass es mindestens vier bis fünf Jahre dauern würde, bis eine Patchwork-Familie zusammengewachsen ist. Außerdem finde ich eine Checkliste, ob man emotional noch Junggeselle ist oder schon Vater. Die finde ich ziemlich lustig und leite sie Sonja weiter. Vielleicht freut sie sich ja auch über ein bisschen Ablenkung. Auf der nächsten Seite erklärt eine Psychologin, dass Stiefväter den Kindern keine Regeln vorschreiben sollten, weil es die Spannungen zwischen ihnen verstärken würde. Die Psychologin meint, es sei wichtig, dass ein Kind versteht, warum es etwas nicht darf. Das Kind will nicht um zwanzig Uhr ins Bett? Dann lässt man es eben einmal so lange wach bleiben, wie es möchte. Wenn es am nächsten Tag hundemüde ist, wird es schon merken, dass es die Regel nicht zum Spaß gibt. Das ist ein toller Tipp, denke ich. Den probiere ich mal aus.

Eigentlich kreisen alle Seiten um dasselbe Thema: den Loyalitätskonflikt der Kinder zwischen Stiefvater und leiblichem Vater und wie kompliziert diese Situation für die Kinder ist. Was es natürlich ist, keine Frage. Aber bei tausend Artikeln hätte sich doch wenigstens einer mal damit beschäftigen können, wie es für einen Mann ist, plötzlich Teil einer eingespielten Familie mit ihren ganz eigenen Regeln zu sein. Ich nehme mir vor, darüber meine nächste Kolumne zu schreiben.

Zwei Tage später bietet sich mir eine Gelegenheit, den Ratschlag der Psychologin an Dante und Paul auszuprobieren. Es ist Samstag. Sonja macht mit ihrer Freundin Mareike einen Mädelsabend und wird erst spät nach Hause kommen. Dante, Paul und ich sitzen nebeneinander auf dem Sofa und gucken *Duell um die Welt* mit Joko und Klaas. Kurz vor Ende der Show kündigt der Sender in der Werbepause an, dass direkt im Anschluss *Final Destination* kommen wird, einer der guten alten Schocker.

»Boah, mega«, ruft Paul.

»Können wir den bitte, bitte sehen?«, fragt Dante. »Wenigstens ein bisschen?«

»Auf keinen Fall, Jungs.«

»Warum nicht?«

»Weil das ein Horrorfilm ist. Für den seid ihr noch zu klein. Außerdem ist Schlafenszeit.«

»Jonas durfte den Film schon mit sieben sehen.«

»Jonas Eltern sind Arschlöcher.«

»Haha«, ruft Paul. »Fünfzig Cent in die Schimpfkasse!«

Er hat leider recht. Wer flucht, muss bei uns fünfzig Cent in eine kleine Schatulle auf dem Bücherregal einzahlen. Das gesammelte Geld wird benutzt, um davon zusammen ins Kino zu gehen. Früher hatten wir das bei mir zu Hause, und nun habe ich es auch bei uns eingeführt, damit nicht so viel geflucht wird. War ne blöde Idee. Denn leider bin ich derjenige, der am häufigsten die Kasse klingeln lässt.

»Fuck.«

»Ein Euro«, johlen beide Kinder zusammen.

»Sch…«, diesmal kann ich mich rechtzeitig stoppen. »Schuber.«

Widerwillig zücke ich meinen Geldbeutel und lege das Bußgeld in die Kasse.

»Wir putzen auch jetzt schon Zähne, damit wir danach sofort ins Bett gehen können.« Dante gibt sich noch nicht geschlagen.

»Nein, Jungs.«

»Bitte.«

In dem Moment fällt mir der Artikel wieder ein. »In Ordnung. Putzt euch die Zähne, und dann kommt wieder her.«

»Echt?« Paul macht einen kleinen Hüpfer und landet breitbeinig wieder auf dem Boden. Er sieht aus wie ein Torwart vor dem Elfmeter. Angespannt sucht er in meinem Gesicht nach einem Zeichen, ob ich ihn bloß auf den Arm nehme.

»Ja. Also ab ins Bad. Und sagt eurer Mutter bloß nichts davon.«

»Danke, Max. Vielen, vielen Dank.« Dante fällt mir um den Hals, und dann kommt auch Paul angerannt und umarmt uns beide.

Wenn die wüssten, was sie gleich erwartet, denke ich mit hämischem Grinsen. Sie werden schreien und fürchterliche Alpträume bekommen. Das wird ihnen eine Lehre sein, nicht auf meine Worte zu hören und alles besser zu wissen.

Hm. So richtig verängstigt wirken sie gar nicht. Vierundneunzig Minuten lang wird in dem Film ein Teenager nach dem anderen vom Schicksal brutal geköpft oder zerquetscht oder aufgespießt, und die Jungs neben mir geben dabei jedes Mal von neuem Laute der Begeisterung von sich. Der Einzige, der gelegentlich den Blick abwenden muss und intensiv aus dem Fenster starrt, bin ich. Das alles erinnert mich an einen Fernsehabend mit meinem Vater, ich war noch ziemlich klein, und wir schauten *Das Schweigen der Lämmer*. Eigentlich schien ich die Horrorszenen deutlich besser wegzustecken als er, was vermutlich daran lag, dass Erwachsene empathischer sind. Kinder denken einfach nicht so viel nach. Mein Gehirn dagegen beschäftigte sich noch die ganze Nacht mit dem Gesehenen und projizierte im Schlaf eine eigene, umso schrecklichere Fortsetzung auf die Leinwand meines Frontallappens. Ich träume, wie sich Paul in der Küche eine Schüssel mit Cornflakes macht. Ein bisschen Milch schwappt ihm dabei über und fließt unbemerkt hinüber zum Toaster, wo sie einen Kurzschluss auslöst. Ein Feuer bricht aus und ... in diesem Moment schrecke ich auf. Mein T-Shirt klebt verschwitzt an meinem Oberkörper. Nur ein Traum? Ganz still sitze ich aufrecht im Bett und horche in die Wohnung: nichts. Trotzdem muss ich nachsehen, ob mit den Kindern alles in Ordnung ist. Bestimmt haben sie auch Alpträume. Ich krieche aus dem Bett und gucke in die beiden Kinderzimmer. Friedlich liegen beide in ihren Betten und säuseln leise vor sich hin, als hätte der Sandmann persönlich sie ins Bett gebracht. Beruhigt gehe ich wieder zurück in mein Bett.

Paul versucht, das Feuer zu löschen. Er stellt sich auf die Zehenspitzen und streckt sich aufs Äußerste, um einen Putzkübel zu erreichen, der oben auf dem Kühlschrank steht. Mit den Fingerspitzen erreicht er seinen Rand und bringt ihn zum Kippen. Der Kübel fällt auf Pauls Kopf …

Wieder schrecke ich panisch aus dem Schlaf, um gleich darauf festzustellen, dass es bloß ein weiterer Alptraum war. Leck mich am Arsch, denke ich auf dem Weg ins Badezimmer, wo ich mir mit einem nassen Lappen den Schweiß vom Oberkörper waschen und ein frisches T-Shirt anziehen will. Nie wieder gucke ich einen Horrorfilm. Und Familienratgeber können mich auch mal.

KAPITEL 18

Spam-Mails mit Kuchenbestellungen

Am nächsten Morgen kann ich in der Redaktion meine Augen kaum offen halten. Müde fläze ich an meinem Schreibtisch und gähne meinen Bildschirm an. Redaktionsdienst am Sonntag ist Folter.

»Wohl ne wilde Nacht gehabt, was?«, fragt Finn, mit dem ich mir heute ein Büro teile. Ist ja sowieso keiner hier außer uns beiden und Herrn Forstmann am Ende des Flurs.

»So ungefähr«, brumme ich und muss wieder gähnen. Ich blicke auf die Uhr. Schon fast eins. In einer Stunde muss ich nach Hause, um auf Paul aufzupassen, weil Sonja bei Dantes Fußballturnier zuschauen will, und ich habe von meiner wöchentlichen Kolumne immer noch nicht mehr als die Überschrift: *25 Tipps für das Leben mit einem neuen Stiefvater*. Immerhin bin ich ein bisschen stolz, dass mir wenigstens dieser Einfall beim Durchstöbern der Ratgeber kam.

»Bling!«

Mein Computer kündigt eine neue E-Mail an. Mit der Reaktionsgeschwindigkeit eines Faultiers bewege ich den Cursor auf das Briefmarkensymbol auf meiner Menüleiste.

Im Betreff der neuen Nachricht steht: *Lust, einen Kuchen zu backen?*

Toll, denke ich, jetzt hat selbst die Spam-Industrie mitbekommen, dass ich eine Familie habe, und will mich nicht mehr für Penisvergrößerungen begeistern, sondern mir Küchenutensilien andrehen. Nun ist es offiziell: Ich bin ein langweiliger Pantoffelpapi. Frustriert schiebe ich die Nachricht in meinen Papierkorb und lenke meine Aufmerksamkeit wieder auf meine Kolumne.

Zumindest für drei Sekunden, bis mein Chef plötzlich im Zimmer steht und mich mit strenger Miene anblickt. »Max, ich muss ein ernstes Wort mit dir reden.«

Schluck. In meinem Hals bildet sich ein Kloß, und die kleinen Herren in meinem Hirn arbeiten auf Hochtouren daran herauszufinden, was ich wohl falsch gemacht haben könnte. Leider arbeiten sie heute offenbar genauso effektiv wie ich selbst, deswegen muss ich letztlich nachfragen: »Was habe ich angestellt?«

»Das kann ich dir gern sagen«, sagt Herr Forstmann mit strengem Ton und winkt mit einem Stapel Blätter, den er in der Hand hält. »Das sind Ausdrucke von Leserbriefen, die ich zu deiner Patchwork-Kolumne bekommen habe.«

Der Kloß hat mittlerweile die Größe der Steinkugel aus *Indiana Jones und der letzte Kreuzzug* erreicht und rollt in Richtung meines Magens.

Ich hasse Leser. Sie schreiben eigentlich nur aus einem einzigen Grund – um sich zu beschweren. Manchmal versuche ich, mir vorzustellen, wie ein Leser an seinem Laptop sitzt und sich durch die Tagesmeldungen der Medienlandschaft scrollt: Donald Trump provoziert Nordkorea. Kevin Spacey soll ein Kind sexuell belästigt haben. Max Reich kauft seinen Kindern einen Hamster. Was geht im Kopf eines Menschen vor, wenn er daraufhin ausgerechnet unter meinem Artikel einen erbosten Kommentar verfasst? Ja, natürlich, ich weiß: Tiere sind kein Spielzeug. Aber ist die sexuelle Belästigung eines Kindes oder das Auslösen des Dritten Weltkriegs nicht vielleicht ein kleines bisschen schlimmer?

Die Kommentarfunktion auf Webseiten ist die blödeste Erfindung seit der Bananen-Frischhalte-Hülle. Bestimmt haben sich ein paar Ökomuttis über meinen unpädagogischen Umgang mit den Kindern beschwert.

Nun kramt Herr Forstmann seine Lesebrille aus dem Sakko und liest vor:

»*Vielen Dank an den Autor der Kolumne* Hilfe, ich date eine Familie. *Ich musste schon mehrmals lachen. Als Instant-Papa zweier kleiner Kinder (drei und fünf Jahre alt) finde ich mich in vielen der beschriebenen Situationen wieder, und es tut gut zu wissen, dass meine widersprüchlichen Gefühle offensichtlich normal sind. Ich habe durch die Texte nicht nur gelernt, mit den Kindern meiner Freundin besser umzugehen, sondern es hat sich bei uns tatsächlich eine Art Wir-Gefühl entwickelt. Deshalb: Vielen Dank, Max! Mach bitte weiter!*« Herr Forstmann steckt seine Brille zurück in die Tasche. Seine Miene wirkt viel freundlicher. Uff. Glück gehabt. Herr Forstmann hat mich bloß auf den Arm genommen. Er möchte gar kein ernstes Wort mit mir wechseln, sondern mich loben. Der Kloß in meinem Hals schmilzt wie ein Erdbeereis in der Sahara.

»Die Leute lieben deine Kolumne. Ich will, dass du ab sofort jeden Tag eine schreibst. Kriegst du das hin? Vielleicht kriegen wir sogar genügend Folgen zusammen, um ein Buch daraus zu machen. Wie klingt das?«

Puh. Ich blase die Backen auf. Jeden Tag eine neue Folge? Das klingt vor allem nach viel Arbeit. Tatsächlich habe ich gerade angefangen, es zu genießen, nicht so viel arbeiten zu müssen, weil ich ja durch die gemeinsame Wohnung mit Sonja weniger Miete zahle. Die Leserfragen für das Teenie-Magazin und die wöchentliche Kolumne reichen mir eigentlich. Wenn ich einen Farbfernseher und ein Dach über dem Kopf habe und ab und an mal mit der Familie ins Kino gehen kann, bin ich glücklich. Ein Leben ohne Stress ist mir wichtiger als ein Leben mit viel Geld. Andererseits: Natürlich gefällt mir der Gedanke, ein Buch herauszubringen. Welcher Autor träumt nicht davon?

»Kann ich ein paar Nächte darüber schlafen?«

Herr Forstmann wirkt verdutzt. »Eigentlich dachte ich, du würdest Luftsprünge machen vor Freude.« Er hält kurz inne, als müsse er sich nach dieser Überraschung erst sammeln. »Aber gut. Nimm dir Zeit, und gib mir Bescheid. Bis dahin machst du einfach weiter wie bisher. Deine nächste Kolumne krieg ich aber trotzdem morgen, oder?«

Ich nicke. »Geht klar, Chef.«

Und als er schon fast aus der Tür hinaus ist, schiebe ich schnell noch hinterher: »Und vielen Dank für das Angebot. Ich weiß das wirklich zu schätzen.«

Ein eigenes Buch. Im Buchhandel. Mit meinem Namen auf dem Umschlag. Das wäre was. Verträumt hänge ich dem Gedanken noch im Bus auf dem Weg nach Hause hinterher.

»Ihre Fahrkarte bitte«, ertönt eine dumpfe Stimme hinter mir und reißt mich ruckartig in die Realität zurück. Oh shit. Vor lauter Müdigkeit habe ich ganz vergessen, eine neue Monatskarte zu kaufen. Hektisch drücke ich auf den Türknopf in der Hoffnung, dass der Bus die nächste Haltestelle erreicht und ich rausspringen kann, bevor der Kontrolleur bei mir angekommen ist – doch zu spät. Hinter mir steht schon ein kleines Männchen in einer blauen Uniform und verlangt meinen Fahrschein. Es gibt nichts Erniedrigenderes, als von einem kleinen blauen Männchen ermahnt zu werden. Vor allem, wenn einen dabei auch noch zwanzig fremde Menschen anglotzen wie die Lemurenaffen. Das weiß das kleine blaue Männchen natürlich ganz genau, und deswegen sagt es extra laut: »Sie sind verpflichtet, eine Fahrkarte mit sich zu führen. Da dies offenbar nicht der Fall ist, muss ich Ihnen einen Bußgeldbescheid ausstellen.«

Schlimm genug, dass ich nun Strafe zahlen muss – es muss mir auch noch im Bus passieren. U-Bahn-Kontrolleure tragen wenigstens Barette und Gummiknüppel. Aber das kleine blaue Männchen vor mir trägt eine Art Haube auf dem Kopf und eine schwarze Herrenhandtasche über der blauen Uniform. Lufthansa-Stewardessen in der Economy-Klasse sehen brutaler aus. Und so einer darf mich runterputzen.

Ich erkläre dem kleinen blauen Männchen, dass ich dringend nach Hause muss wegen meines Kindes und in der Eile verschwitzt habe, eine neue Monatskarte zu kaufen.

»Ich fahre eigentlich nie schwarz«, sage ich. Zum Beweis zeige ich ihm einen dicken Stapel vergilbter Monatskarten, der sich in meinem Geldbeutel angestaut hat.

Leider möchte es lieber meinen Ausweis sehen. Dann zieht es einen Block aus seiner Handtasche und überreicht mir einen Strafzettel. Vierzig Euro. Ich wünschte, das kleine blaue Männchen wäre tot.

KAPITEL 19

Der Diktator

Als ich zu Hause ankomme, ist von meiner guten Laune nicht mehr viel übrig. Blödes blaues Männchen. Genervt werfe ich meine Jacke über den Garderobenständer, von dem sie prompt auf den Boden fällt. War ja klar.

»Ich bin zu Hause«, nöle ich, während ich meine Schuhe im Wohnungseingang abstreife und mich nach der Jacke bücke.

Paul kommt zusammen mit einem blassen Kind aus seinem Zimmer, das mir irgendwie bekannt vorkommt. Leider sehen die meisten Kinder für mich gleich aus.

»Darf Anton noch ein bisschen bleiben?«, fragt Paul mit einem flehenden Blick.

Ach ja, jetzt erinnere ich mich. Anton ist der Sohn von Mareike und Jochen.

Eigentlich brauche ich dringend Ruhe, um mich auf meine Kolumne zu konzentrieren. Andererseits ist Paul neu in München und hat hier noch nicht so viele Freunde. Und ich will nicht schuld sein, wenn er ein Einzelgänger wird und sich später aus der Haut seiner Opfer Kleider näht.

»Weiß deine Mutter Bescheid?«

Anton nickt.

»In Ordnung«, sage ich.

»Juhu, danke.«

Die beiden Jungs fallen sich in die Arme. Ich beneide Kinder darum, wie schnell sie neue Freunde finden. Sie müssen in der Schule bloß zu einem anderen Kind gehen und fragen: »Willst du mit zu mir kommen?« Schwups. Freunde. Die einzigen Orte, wo ich hin und wieder auf Menschen treffe, sind der Supermarkt und eine Bar. Wenn ich dort jemanden fragen würde: »Willst du mit zu mir kommen?« Schwups. Verstörter Blick.

»Sind Mama und Dante schon weg?«

»Ja, aber erst seit drei Minuten.«

»Ah, okay.«

Die beiden hüpfen wieder ins Kinderzimmer und schließen die Tür hinter sich.

Ich ziehe mich zurück in meine neue Männerecke und klappe den Laptop auf, um meine Arbeit vom Mittag fortzuführen:

25 Tipps für das Leben mit einem neuen Stiefvater

1. *Sag niemals zu ihm: »Du bist nicht mein Vater.«*
2. *Sag ihm mindestens einmal am Tag, dass er viel besser aussieht als dein Vater.*
3.

Bum. Bum.

Aus dem Kinderzimmer dröhnt ein merkwürdiges Klopfen. Es klingt, als würden die Kinder gegenseitig ihre Köpfe gegen die Wand schlagen. Verdammt. Können die das nicht leiser machen? Wie soll man sich so konzentrieren?

»Jungs, lasst das bitte!«, brülle ich, und sofort wird es stumm. Na also, geht doch. Ich verstehe gar nicht, warum viele Eltern ständig jammern. Eigentlich ist es doch ganz einfach. Kinder sind wie Gabelschwanzseekühe. Man muss vor ihnen bloß dominant auftreten, dann akzeptieren sie einen als Alphamännchen und gehorchen. Ich richte meine Aufmerksamkeit wieder auf mein Word-Dokument.

3.

Hmm.

Puh.

Ich scrolle nach oben in die erste Zeile und schreibe: *15 Tipps für das Leben mit einem neuen Stiefvater im Haus* ... Bum. Bum.

Jetzt reicht's. Mit donnernden Schritten stampfe ich hinüber ins Kinderzimmer und reiße die Tür auf. Paul und sein blasser Freund sitzen auf dem Fußboden und werfen eine leere Eisteeflasche in die Höhe. Sie dreht sich um dreihundertsechzig Grad in der Luft und landet schließlich auf ihren Füßen. Jubel bei den Kindern. Wut bei mir.

»Ich hab doch gesagt, ihr sollt das lassen«, blaffe ich die beiden an.

»Aber was sollen wir denn sonst machen? Uns ist sooo langweilig«, mault Paul.

»Das weiß ich doch nicht. Spielt Xbox wie andere Kinder heutzutage auch. Aber schaltet den Ton dabei aus.«

»Wir haben aber bloß Fifa für die Xbox, und das kann Anton nicht.«

»Schluss jetzt. Ihr setzt euch gefälligst vor den Fernseher, oder Anton muss nach Hause.«

»O Mann«, mault Paul und haut mit der Hand wütend auf den Parkettboden, dass es klatscht. »Komm, Anton, dann spielen wir eben das doofe Fifa.« Schnaubend stampfen die beiden ins Wohnzimmer, und ich kann mich wieder meiner Liste widmen.

3. *Verpetze ihn niemals bei deiner Mama.*

Hm. Eigentlich ist damit so was gemeint wie heimlicher Cola-Konsum. Aber bestimmt gäbe es trotzdem Beschwerdebriefe von selbsternannten Pädagogen, die mir die Schuld geben, wenn Kinder sexuelle Missbrauchsfälle aufgrund meiner Liste nicht mehr ihrer Mutter melden. Also lösche ich den letzten Punkt lieber wieder. Ich hasse Leser. Wirklich.

3.

3.

3.

O Gott, diese Liste ist zäh wie ein gekochter Kängurupenis. Genervt puste ich eine Strähne aus meinem Gesicht und ändere ein weiteres Mal die Headline. Jetzt steht dort: *10 Tipps für das Leben mit einem neuen Stiefvater*. Abgesehen von der Überschrift hat sich auch fünf Minuten später nichts an meiner Liste verändert, als Paul schüchtern in der Türschwelle steht.

»Max?«

Ich atme tief durch. »Was ist denn jetzt schon wieder?«

»Wann gibt's Mittagessen?«

Mist. Das habe ich glatt verschwitzt. Mir reichen meistens ein Cappuccino am Morgen und ein warmes Essen am Abend. Deswegen vergesse ich immer wieder, dass Kinder dreimal am Tag etwas essen müssen, möglichst sogar zu regelmäßigen Uhrzeiten. Als Kind hatte ich mal eine Schildkröte, die starb, weil ich vergessen hatte, sie zu füttern. Gott sei Dank machen sich Kinder vorher bemerkbar und liegen nicht plötzlich einfach auf dem Rücken.

»In fünf Minuten. Ich mache noch schnell meinen Artikel fertig, und dann wärm ich euch die Lasagne aus dem Kühlschrank auf, die Mama vorbereitet hat.«

»Ist gut«, sagt Paul und schlurft wieder zurück vor den Fernseher.

Also, wo war ich stehen geblieben? Ach ja …

3.

3.

Ach, verdammt.

Mit einem lauten Schnapp schlage ich meinen Laptop zu und gehe rüber in die Küche, um Mittagessen zu machen.

»Paul, leg beim Essen bitte die Hand auf den Tisch.«

Die beiden Kinder sitzen mir gegenüber am Esstisch im Wohnzimmer und diskutieren über ihre Mitschüler, während sie sich Sonjas Lasagne schmecken lassen. Tischmanieren geraten dabei leider ins Hintertreffen.

»Aber Anton macht das auch nicht.« Er zeigt mit dem Finger auf das blasse Kind, das ertappt aufblickt.

»Anton wohnt hier nicht. Aber du legst bitte die Hand beim Essen auf den Tisch. Wir sind hier nicht bei den Barbaren.«

Paul gehorcht und legt den Arm neben seinen Teller.

Das andere Kind scheint beruhigt, dass es offenbar eine gewisse Narrenfreiheit genießt, und lässt den Arm wieder unter dem Tisch baumeln.

»Maik ist der größte Angeber in der Klasse«, sagt Anton und schiebt sich eine Gabel in den Mund.

»Ja, voll«, pflichtet Paul ihm bei. »Der fühlt sich so cool mit seinen neuen Yeezy.«

Ich frage mich, was wohl ein Yeezy sein mag. Vielleicht ein neuer Slang-Ausdruck unter Kids für Jeans?

»Wetten, der kommt damit jetzt jeden Tag in die Schule? Und wir müssen uns seine Sprüche anhören.«

Jeden Tag? Schon aus hygienischen Gründen hoffe ich, dass es keine Jeans sind.

»Dabei sehen die voll scheiße aus. Ich hätte sie mir niemals in Grün gekauft.«

Grüne Jeans? Wohl eher nicht. Vielleicht so ein kleiner Plüschtroll, den man sich an den Schulranzen hängt?

»In der Pause beim Fußballspielen hat er sich aufgeführt, als könne er wie der Boateng spielen, bloß weil der die gleichen hat.«

Einer von den Boateng-Brüdern hat Plüschtrolle? Ich gebe auf.

»Wie der Opa vom Boateng vielleicht«, prustet Paul, und vor Lachen fällt ihm Hackfleisch aus dem Mund.

»Paul! Du weißt doch, dass du nicht mit vollem Mund sprechen sollst! Du isst manchmal wirklich wie ein Schwein.«

»Ich bin kein Schwein, ich bin ein Stier«, sagt Paul. »Seht, wie stark ich bin!« Paul springt von seinem Stuhl auf und legt sich neben den Esstisch auf den Fußboden, wo er unter dem Gelächter von Anton einen Liegestütz macht. Dann steht Paul wieder auf und spannt bedrohlich seine Muskeln an. »Da staunst du, was? Ein Schwein ist bestimmt nicht so stark.«

Als er sich zurück auf seinen Stuhl fallen lässt, schmeißt er versehentlich sein Glas um. Der Eistee fließt über die Tischplatte und tropft langsam zu Boden.

»Verdammt, Paul«, brülle ich und schlage mit der flachen Hand auf die Tischplatte.

»Oh«, Paul guckt entsetzt. »Tut mir leid.« Er nimmt eine Serviette aus dem Holzständer und patscht damit in der Eisteepfütze herum.

»Gib das her«, schimpfe ich. »Anton, du gehst jetzt bitte nach Hause.«

»Was?«, kreischt Paul. »Warum?«

»Es reicht, sonst gehst du heute schon um sieben Uhr ins Bett.«

Dicke Pandatränen kullern über Pauls Backen, als er sich von seinem Freund verabschiedet und in sein Zimmer schleicht. Zehn Minuten später höre ich immer noch Schluchzen aus dem Kinderzimmer.

Verdammt, hab ich überreagiert? Ich folge ihm und setze mich zu ihm aufs Bett.

Paul hat die Decke über den Kopf gezogen. »Geh weg!«

»Es tut mir leid, Paul.«

»Das ist so gemein.«

»Ich weiß. Ich hab überreagiert, und dafür möchte ich mich entschuldigen.«

»Gut. Und jetzt geh weg.«

»Fandest du denn, dass du alles richtig gemacht hast?«

Einen Moment ist es still. »Ich weiß nicht …«

»Du hast rumgeturnt beim Essen und den Eistee verschüttet.«

»Das kann doch mal passieren.«

Ich stocke. »Ja, stimmt. Aber weißt du noch, wie es war, als du deinen Hamster bekommen hast?«

Paul zögert. »Ja?«

»Am ersten Tag hast du sein Fell gegen den Strich gebürstet. Das hat er gar nicht gemocht, weißt du noch?«

»Ja«, sagt Paul kleinlaut.

»Und du hast das ja nicht gemacht, weil du ihm wehtun wolltest, sondern weil du noch keine Erfahrung hattest mit einem Hamster. Genauso geht es mir mit euch. Ich bin es noch nicht gewohnt, plötzlich Kinder um mich zu haben. Und manchmal reagiere ich einfach falsch. Weil ich es einfach noch nicht besser weiß. Aber genauso wie du jetzt besser verstehst, wie du mit dem Hamster umgehen musst, werde auch ich mich bessern. Ehrenwort.«

Paul zieht die Decke ein Stück nach unten und blickt mich an. Seine Wangen sind vom Weinen gerötet. »Ist gut.«

Eine knappe Stunde später kommt Sonja mit Dante vom Fußballturnier zurück.

»Hi«, ruft sie aus dem Eingangsbereich.

»Hi«, rufe ich zurück. »Wie war's?«

»Gut«, ruft Dante. »Sind bis ins Finale gekommen.«

»Super.«

»Wo bist du?«, fragt Sonja.

»In meiner Männerecke.«

Sonja tritt ins Schlafzimmer und beugt sich über mich, um mir einen Kuss zu geben. »Waren die Jungs brav?«

»Ja, alles gut.«

Ich habe mit Paul ausgemacht, dass wir seiner Mutter

nichts vom Mittagessendrama erzählen. Sonjas Situation ist schwierig genug. Sie muss ebenso dafür Sorge tragen, dass ihre Kinder in der neuen Umgebung glücklich sind, wie sie darauf achten muss, dass mich die neue Familie nicht überfordert. Ich will es ihr nicht noch schwerer machen.

»Schön.« Sie zieht ihren Mantel aus und hängt ihn an einen Haken in den Kleiderschrank. »Ich hab noch ein paar Einkaufstüten im Auto. Könntest du die hochholen?«

»Klar. Denkst du bloß daran, dass ich beim Abendessen nicht mitesse?«

»Ach, du fährst zu deinem Vater, richtig?«

Ich nicke.

»Dann richte ihm einen schönen Gruß aus.«

»Mach ich«, verspreche ich und gehe hinunter zum Auto, um die Tüten hochzuholen. Als ich wieder hochkomme und Sonja in der Küche helfe, die Einkäufe einzuräumen, sehe ich, dass sie Backzutaten gekauft hat. Wie sich herausstellt, war das heute Vormittag gar keine Spam-Mail, sondern ein Aufruf von Pauls Grundschule, etwas für das Maifest am 1. Juni beizusteuern. Sonja hatte mich damals bei seiner Anmeldung als Notfallkontakt angegeben und meine Telefonnummer und Mailadresse hinterlegt. Ich muss unbedingt mal mit der Schule über die Definition des Worts Notfall reden. Und bei der Gelegenheit vielleicht auch gleich fragen, warum das Maifest eigentlich im Juni gefeiert wird.

Den größten Teil des Jahres wohnt mein Vater, der mittlerweile in Rente ist, im italienischen Udine, wo er mit seiner zweiten Ehefrau Renate Golf spielt und das Leben genießt. Wenn er ab und zu ein paar Dinge in München zu erledigen hat, treffen wir uns in seiner kleinen Wohnung, die er hier noch hat, und kochen zusammen Chili con Carne. Das Dolce Vita in Italien scheint ihm gutzutun. Aus seinem kurzen Hemd ragen braungebrannte Arme heraus, und während er die Chilischoten hackt, schmiegt sich eine kleine Wohlstandsplauze an die Arbeitsplatte.

»Wie läuft es bei euch?«, fragt mein Vater.

»Frag nicht«, stöhne ich.

»Stressigen Tag gehabt?«

»Sonja war nicht zu Hause, und Paul hatte einen Spielkameraden zu Besuch. Ich war ganz allein mit den beiden. Du kannst dir nicht vorstellen, wie anstrengend Kinder sein können.«

»Nein, wie könnte ich auch«, sagt mein Vater mit einem Schmunzeln.

»Kinder sind so laut«, jammere ich.

»Nein, wirklich?«

»Wenn ich's dir doch sage ...«

»Du Ärmster«, sagt mein Vater. »Aber zumindest gehorchen sie auf's Wort, oder?«

»Eben nicht. Du ahnst ja nicht, wie oft ich ihnen schon gesagt habe, dass man nicht mit vollen Mund spricht.«

»Ich bin schockiert.«

Ich beäuge meinen Vater misstrauisch, während er einen Löffel in den Kochtopf tunkt und das Chili probiert.

»Sag mal, machst du dich über mich lustig?«

Er lacht. »Was denkst du eigentlich, wie du als Kind warst?«

»Niedlich?«

»Ich hab dich jahrelang auf Ebay zum Kauf angeboten. Dich wollte bloß keiner.« Er streut etwas Pfeffer in den Topf.

»Sehr witzig. Ebay gab es damals noch gar nicht.«

»Ach sooooo. Vielleicht hat deswegen keiner für dich geboten. Und ich hab mich schon gewundert.« Meinem Vater schießen vor Lachen die Tränen in die Augen. Ich fühle mich irgendwie nicht richtig ernst genommen.

»Nimmst du das mit rüber ins Wohnzimmer und stellst es auf den Tisch? Besteck ist schon da.« Mein Vater reicht mir zwei dampfende Suppenteller.

Als wir am Tisch sitzen, schweigen wir einen Augenblick und genießen das Essen. »Schmeckt sehr gut«, sage ich schließlich. »So was kannst du mit den Kindern nicht kochen. Das gäbe sofort ein Trara wegen der Kidney-Bohnen. O Mann, ich sag dir …«

Mein Vater mustert mich. »Kann es sein, dass es vielleicht gar nicht an den Kindern liegt?«

Überrascht gucke ich von meinem Teller hoch. »Was meinst du?«

»Vielleicht bist du einfach nur überfordert?«

»Hm.«

»Das ist in Ordnung. Du lebst plötzlich mit einer Familie zusammen, und niemand erwartet von dir, dass du sofort der neue Supervater bist. Damit hätte jeder zu kämpfen. Das weiß Sonja bestimmt ganz genau.«

Er macht eine kurze Pause und rührt geistesabwesend mit dem Löffel im Essen rum. »Aber die Kinder machen auch nichts falsch. Sie sind einfach bloß Kinder. Nach allem, was ich mitbekommen habe, sogar außergewöhnlich guterzogene Kinder. Also, sei nicht zu streng mit ihnen.«

»Okay«, schmatze ich kleinlaut.

»Ach, und noch was, Max …«

»Ja …«

»Man spricht übrigens nicht mit vollem Mund …« Mein Vater grinst mich hämisch an.

Als unsere Hosenknöpfe bereits knarzen vom vielen Essen, setzen wir uns vor den Fernseher und leihen auf Maxdome *Why Him?* aus, eine amerikanische Komödie mit meinem Lieblingsschauspieler Bryan Cranston als überfürsorglichem Vater. Aber trotzdem ist mir nicht richtig zum Lachen zumute. Ich muss die ganze Zeit darüber nachdenken, warum ich heute nur so streng zu den Kindern war. Ich dachte immer, ich wäre ein lieber Kerl. Dass ich einer von den Guten wäre. Aber die Wahrheit ist: Es ist einfach, nett zu sein, wenn man vor seinem Chef steht oder vor einem Gleichaltrigen, dessen Reaktion man fürchten muss. Den wahren Charakter eines

Menschen erkennt man daran, wie er sich Schwächeren gegenüber verhält, die sich nicht wehren können. Wie Kindern. Und ich habe heute gemerkt: Ich mag meinen Charakter nicht. Hätte man mich zum Bundeskanzler gewählt, wäre ich bestimmt ein brutaler Despot geworden. Mir darf man einfach keine Macht geben. Gut, dass ich damals nicht Klassensprecher geworden bin.

»Eis?«, unterbricht mein Vater meine Gedanken.

»Hä?«

»Ich hab gefragt, ob du auch ein Eis aus der Küche möchtest?« Mein Vater steht in der Türschwelle und sieht mich fragend an.

»Sorry. Ich war gerade in Gedanken.«

»Alles okay?«

»Klar, alles gut«, sage ich. »Bist du mir böse, wenn wir den Film das nächste Mal zu Ende gucken? Ich bin heute irgendwie nicht in der Stimmung.«

»Natürlich nicht. Soll ich dich nach Hause fahren?« Mein Vater macht ein besorgtes Gesicht.

»Nein, schon gut. Ich nehme die S-Bahn.«

Ich umarme meinen Vater und trete hinaus in die Dunkelheit.

KAPITEL 20

Bettnässerin

Noch in dieser Nacht fange ich an, den Kuchen für das Schulfest zu backen. Vielleicht kann ich damit wenigstens ein bisschen was wiedergutmachen. Wann habe ich eigentlich das letzte Mal gebacken? Ich glaube, als Kind für meine Mutter zum Muttertag. Ach, und vor ein paar Jahren mal Haschplätzchen mit Finn. Die Erinnerung daran bringt mich zum Lachen, denn ich kann nicht anders, als mir vorzustellen, wie bekiffte Achtjährige wohl über das Leben philosophieren.

Kind 1: »Hey, hast du auch das Gefühl, dass dein Fidget Spinner sich in Zeitlupe dreht?«

Kind 2: »Das ist kein Fidget Spinner, sondern ein Marienkäfer auf deinem Finger.«

Kind 1: »Oh.«

Kind 2: »Fidget Spinner. Hihihi. Was für ein lustiges Wort. F-I-D-G-E-T–S-P-I-N-N-E-R. Hihihi.«

Kind 3: »Irgendwie ist doch das ganze Leben ein Fidget Spinner. Es dreht sich und dreht sich, und man muss es ausbalancieren.«

Kind 2: »Hihihi. Fidget Spinner. Hihihi.«

Kind 1: »Fragen wir Mami und Papi, ob sie uns zu McDonald's fahren? Ich brauch jetzt unbedingt ein Happy Meal, sonst verhungere ich.«

Zum Glück hatte Sonja das Rezept bereits rausgelegt, um morgen, gleich wenn die Kinder in der Schule sind, mit dem Backen anzufangen. Alles, was ich also tun muss, ist Schritt für Schritt die Anleitung zu befolgen. So schwer kann das ja nicht sein.

Ganz einfach ist es leider auch nicht. Vor allem das Trennen der Eier bereitet mir Schwierigkeiten. Immer wieder plumpsen kleine Stücke der Schale in die Schüssel. Fluchend fische ich mit dem Finger im Teig nach den Splittern, was gar nicht so leicht ist, weil sie am zähen Eiweißschleim festkleben. »Scheiß Eierschalen.«

»Schatz? Was machst du?«

Erschrocken drehe ich mich um. Sonja steht hinter mir und reibt sich verschlafen die Augen.

»Entschuldige, habe ich dich geweckt?«

»Nein, ich bin aufgewacht, weil ich Durst hatte. Was machst du?«, fragt sie und blickt sich in der Küche um.

Eidotter tropft von der Arbeitsplatte. Der Fußboden ist bestäubt mit Mehl, und auf der warmen Herdplatte kleben noch Reste der geschmolzenen Gummiunterlage, die ich dort aus Versehen abgelegt habe.

»Ich backe.« Ich klinge dabei so stolz, als hätte ich gesagt: »Ich baue eine Zeitmaschine.«

»Ooohhhh«, macht Sonja und klingt dabei so verblüfft, als hätte ich tatsächlich gesagt, ich würde eine Zeitmaschine bauen.

»Ja, ich weiß. Ich bin zum Verlieben.«

»Das bist du«, sagt Sonja und schlingt ihre Arme von hinten um meine Hüfte. Ihr süßer Duft steigt in meine Nase. »Soll ich dir helfen?«

»Nein, geh ruhig wieder schlafen.«

»Sicher?«

»Ja. Ich liebe dich«, sage ich und gebe ihr einen Kuss.

»Ich liebe dich auch.«

»Gute Nacht.«

Am Nachmittag marschieren wir alle zusammen zum Schulfest. Ich stolz mit meinem Kuchen im Arm, Sonja neben mir und die Kinder auf den Skateboards vorweg. Beim Anblick meines Zitronenkuchens knurrt mir der Magen.

»Klingt, als hättest du Hunger«, sagt Sonja und drückt aufmunternd meine freie Hand.

»Und wie«, jammere ich kläglich. »Ich hab extra nicht gefrühstückt, damit gleich möglichst viele Bratwürste in mich reinpassen. Für irgendetwas muss sich die Arbeit ja gelohnt haben.«

»Oha. Gib aber bitte nicht unser ganzes Geld aus. Lass noch ein bisschen was für die Miete übrig.«

Ich bleibe auf der Stelle stehen. »Wieso Geld? Ich hab

gedacht, man bringt Essen mit, und dafür kriegt man das Essen der anderen.«

»Nee, was man mitbringt, wird doch an Ständen verkauft.«

Ich blicke skeptisch auf meinen Zitronenkuchen. Am Rand fehlt ein Stück, das beim Herauslösen aus der Backform kleben geblieben ist. Auch die Zuckergussglasur kann das leider nicht kaschieren. Dabei habe ich wirklich jede Menge von dem süßen Zeug draufgeklatscht, das dann dummerweise ziemlich ungleichmäßig nach unten getropft ist.

»Hoffentlich kriegen wir damit unsere Ausgaben für die Bratwürste wieder rein.«

»Das Geld vom Verkauf kriegt die Schule. Deswegen heißt es auch Kuchen-sp-e-n-d-e.«

»Ich stelle mich also zwei Stunden in die Küche UND zahle noch Geld?«

»So sieht's aus.«

»Also, das Konzept finde ich blöd.«

»Das kannst du ja der Klassenlehrerin gleich persönlich sagen.«

Dann nimmt Sonja mir sicherheitshalber den Kuchen ab, damit ich ihn nicht aufesse, bevor wir beim Fest ankommen und ich für meinen eigenen Kuchen Geld bezahlen muss.

Das Fest findet im Pausenhof der Schule statt, und ich stelle fest: Die Art der Partys, auf die ich gehe, seit ich eine Familie habe, hat sich doch stark verändert. Früher gab es Go-go-Girls, die an der Stange tanzten. Jetzt gibt es Erstklässler, die den Ententanz aufführen.

Links und rechts vom Tor zum Pausenhof stehen die Essensstände mit den Leckereien. Am Kuchenbuffet gebe ich meinen Zitronenkuchen bei einer älteren Dame ab, die ihn zu einer Reihe aufwendig verzierter Backkunstwerke stellt. Kuchen mit detailverliebten Marzipanrosen am Rand, dreistöckige Torten, ein Kuchen sieht sogar aus wie das Gesicht eines gelben Minion. Ich habe schon königliche Hochzeitstorten gegessen, die schäbiger wirkten. Mein Gott, ich hatte ja keine Ahnung, wie ernst manche Eltern solche Schulveranstaltungen nehmen.

Wir kaufen ein paar Essensmarken, und während die Kinder damit zu ihren Freunden rennen, suchen Sonja und ich uns auf einer der Bierbänke in der Mitte des Pausenhofs einen freien Platz zwischen den anderen Eltern. Dort sitzen wir nun und unterhalten uns über den kleinsten gemeinsamen Nenner: popelnde Kinder, die in die gleiche Klasse gehen, und ihre Klassenlehrer. Es ist wahnsinnig langweilig. An den Frontallappen meines Gehirns hefte ich ein Post-it mit dem Hinweis: *Eine-Million-Euro-Geschäftsidee! Beim nächsten Schulfest einen Kickertisch aufbauen. Preis pro Spiel: zehn Euro.* Schließlich kann man auch in der Wüste eine Flasche Wasser zu Champagnerpreisen verhökern.

Als die Bratwürste aufgegessen sind und nicht einmal mehr die Hochzeit des schwulen Mathelehrers noch Gesprächsstoff hergibt, verabschieden Sonja und ich uns von den anderen Eltern, um aufzubrechen. Bloß, wo sind die Kinder? Wie zwei Erdmännchen auf ihrem Hügel in der afrikanischen Savanne suchen wir den Schulhof nach Dante und Paul ab. In einer Schlange vor einem Stand, wo Kinder sich das Gesicht bemalen lassen können, entdecken wir sie schließlich. Auf dem Weg dorthin stelle ich mir vor, wie Finn wohl reagieren würde, wenn ich ihm an einem Samstagabend vorschlüge: »Komm, Alter, wir wollen uns die Gesichter wie Tiger bemalen lassen.« Manche Dinge verlieren mit zunehmendem Alter irgendwie ihren Reiz. Es wird immer schwerer, uns zu begeistern. Schade eigentlich. Woran liegt das? Bestimmt am Fernsehen. Das Fernsehen ist immer schuld.

Ein schlaksiger Mann mit Haarkranz vor mir spricht ein kleines Mädchen in der Reihe an: »Mäuschen, komm, wir gehen jetzt heim.«

Artig nimmt das Mäuschen daraufhin die Hand seines Papas und geht mucksmäuschenstill mit ihm in Richtung Zuhause.

Jetzt ich: »Jungs, wir packen's auch.«

Paul: »Waaaaas? Geht's noch?«

Dante (gleichzeitig): »Nein, auf keinen Fall, wir waren doch noch nicht dran.«

Also trotte ich allein zurück zu unserer Bierbank, blicke sehnsüchtig dem kleinen Mädchen und seinem Vater hinterher und denke: Kinderfeste sind wie ein Besuch im Restaurant – man will immer das haben, was der andere hat. In diesem Fall sein Kind. Wenn es einen Gott gibt, dann ist das kleine Mädchen bis zur Pubertät eine Bettnässerin. Das fände ich nur fair.

KAPITEL 21

(K)ein Bock

Es ist immer das Gleiche. Sobald wir planen zu wandern, gibt es ein Mordstheater. Dann wird gepoltert und geflucht und gemotzt und gestampft, aber es hilft nichts – am Ende gehe ich trotzdem mit. Daran ist Klara schuld, die neue Freundin vom Vater der Kinder. Die Frau scheint aktiver zu sein als ein Tasmanischer Teufel mit ADHS. Jedes Mal, wenn Dante und Paul bei den beiden in Bremen zu Besuch waren, erzählen sie anschließend:

»Wir waren mit Klara auf der Sommerrodelbahn. Endkrass.«

»Wir waren mit Klara beim Eishockeyspiel. Endkrass.«

»Wir waren mit Klara auf einer Alpakafarm. Endkrass.«

Ich frage mich, was die Kinder wohl im Gegenzug von ihrem Leben mit mir in München berichten.

»Wir saßen mit Max vor dem Fernseher. Endkrass.«

»Wir waren mit Max Abflussreiniger kaufen. Endkrass.«

Zum Glück ist zumindest Sonja auch sehr aktiv. Beinah täglich unternimmt sie etwas mit den Kindern, geht mit ihnen ein Eis essen oder macht mit ihnen eine Fahrradtour. Aber sie ist halt die Mutter, da muss man den Kindern auch mal was bieten. Als genetisches Nicht-Familien-Mitglied betrachte ich mich von dieser Pflicht befreit. Da ist das eher wie eine Fleißaufgabe in der Schule. Aber jetzt ist Klara neu in die Klasse gekommen, und die lässt mich aussehen wie ein Faultier mit Norovirus. Die blöde Streberin. Also gehe ich heute ausnahmsweise mal mit, selbst wenn wandern kacke ist. Ich dachte eigentlich, das hätte sich rumgesprochen, seit Moses die Israeliten vierzig Jahre durch die Wüste geführt hat.

Wenn man mit einem erwachsenen Kumpel einen Ausflug macht, dann läuft die Vorbereitung ungefähr so ab:

»Kondome dabei?«

»Klar. Hast du die Autoschlüssel?«

»Logo.«

»Dann los.«

Wenn man allerdings mit Kindern einen Ausflug macht, dann läuft die Vorbereitung ungefähr so ab:

»Kinder, packt ihr bitte eure Regenjacken ein?«

»Ich find meine nicht.«

»Die hängt in deinem Kleiderschrank.«

»Da ist sie nicht.«

»Schatz, kannst du bitte mal ...«

»Darf ich mein Skateboard mitnehmen?«

»Nein, bitte nicht.«

»Warum nicht?«

»Weil man auf dem Berg damit nicht fahren kann.«

»Wo man nicht damit fahren kann, trag ich es.«

»Ich hab nein gesagt.«

»Menno ...«

»Und füllt ihr bitte noch eure Trinkflaschen auf?«

»Ich find meine nicht.«

»Sieh in deinem Schulranzen nach.«

»Hab sie.«

»Schatz, kannst du die Blasenpflaster aus dem Medizinkästchen einpacken?«

»Ich find sie nicht.«

»Schon gut, ich mach schon. Kannst du dann bitte die Äpfel schneiden?«

»Mach ich.«

Dreißig Minuten später ...

»So, haben wir alles?«

»Logo.«

»Dann los.«

Unten vor dem Auto ...

»Mama, ich muss noch mal hoch und aufs Klo.«

Auf der Autofahrt in die Berge erzählt Dante uns von seinen Geburtstagsplänen. Er möchte mit seinen Freunden Fußball spielen, und es soll Zitronenkuchen geben. Außerdem wünscht er sich einen Gutschein von Foot Locker. Das alles schildert er uns bis ins letzte Detail, obwohl sein Geburtstag erst in zwei Monaten ist. Aber als Dante neulich am Montag eine Buchpräsentation in der Schule halten sollte und bis Samstag noch keine Seite des Textes gelesen hatte, meinte er bloß: »Ist doch noch massig Zeit bis dahin.« Wenn es um ihren Geburtstag geht, sind Kinder schlimmer als die Münchner, die einem schon im Sommer mit dem Oktoberfest in den Ohren liegen.

»... aber Ludwig soll nicht in meinem Team spielen. Der rennt immer so langsam.«

»Man kann nicht langsam rennen«, belehre ich. »Genauso wenig wie es große Zwerge gibt. Das widerspricht sich.«

Noch so eine Sache, die ich über mich gelernt habe, seit ich eine Familie habe: Ich bin leider ein schrecklicher Klugscheißer. Obwohl es nur Kinder sind, schaffe ich es einfach nicht, mein Ego hintanzustellen. Ich muss ihnen zeigen, dass ich es besser weiß.

»Doch«, beharrt Dante. »Wenn man einen kleinen Gartenzwerg in seinem Garten hat und daneben einen größeren stellt, dann ist das der große Zwerg.«

»Äh ...«, setze ich an. Aber tatsächlich fällt mir nichts ein, was ich dieser Kinderlogik entgegensetzen könnte.

Sonja bricht in schallendes Gelächter aus. »Gut gekontert, Dante.«

»So ein Klugscheißer.« Schmollend verschränke ich die

Arme vor der Brust und starre aus dem Fenster auf die Baumreihen, die an uns vorbeiziehen.

Unsere Patchwork-Familie ist ein bisschen wie diese Bäume. Sonja ist der lebenspendende Stamm, der uns im Boden verankert, und Dante und Paul sind die Äste, die aus ihr sprießen und gedeihen. Ich bin das Moos, das am Baumstamm entlangwächst. Es ist eng mit dem Baum verbunden, aber trotzdem ein Außenstehender. Ich frage mich, ob wir wohl irgendwann alle zu einem Organismus verschmelzen werden oder ob es immer einen kleinen Unterschied zwischen uns geben wird.

Als hätte Sonja meine Gedanken gehört, nimmt sie eine Hand vom Lenkrad und greift nach meiner, um sie liebevoll zu drücken.

Doch, ich glaube, wir schaffen das.

Nach einer knappen Dreiviertelstunde Fahrt sind wir da, und Sonja stellt das Auto auf dem Parkplatz der Talstation ab, von wo uns eine Gondel zur Bergspitze befördert. Ich finde ja: Berge sind wie Babys – sehen alle mehr oder weniger gleich aus. Der eine ist vielleicht ein bisschen größer als der andere – aber man steht nie davor und denkt sich: Potz Blitz, den Anblick hätte ich jetzt nicht erwartet. Die anderen sehen das wohl anders. Oben am Gipfel angekommen, posiert eine kleine Gruppe von Senioren vor der Alpenkulisse für ein Gruppenfoto, und auch Sonja holt erst einmal ihren Selfie-Stick aus dem Rucksack. Erst als das perfekte Familienfoto im Kasten ist, werfen wir einen Blick in den

ADAC-Wanderführer, um herauszufinden, wohin wir laufen müssen. Dante geht als Anführer vorweg, Sonja dicht hinter ihm, und Paul und ich bilden das Schlusslicht. Zum einen will ich aufpassen, dass keiner aus unserer Gruppe zurückfällt, zum anderen bin ich leider nicht so schnell wie die anderen. Das ist aber auch wirklich ein plumpsdämlicher Berg. Der Weg führt die ganze Zeit steil nach oben. Müsste es zur Mittelstation nicht eigentlich abwärtsgehen? Schon nach kurzer Zeit schnaufe ich wie ein asthmatischer Elefant. Immer wieder dreht sich Sonja um und sieht nach Paul und mir. Wobei ihre Besorgnis wohl eher mir gilt. »Alles in Ordnung mit dir?«

»Alles bestens.« Ich strecke den Daumen in die Luft. Soll heißen: »Alles bestens.« Und: »Ist hier irgendwo jemand, der mich mitnimmt?« Leider nein. Ich muss diesen Berg aus eigener Kraft bezwingen. In Ordnung. Herausforderung angenommen. Du Dreckshügel zwingst mich nicht in die Knie. Hier und heute heißt es Mann gegen Berg. Na ja, also eigentlich heißt es Mann und Frau und zwei Kinder gegen Berg. Aber das ändert im Prinzip nichts: Ich werden siegen. Tschakka!

Und tatsächlich: Nach einer halben Stunde taucht auf einmal die Gondelstation wie eine Fata Morgana vor uns auf. Geschafft. Endlich. Halleluja. Ein Gefühl der Erleichterung macht sich breit, wie beim Zahnarzt, wenn er den Bohrer endlich wieder zur Seite legt und die Wattepads aus dem Mund zieht. Komischerweise scheine ich der Einzige in unserer Gruppe zu sein, der sich darüber freut.

Sonja bleibt sogar abrupt stehen und flucht: »Mist, was ist das denn?«

Merkwürdige Frage. Na, die Bergstation, denke ich und lege, angetrieben von der neuen Energie, die mich beim Anblick unseres Ziels durchflutet, einen Schritt zu, während meine Freundin den ADAC-Führer aus dem Rucksack kramt.

»Was ist los?«, frage ich, als ich zu ihr aufgeschlossen habe.

»Wir sind im Kreis gelaufen«, stöhnt Sonja. »So was Blödes.«

»Wie? Im Kreis?«

Mein emotionaler Zahnarzt hat sich gerade einen Hammer und eine Zange gegriffen.

»Wir sind hier.« Sonja hält mir den Plan vor die Nase und deutet mit der Fingerspitze auf eine Stelle. »Und hier wollen wir hin.« Nun deutet sie auf eine andere Stelle. Dazwischen passt ein kompletter Zeigefinger. Mir schwant Übles. Wir werden doch nicht etwa …?

Sonja schultert ihren Rucksack wieder und trommelt die Kinder zusammen, die in der Zwischenzeit einen Frosch entdeckt haben und sich neugierig über ihn beugen. »Jungs, wir sind leider falsch gelaufen. Wir müssen da vorn links entlang.« Sie weist auf eine Weggabelung vor uns, wo wir vorhin noch die andere Richtung eingeschlagen haben. O nein.

Welches Arschloch aus der Reiseredaktion des ADAC hat eigentlich behauptet, dieser Weg wäre für Kinder geeignet? Es gibt kaum Hinweisschilder, und immer wieder muss ich Paul hochheben, weil er es nicht schafft, mit seiner Körpergröße die Geröllbrocken zu überwinden, die den steilen Pfad nach unten pflastern. Das Lied von Xavier Naidoo kommt mir in den Sinn. *Dieser Weg wird kein leichter sein. Dieser Weg wird steinig und schwer.*

Während wir dann einen sehr schmalen Trampelpfad hinabmarschieren, tauchen vor uns plötzlich drei Widder auf. Nicht mehr als einen Torwartabstoß entfernt, grasen sie auf einer grünen Anhöhe und mustern uns. Ihre mächtigen Hörner zielen genau in unsere Richtung. Allein von dem Anblick tut mir schon das Steißbein weh. Sollte einer dieser Rammböcke angreifen, wäre sein Opfer gewiss mindestens querschnittsgelähmt. Das ist genau der Mist, der passiert, wenn man das Haus verlässt. Verdammt. Auch Sonja und den Kindern ist die Situation offenbar nicht geheuer. Niemand sagt ein Wort. Ganz leise und ohne schnelle Bewegungen schleichen wir an den majestätischen Tieren vorbei, den Blick immer nach vorn gerichtet, um sie tunlichst nicht zu provozieren.

Paul drückt ganz fest meine Hand. »Die haben mehr Angst vor mir als ich vor ihnen, oder?«, flüstert er.

»Bestimmt, Paul.«

Dass wilde Tiere auch gern mal angreifen, wenn sie sich fürchten, sage ich lieber nicht. Auch, um meine eigene Anspannung nicht weiter zu strapazieren. Man darf Kindern nicht zeigen, dass man Angst hat, man muss ihnen immer das Gefühl geben, alles wäre in Ordnung. Aber es ist gar nichts in Ordnung – denn mir wird gerade eine Sache bewusst: Im Falle eines Angriffs hätte ich keine Möglichkeit, mich zu retten. Frauen und Kinder zuerst. Das gilt auf dem Berg wie auf der *Titanic*. Sollte einer der Widder auf uns zustürmen, müsste ich mich gleich einem Märtyrer vor Paul stellen, um ihn zu schützen, weil man von einem Achtjährigen nicht erwarten kann, so eine brenzlige Situation selbst zu lösen. Ein paar Meter vor uns würde Sonja das Gleiche für Dante tun. Man könnte also sagen: Ein Kind zu haben erhöht die Chance draufzugehen dramatisch.

Zum Glück lassen uns die Widder in Ruhe, und schließlich erreichen wir sogar noch die Gondelstation. Fünfzehn Minuten bevor die letzte Bahn nach unten fährt. Alles gut gegangen, aber so schnell lässt mich das Erlebnis nicht los, und die nächsten Tage sind geprägt von intensiven Reflexionen über etwas, mit dem ich mich bisher noch nie beschäftigt habe: meinem Tod.

KAPITEL 22

Das neuste Testament

Am darauffolgenden Tag rufe ich meinen Vater an.

»Papa, ich möchte mein Testament machen.«

»Du willst mir sagen, dass ich deine BahnCard fünfundzwanzig bekomme?«

»Sehr witzig. Ich meine es ernst.«

»Das ist gut, es gibt nämlich witzigere Dinge als ein Testament. Eine Haartransplantation zum Beispiel oder den Gang aufs Bahnhofsklo.«

»Ich ein bisschen mehr Entsetzen bei dir erwartet, wenn du hörst, dass ich mein Ableben vorbereite.«

Im Hintergrund ertönt ein merkwürdiges Geräusch. Es klingt, als würde mein Vater mit einem Bambusstock auf einen nackten Po schlagen. Unmittelbar darauf höre ich ihn fluchen.

»Argh, du blödes Drecksding.«

»Bitte?«

»Entschuldige, ich hab nur ... egal.«

»Sag mal, wo bist du gerade?«

»Im verfluchten Sandbunker. Renates Schwester Bärbel hat gestern die Golf-Platzreife bestanden.«

»Ach so«, sage ich. »Ich kann auch später anrufen, wenn es gerade ungünstig ist.«

»Nein, schon in Ordnung. Das zieht sich hier sowieso. Bis Bärbel zur Fahne kommt, sind wir wahrscheinlich wirklich alle tot, haha.«

»Wie du meinst.«

»Also, wo waren wir? Ach ja, warum ich nicht schockiert bin. Nun, mein Sohn, du machst dein Testament ungefähr dreimal im Jahr. Man gewöhnt sich ehrlich gesagt daran.«

Okay, da hat er recht. Ich leide unter panischer Flugangst und hinterlasse daher immer einen Zettel mit letzten Liebesbotschaften und Anweisungen für die Vorkehrungen nach meinem Tod auf dem Küchentisch, bevor ich aufbreche. Offenbar verliert man an Glaubwürdigkeit, wenn man sich jahrelang vor jedem Inlandsflug München–Frankfurt vom Leben und von seinen Lieben verabschiedet.

»Diesmal ist es etwas anderes«, rechtfertige ich mich.

»Bist du krank?«

»Äh, nein.«

»Und was ist diesmal der Anlass? Eine Schiffsfahrt über den Schliersee? Ein Ausflug mit der Bayerischen Oberlandbahn nach Regensburg?«

»Ein Widder. Also, genau genommen drei Widder.«

»Ein Widder. Klar. Darauf hätte ich als Nächstes getippt.«

Ich erzähle ihm von unserer Wanderung und den Widdern, die mich zum Nachdenken gebracht haben. Was ich ihm nicht erzähle: Es erfüllt mich mit Stolz, ein Testament zu machen. Genauso wie es mich stolz macht, wenn ich Paul zur Schule bringe. Zum ersten Mal mache ich mir Gedanken über andere Menschen und übernehme Verantwortung. Das ist – abgesehen von der Darmspiegelung vor ein paar Jahren – vielleicht das Erwachsenste, was ich je getan habe. So erwachsen habe ich mich früher höchstens beim Rauchen gefühlt. Bloß dass man keinen tödlichen Lungenkrebs bekommt, wenn man ein Testament macht, was irgendwie widersprüchlich ist. Der Unterschied zwischen einem Jungen und einem Mann ist nicht die Anzahl seiner grauen Haare, denke ich, sondern die Anzahl der Momente, in denen er sich Gedanken um seine Mitmenschen macht.

»Jetzt mach doch mal hin, Bärbel«, ruft mein Vater und wendet sich schließlich wieder mir zu. »Na, meinetwegen. Zumindest bist du verantwortungsbewusst. Dann können deine Mutter und ich ja doch nicht alles falsch gemacht haben, haha.«

Darauf antworte ich nicht.

»Wie auch immer. Auf jeden Fall ist es wichtig, dass du das Testament handschriftlich verfasst. Zumindest wenn du es ohne notarielle Beglaubigung hinterlegen möchtest. Kannst du natürlich auch machen, aber ich bin erst in ein paar Wochen wieder in München – und ein anderer Notar ist nicht billig.«

»Dann mache ich es lieber ohne.«

»Klar. Du musst es nur von Hand verfassen und am Ende mit Angabe von Ort und Datum unterschreiben.« Mit einem Glucksen fügt er hinzu: »Damit es keine Missverständnisse gibt, welches deiner tausend Testamente nun das aktuellste ist.«

Ich bedanke mich und lege auf. Anschließend setze ich mich in meine neue Männerecke und krame ein Blatt Papier und einen Stift aus der Schreibtischschublade hervor. Zunächst einmal erstelle ich eine Inventarliste meiner Besitztümer, die es zu vererben gilt.

Nach zwanzig Minuten steht dort lediglich:

– Ein Girokonto mit tausendachthundert Euro
– Ein altes Moped
– Ein Bett
– Ein Sofa mit braunen Flecken
– Eine Xbox One
– Ein acht Jahre altes MacBook Air
– Ein Kugelschreiber von Montblanc

Das ist alles an Wert, was ich in dreiunddreißig Jahren angehäuft habe. Die Bilanz meines bisherigen Lebens ist schockierend. Aber ich bin selbst schuld. Ich habe mir nie ein Bein ausgerissen, sondern immer nur so viel gearbeitet, wie gerade notwendig war, um meine Rechnungen zu bezahlen. Doch mit einem Mal fühle ich mich wahnsinnig egoistisch, dass ich nie darüber hinaus kalkuliert habe. Klar, ich bin nicht der Vater von Dante und Paul. Sollte mir etwas passieren, hätte das auf die Zukunft der beiden kaum einen Einfluss, es gäbe nach wie vor Sonja und ihren Vater, die zum Glück vernünftiger sind als ich. Aber in naher Zukunft möchte ich eigene Kinder mit Sonja haben. Und bei diesem Gedanken öffnet sich der Boden unter mir und zieht mich hinab in einen Sumpf aus Sorgen. Es geht nicht mehr nur darum, ob meine Kinder im Falle meines Todes versorgt wären. Mir wird gerade bewusst, dass mein Problem viel größer ist: Windeln, Klamotten, ein Kita-Platz – all das könnte ich doch überhaupt nicht bezahlen. Mein Puls fängt an, in die Pedale zu treten. Meine Handflächen werden feucht. Dazu Urlaubsreisen. Essen, Schulsachen. Was das alles kostet.

Und plötzlich weiß ich, was zu tun ist. Ich öffne das E-Mail-Fach in meinem Handy und schreibe eine Nachricht an meinen Chefredakteur:

Sehr geehrter Herr Forstmann,
ich nehme Ihr freundliches Angebot, die Kolumne täglich zu schreiben, sehr gern an. Haben Sie vielen Dank für das Vertrauen.

KAPITEL 23

Hausaufgaben

»So geht das nicht«, flucht Sonja. »Das funktioniert überhaupt nicht.«

Sie steht verschwitzt im Badezimmer und schrubbt mit einem Schwamm die Waschbeckenarmatur. An der Stelle, wo normalerweise unsere elektrische Zahnbürste steht, hat sich eine eklige Kruste aus Zahnpastaresten gebildet. Was Sonja meint, ist der Haushaltsplan, den wir nach dem Fiasko mit dem Putz-Hulk entworfen haben. Demgemäß war ich heute für das Putzen des Badezimmers zuständig. Was ich auch erledigt habe, aber offenbar nicht gründlich genug. Wie meistens. So war ich auch am Tag zuvor für den Abwasch nach dem Abendessen eingeteilt. Ich hab die Teller unterm Wasserhahn mit der Bürste abgeschrubbt und mit dem Spültuch abgetrocknet. Fertig.

Von mir kann sogar die Küchenhilfe von Villarriba noch was lernen, dachte ich und ließ mich glücklich wie ein Honigkuchenpferd auf Morphium aufs Sofa plumpsen.

Sauerei, dachte Sonja, als sie in die Küche kam und

so entsetzt aussah wie Mary Poppins bei einem Mixed-Martial-Arts-Kampf. Es lag wohl an dem Brei aus Wasser, Ketchup, Panadekrümeln und Kartoffelsalatresten, der im Waschbecken schwamm. Sie zog sich die Gummihandschuhe über und popelte den Essensmatsch aus dem Abflussgitter. Igittigitt.

Auf unserem Putzplan steht auch, dass ich für das Runterbringen des Mülleimers zuständig bin, wenn er voll ist. Es hat sich allerdings gezeigt, dass wir den Begriff »voll« sehr unterschiedlich definieren. Ich quetsche leere Milchtüten in den Müllbeutel wie eine Brautjungfer die Braut ins Hochzeitskleid und fälle anschließend das Urteil: Da passt noch was rein. Der muss noch nicht runter. Wenn ich dann das nächste Mal etwas wegschmeißen möchte, ist der Mülleimer meist schon ausgeleert, weil ihn Sonja weggebracht hat.

Der Ordnungsfimmel meiner neuen Familie überrascht mich immer wieder. Manchmal höre ich sogar Dantes Stimme aus dem Kinderzimmer: »Oh, da saug ich wohl lieber noch mal«, und kurz darauf sieht man ihn den Dyson-Sauger aus der Abstellkammer hinter sich herziehen. Wir haben übrigens drei Dyson. Einen großen Dyson, einen mittleren Dyson und einen kleinen Dyson. Für jede Krümelgröße den richtigen Dyson. Die Modelle tragen Namen wie Kampfjets der Bundeswehr, etwa Dyson 164533–01 V8 oder Dyson DC62. Wobei sie wohl auch ähnlich erbarmungslos vorgehen sollen.

In der Schule besaß man einen Eastpak-Schulranzen, in der Studienzeit war es das MacBook, und als Familienmensch hat man einen Dyson-Staubsauger (und gegebenenfalls einen Bugaboo-Kinderwagen).

Aber auch der modernste Staubsauger nutzt nichts, wenn sein Herrchen den Staub nicht sieht. Mich mit der Reinigung einzelner Wohnungsabschnitte zu betreuen ist, als würde man ein Kleinkind bitten, die Wäsche zusammenzulegen. Da muss auf jeden Fall noch ein Erwachsener nachbessern. Also Sonja. Deswegen ist sie trotz des Putzplanes nach wie vor jeden Tag damit beschäftigt, die Wohnung in Schuss zu halten. Und Sonja hat recht. So geht das wirklich nicht weiter, ich sehe es ein. Mit schlechtem Gewissen reiche ich ihr einen Lappen, um das blitzeblanke Waschbecken abzutrocknen, und biete ihr an, mich dafür um alles andere im Haus zu kümmern. Ich verspreche sogar, in Zukunft das Kochen zu übernehmen und den Jungs bei den Hausaufgaben zu helfen.

Noch am gleichen Abend sitze ich bei Paul auf dem Fußboden seines Kinderzimmers und frage ihn, was er für die Schule erledigen muss.

»Also«, sagt er und zieht wie ein Zauberkünstler immer mehr Hefte aus seinem Schulranzen. »In Mathe muss ich sieben a, b und c und die Aufgabe neun machen.« Er wirft das Matheheft vor mir auf den Boden.

»In HSU muss ich ein Referat über Eichhörnchen halten ...«, nun fliegt das HSU-Heft hinterher, »... und in Deutsch sollen wir eine Bildergeschichte schreiben.« Schon kommen das Deutschheft und irgendein Buch hinterhergeflattert.

»Was ist denn eine Bildergeschichte?«, frage ich.

Paul schlägt das Buch auf und tippt auf eine Seite mit sechs kleinen Comic-Kästen, in denen jeweils ein gemütlicher Herr mit Glatze und Schnauzbart und ein kleines Kind zu sehen sind. Ganz dunkel kommen mir die beiden Figuren aus meiner eigenen Schulzeit bekannt vor.

»Wir müssen die Geschichte zu den Bildern aufschreiben und uns eine Überschrift überlegen.«

»Puh.« Ich sehe auf die Uhr. Schon fast acht. Das schaffen wir niemals rechtzeitig bis zum Champions-League-Spiel des FC Bayern München. Sonja und ich haben den Kindern versprochen, dass sie die erste Halbzeit sehen dürfen.

»Okay, pass auf. Du machst schon mal die Matheaufgaben, und ich schreib dir die Bildergeschichte. Dann sind wir rechtzeitig zum Anpfiff fertig.«

Paul blickt unsicher auf das Buch. »Aber du kannst das doch gar nicht.«

»Excuse me?«, rufe ich empört und wedle mit dem Buch in der Luft. »Das hier ist eine meiner leichtesten Übungen. Du hast wohl vergessen, dass ich Autor bin. Menschen bezahlen mir normalerweise Geld, damit ich Geschichten schreibe.«

Paul kratzt sich das Haar. »Aber der Lehrer sieht doch, dass das nicht meine Schrift ist.«

Auch dafür habe ich eine Lösung parat. »Ich schreibe sie auf einen Zettel vor, dann musst du es morgen vor der Schule nur noch in dein Heft abschreiben. Okay?«

Paul zieht die Mundwinkel zu einem spitzbübischen Grinsen auseinander. »Okay.«

»Na also.«

Wir klatschen ab, und Paul setzt sich an seinen Schreibtisch und brütet über dem Matheheft, wobei er mit dem Bleistift immer wieder nachdenklich gegen seine Stirn tippt. Er sieht aus wie ein Ministeuerprüfer. Süß. Aber ich sollte mich auf meine Aufgabe konzentrieren. Verwirrt betrachte ich die Abbildungen vor mir in dem Buch. Es ist ein zerbrochenes Fenster zu sehen. Davor liegt ein Ball auf dem Rasen. Ein Kind rennt mit ängstlichem Gesichtsausdruck aus der Haustür. Der ältere Mann jagt ihm hinterher. Ich vermute mal, dass die kaputte Scheibe hier eine Rolle spielt. Auf dem nächsten Bild tigert der Vater unruhig im Wohnzimmer auf und ab und blickt immer wieder auf die Wanduhr. Wahrscheinlich macht er sich Sorgen, weil sein Sohn noch nicht zurückgekommen ist. Schließlich macht sich der Vater auf die Suche nach seinem Sohn und läuft die Straße entlang, als ein Fußball aus einem Hausfenster fliegt und ihn am Kopf trifft. Im nächsten Moment kommt der Sohn aus dem Haus gestürzt, und die beiden fallen sich glücklich in die Arme.

Na gut. Dann wollen wir mal. Am besten fange ich mit der Headline an.

Hm.

»Von Scheiben und Bällen.«

Ne.

»Warten auf das Kind.«

Wer bin ich, Samuel Beckett, der auf Godot wartet? Ich überlege weiter.

…

»Hab's«, ruft Paul nach knapp fünfzehn Minuten und lässt den Bleistift aus der Hand fallen.

»Wie schön für dich.«

»Bist du auch fertig?«

»Noch nicht«, grummle ich. »Mir fällt keine Überschrift ein.«

»Lass mal sehen.« Paul setzt sich neben mich auf den Fußboden und zieht das Buch zu sich heran.

»Vielleicht ›Der Fußball‹?«

»Pff. Klar. Warum hat man den ›Fänger im Roggen‹ nicht einfach ›Das pubertierende Kind‹ genannt. Oder ›Die Dreigroschenoper‹ einfach ›Böse Bettler‹. Ich bitte dich.«

»Das kaputte Fenster?«

»Paul, ich krieg das schon hin. Ich bin Profi. Kümmere du dich schon mal um dein Referat.«

»Na gut.«

…

»Hab's.«

»Echt jetzt? Du kannst doch in den zwanzig Minuten unmöglich ein ganzes Referat vorbereitet haben.«

»Wir brauchen bis morgen bloß das Plakat zu machen. Das Referat muss ich erst nächste Woche vortragen.« Er hält ein Blatt Papier in die Höhe, auf dem ein ausgeschnittenes Eichhörnchen klebt. Von seinem Rücken weisen Pfeile hin zu Textblöcken mit Erläuterungen zu Eigenschaften und Lebensraum des Eichhörnchens. »Und wie weit bist du?«

»Ich hab jetzt eine Headline«, sage ich, nicht ohne Stolz in der Stimme. »Was findest du besser? ›Autorität in Scherben‹ oder ›Die Reue des Richters‹?«

»Hm.« Paul reibt sich das Kinn. »Ich glaub, das Erste.«

»Sicher? Nicht vielleicht eine Spur zu feuilletonistisch?«

»Hä? Äh. Nöööö.«

»Ich hatte auch überlegt, ob ich ›Härte und Güte‹ nehmen sollte.«

Das achtjährige Kind zuckt mit den Schultern. »Nee. Das Erste.«

»Zu nah an Dostojewskis ›Schuld und Sühne‹? Lieber was Eigenes? Hast vermutlich recht. Okay, also das Erste.«

»Bist du dann jetzt fertig?«, fragt Paul.

»Nein, ich muss doch noch die Geschichte zu den Bildern schreiben.«

»DIE HAST DU NOCH NICHT???« Paul klatscht sich

gegen die Stirn. Er klingt schon wie Herr Forstmann. »O Mann, das Spiel fängt doch jetzt an.«

»Ja, ja. Macht ihr schon mal den Fernseher an, ich komm gleich.«

Ein paar Minuten später höre ich von drüben die Rufe der Kinder: »Tooooooor!«

Und dann Sonja: »Schatz, wo bleibst du?«

»Ich komm ja gleich. Die zweite Halbzeit guck ich mit.« Hoffe ich.

Als Paul am nächsten Tag von der Schule zurückkommt, bin ich gespannt, wie meine Hausaufgabe angekommen ist.

»Und, wie war's in der Schule?«

»Gut«, sagt Paul knapp und streift seine Schuhe ab.

»Was hat deine Deutschlehrerin zur Bildergeschichte gesagt?«

»Na ja, geht so.«

»Wie? Geht so? Zeig doch mal dein Heft.«

Paul zögert. »Aber du darfst nicht traurig sein.«

Er zieht das Heft aus dem Schulranzen und hält es mir aufgeschlagen hin. Unter meinem Text steht in roter Schrift *Befriedigend.*

»Befriedigend?«, rufe ich verärgert. »Wie kann das denn sein? Bestimmt ne Rassistin.«

»Sie hat gesagt, dass du zu viel dazugedichtet hast. Du hättest dich mehr an die Bilder halten sollen.«

»Das nennt man Vorstellungskraft. Seit wann ist das was Schlechtes?«

Paul zuckt mit den Schultern.

Ich mustere weiter die Korrekturen. »Die hat ja sogar die Headline durchgestrichen!«

»War ihr nicht erklärend genug.« Er macht eine kleine Pause. »Aber in Mathe habe ich dafür ein Lob bekommen.«

»Ja, ja, ganz toll. Niemand mag Angeber, Paul.«

Ich drücke ihm das Heft wieder in die Hand. Befriedigend. Die Alte hat doch nicht mehr alle Rillen am Reifen.

KAPITEL 24

Das Wurstbärchen-Massaker

Die goldene Regel beim Schreiben lautet: Der erste Satz muss neugierig machen. Ich sitze in Boxershorts am Frühstückstisch und tippe in die Tastatur meines Laptops: *Kinder sind wie Donald Trump.*

Gar nicht schlecht dafür, dass es erst neun Uhr ist und mein Gehirn noch in der Embryonalstellung liegt. Zufrieden lehne ich mich zurück und greife nach meinem Kaffeebecher, den die Kinder mir zum Vatertag geschenkt haben. Mit Spezialstiften haben sie die ganze Familie daraufgemalt, selbst die beiden Hamster, die man allerdings auch leicht mit zwei explodierten Badeschwämmen verwechseln könnte. Ich stehe daneben und reiße zwei spaghettidürre Ärmchen in die Höhe. Worüber sich mein Kaffeebecher-Ich so freut, weiß ich nicht. Vielleicht weil meine Kaffeebecher-Hamster mit Ach und Krach die Fukushima-Katastrophe überlebt haben? Oder weil ich als Einziger aus irgendeinem Grund komplett grün bin? Mein Kaffeebecher-Ich sieht aus wie der Hulk nach zwei Wochen im RTL-Dschungelcamp.

Ich nehme einen großen Schluck Kaffee. »Kinder sind

wie Donald Trump«, murmle ich noch mal vor mich hin. Ein toller Einstieg für die morgige Folge meiner täglichen Kolumne. Damit gewinne ich auf jeden Fall das Interesse des Lesers, denn jeder wird sich fragen: Hoppla, was verbindet bitte schön den amerikanischen Präsidenten mit ein paar Knirpsen?

Hm.

Gute Frage.

Ich habe keinen Schimmer, was die beiden verbindet.

Weil beide kein Geheimnis für sich behalten können?

Weil beide jähzornig sind wie ein Hai auf Nikotinentzug?

Weil beide jemanden brauchen, der ihre Termine koordiniert?

Nein, nein, nein. Alles Mist! Das ist ein holzdummer Einstieg. Was habe ich mir bloß dabei gedacht? Ich drücke so fest mit dem Zeigefinger auf die Löschtaste, dass mein Fingernagel weiß anläuft. Jetzt steht auf meinem Bildschirm gar nichts mehr. Und in ein paar Stunden muss ich meine Kolumne abgeben, damit mein Chef sie noch lesen kann, bevor sie morgen online geht. Bei dem Gedanken daran verkrampft mein Magen. Es fühlt sich an, als würde mein Blinddarm meinen Dickdarm in den Schwitzkasten nehmen. Panik steigt in mir auf. Und auf dem Frühstückstisch grinst die Bärchenwurst von der Aufschnittplatte dümmlich zu mir rüber.

Ich wurde in meinem Leben schon oft ausgelacht. Von meinem kleinen Bruder, als er mich damals im Bad erwischt hat, wie ich mir die Enthaarungscreme unserer Mutter auf die Oberlippe schmierte, weil ich noch keinen Rasierer, aber schon ein paar dunkle Härchen hatte. Und von meinen Klassenkameraden, als ich in der siebten Klasse meinen Turnbeutel zu Hause vergessen hatte und in einer langen Unterhose aus der Fundkiste am Sportunterricht teilnehmen musste. Aber von einem Wurstbärchen muss ich mir das nicht bieten lassen. Ich ramme meine Gabel in den Bärchenwurst-Bauch und schiebe mir die Scheibe in den Mund. Stirb, Wurstbärchen, stirb!

Darunter kommt eine weitere Wurstscheibe in Form des grinsenden Bären zum Vorschein, und darunter noch eine und noch eine, und alle scheinen mich zu verhöhnen. Eine nach der anderen spieße ich auf und schlinge sie hinunter, auf dass ihnen das Lachen vergeht. Es ist ein regelrechtes Wurstbärchen-Massaker.

»Äh, könntest du mir bitte auch noch eine Scheibe übrig lassen?«

Sonja sitzt neben mir am Kopf des Tisches und reißt mich aus meinen Gedanken. In der Hand hält sie eine Scheibe Schwarzbrot, die sie offenbar belegen möchte. Auf der anderen Seite des Tisches stopfen sich Dante und Paul Frühstückseier zwischen die Backen und üben Zungenbrecher mit vollem Mund.

»Bfaupfraut bfleipft Bfaupfraut, und Bfrautfeid bfleipft Bfrautfeid.«

Eidotter spritzt aus ihren Mündern wie Wasser aus

einem Gartensprinkler. Eigentlich müsste ich schimpfen und den Quatsch unterbinden, bevor es in der Küche so aussieht, als hätte Jackson Pollock unseren Frühstückstisch dekoriert. Aber ich habe heute andere Sorgen als ein paar Flecken auf einer Tischdecke. Ich muss meinen Text fertig kriegen. Mit einem Na-gut-diesmal-kommst-du-vielleicht-davon-aber-beim-nächsten-Mal-hast-du-nicht-so-viel-Glück-Schnaufen in Richtung der letzten Wurstscheibe auf dem Teller überlasse ich Sonja die Aufschnittgabel und wende mich wieder dem Bildschirm zu, wo der Cursor nach wie vor oben im linken Eck meines Word-Dokuments blinkt und mich erbarmungslos auffordert, etwas zu schreiben. Aber was?

Ilsebill salzte nach. Angeblich ist das der schönste erste Satz in der deutschsprachigen Literaturgeschichte. Wer hat das gleich noch geschrieben? Thomas Mann? Nee, von dem sind »Die Buddenbrooks«. Auch ein witziger Name. Buddenbrooks. Klingt wie eine Teesorte.

»Darf ich Ihnen einen Tee anbieten?«

»Warum nicht? Eine Tasse Buddenbrook wäre jetzt fein.«

Hm, ob wir noch Eistee im Kühlschrank haben?

Verdammt, du schweifst ab. Konzentrier dich, Max, denk nach!

...

Mit einem lauten Stöhnen lasse ich meinen Kopf auf die Tischplatte plumpsen.

Ich werde meinen Job verlieren und auf der Straße landen.

»Was hast du?«, höre ich Pauls Stimme, der das Ei mittlerweile runtergeschluckt hat.

»Eine Schreibblockade«, jammere ich, ohne aufzublicken.

»Häääá, was ist das?«

»Ich weiß nicht, worüber ich meine Familienkolumne schreiben soll.«

»Ich hab eine Idee«, ruft Paul und ist dabei so aufgeregt, dass er von seinem Stuhl aufspringt.

»O wie süß«, stößt Sonja verzückt hervor und streichelt ihm über den Rücken. »Er will dir bei deiner Arbeit helfen.«

Schlapp richte ich meinen Oberkörper auf. Vielleicht hat er ja wirklich einen brauchbaren Vorschlag. Ich bin an einem Punkt angekommen, wo ich nach jedem Strohhalm greife. Selbst wenn der Strohhalm acht Jahre alt ist. »Schieß los.«

»Aaalso«, fängt Paul an. Dabei lehnt er sich nach vorn und stützt die Unterarme auf die Tischplatte wie ein Rechtsanwalt, der jetzt mal Tacheles reden möchte, was ich eine ziemlich selbstbewusste Sitzhaltung finde für jemanden, dem dabei die Hand seiner Mama unterm Schlafanzugoberteil steckt.

»Schreib darüber, dass ich ohne Otto nie einschlafen kann.« Er hebt den zerzausten Stoffteddy neben sich in die Höhe.

Einen Moment denke ich wirklich darüber nach, dann schüttle ich den Kopf. »Nette Idee, aber das geht nicht.«

Paul guckt, als hätte ich ihm gesagt, dass Weihnachten dieses Jahr ausfällt.

»Warum?«

»Weil das nicht genug hergibt für eine ganze Seite.«

»Klar«, protestiert Paul. Er zählt auf: »Wie ich ihn bekommen habe. Und wie Mama ihn mir bringen musste, als ich bei Justus übernachtet habe. Und …«

»Ja, aber da fehlt die Meta-Ebene.«

»Was ist das denn? Kannst du nicht …«

»Schluss jetzt«, schneide ich ihm das Wort ab. »Ich muss mich wirklich konzentrieren«, sage ich in einem energischen Tonfall, der diese Unterhaltung hoffentlich beendet. Tut er aber nicht.

»Könntest du die Kinder bitte nicht so anschnauzen und den Laptop mal weglegen, um in Ruhe mit deiner Familie zu frühstü…«

Sonja hat noch nicht ausgesprochen, da platzt es schon aus mir heraus: »Nein, kann ich nicht, verdammt.«

Mit einem Mal wird es still am Tisch. Sonja starrt mich einen Moment fassungslos an. Dann legt sie langsam ihr halbaufgegessenes Wurstbärchen-Brot auf den Teller.

»Kommst du bitte mal mit in die Küche?«

Übersetzt bedeutet das: Ich hab mit dir ein Hühnchen zu rupfen, Freundchen.

Wie zwei Boxer, die zum Ring laufen, steuern wir auf die Küche zu. Sonja vorweg und ich hinterher. Als jeder in seiner Ecke steht, ich am Kühlschrank und Sonja am Herd, fange ich an: »Tut mir leid, wenn ich mich gerade etwas im Ton vergriffen habe, aber ich muss heute Nachmittag meine Kolumne abgeben und bin etwas im Stress.«

Sonja hält dagegen: »Es ist Samstag. Das Wochenende sollte der Familie gehören.«

»Bitte entschuldige, dass ich keinen klassischen Montag-bis-Freitag-von-acht-bis-fünf-Uhr-Job habe. Manchmal muss ich eben auch am Wochenende arbeiten.«

»Aber der Text erscheint doch erst morgen?«

»Ja, aber ich muss ihn immer am Vortag abgeben, damit mein Chef genügend Zeit hat, ihn vorher zu lesen und freizugeben. Gestern habe ich den Text für heute abgegeben.«

»Na toll. Ich hab eigentlich gedacht, wir könnten nachher alle zusammen zum Schloss Neuschwanstein fahren.«

Sie macht eine Pause und wischt mit einem Lappen über die Brotkrümel auf der Küchenablage. »Weißt du was? Mach du einfach dein Ding, und leb weiter wie ein Single, und ich und die Kinder machen unser Ding. Dann leben wir in Zukunft eben wie in einer WG.«

Jetzt platzt mir der Kragen. »Von Single-Leben kann überhaupt keine Rede sein. Wann hast du mich das letzte Mal auf dem Sofa vor der Xbox gesehen? Ich stehe freiwillig morgens auf, um die Kinder in die Schule zu bringen und …«

»Das hast du ein- oder zweimal gemacht. Übertreib bitte nicht.«

»... ich helfe den Kindern bei den Hausaufgaben«, fahre ich unbeirrt fort.

»Ja, aber du unternimmst nichts Lustiges mit ihnen. Verstehst du den Unterschied nicht? Es reicht nicht, nur die Pflichtaufgaben zu erledigen. Es geht darum, mit ihnen gemeinsame Erinnerungen zu schaffen, damit sie eine Beziehung zu dir aufbauen.«

Von drüben aus dem Esszimmer ist die Stimme von Dante zu hören, der seinem kleinen Bruder zuzischt: »Psst, sei still, Paul.«

»Ach Mensch. Die Kinder hören jedes Wort.« Tränen steigen Sonja in die Augen.

»Ich war doch erst neulich beim Wandern dabei. Ich hab gedacht, ich hätte heute mal frei«, versuche ich, meinen Standpunkt zu erklären – und mache damit alles nur schlimmer.

»Frei?« Sonja schreit jetzt. »Wenn ich gewusst hätte, dass wir so eine Belastung für dich sind, wäre ich niemals nach München gezogen.« Sie stürmt aus der Küche hinaus in das gegenüberliegende Schlafzimmer und schmeißt wahllos Klamotten von mir aus dem Kleiderschrank auf den Boden.

»Hier, nimm deine Sachen, hau doch ab, wenn wir so anstrengend für dich sind.«

»Weißt du was? Vielleicht ist das wirklich besser«, brülle ich zurück und stürme zur Wohnungstür. Auf dem

Weg laufe ich an den Jungs vorbei, die verschüchtert um die Ecke gucken. Ohne ein Wort zu ihnen verschwinde ich aus der Tür. Ich wüsste ohnehin nicht, was ich hätte sagen sollen.

KAPITEL 25

Angriffe vom Charmin Bär

Als ich vier Jahre alt war, wurde ich im Krankenhaus beschnitten. Nach der OP kam ich in einem Aufwachraum zu mir. Um meine Penisspitze baumelte ein Ring, und meine komplette Verwandtschaft stand am Bett und wollte einen Blick daraufwerfen.

Gott sei Dank gab es damals noch keine Fotohandys. Meine Mutter würde sonst womöglich jeden Donnerstag ein Bild davon auf Instagram posten. *#throwbackthursday*. Aber auch so waren das bestimmt die skurrilsten Umstände, unter denen ich je aufgewacht bin. Die Situation, in der ich mich in diesem Moment befinde, kommt allerdings direkt dahinter auf Platz zwei. Ich liege in einer Badewanne und habe höllische Kopfschmerzen. Besonders verstörend finde ich dabei zwei Dinge:

1. Das ist nicht meine Badewanne.
2. Neben mir sitzt eine dicke Frau auf dem Klo und summt ein Lied.

Das heißt, genau genommen hat sie bis gerade eben gesummt. Seit ich den Duschvorhang zur Seite geschoben habe, schreit sie nämlich nur noch in einer fremden Sprache. Hastig rapple ich mich auf und hebe entschuldigend die Arme.

»Das ... äh ... tut mir wirklich wahnsinnig leid«, stammle ich. Weiter komme ich nicht, weil mir eine Rolle Klopapier gegen den Kopf fliegt. »Autsch.«

»I am very sorry«, versuche ich es nun auf Englisch.

Aber die Dame will sich einfach nicht beruhigen und schreit weiter auf mich ein. Der nächste Charmin Bär in Rollenform fliegt knapp an mir vorbei und kegelt einen Gummifrosch von der Fensterbank hinter mir.

»Was'n hier los?« Finn steht auf einmal in Jogginghose in der Tür und kratzt sich das braune Zauselhaar.

»Finn!« Gott sei Dank. Ich kann mich nicht erinnern, jemals so froh gewesen zu sein, seine behaarte Plauze unter dem hochgerutschten T-Shirt zu sehen. Die Dame wendet sich nun meinem Freund zu und redet lautstark auf ihn ein, während sie ihren Zeigefinger auf mich richtet wie eine Pistole. »Schon gut, Rosalie. Das ist Max. Er ist ein Freund von mir.« Finn zieht mich am Arm nach draußen in den Flur. »Komm, wir lassen sie sich erst mal beruhigen und holen uns einen Kaffee.« Mit einem herzhaften Gähnen führt er mich in die Küche. »Was macht der Schädel?«

»Du hast keine Vorstellung«, sage ich. »Wie komme ich überhaupt in deine Badewanne?«

»Blackout, hm? Kein Wunder, so voll, wie du warst.«

»Ich kann mich an nichts erinnern.« In meinem

Stammhirn hebe ich jede Synapse hoch, um darunter nach einem Fetzen Erinnerung zu suchen, aber da ist nichts.

»Du standest gestern plötzlich stramm wie zwölf Matrosen vor meiner Tür mit einer Flasche Baileys und hast erzählt, dass es mit Sonja aus ist.«

Sonja! Mit der Wucht eines Hammerschlags fällt mir unser Streit wieder ein.

»Hast Glück gehabt, dass ich gestern ausnahmsweise mal keinen Damenbesuch hatte, sonst hätte ich dich wieder wegschicken müssen.«

»Und wieso hab ich im Badezimmer geschlafen?«

»Keine Ahnung. Irgendwann hast du gemeint, du müsstest mal aufs Klo, und bist nicht mehr wiedergekommen. Als ich zehn Minuten später nachsehen wollte, ob alles in Ordnung ist, lagst du schon friedlich schlummernd in der Wanne. Was hätte ich machen sollen? Kann dich ja schlecht tragen. Hab bloß den Stöpsel rausgezogen, damit du mir nicht aus Versehen ersäufst in der Nacht.«

»Sehr fürsorglich.«

»Hey, dafür hat man doch Freunde«, sagt Finn und klopft mir auf die Schulter.

»Und wer ist die wütende Frau in deinem Bad?«

»Ach, das ist Rosalie. Die kommt einmal im Monat zum Saubermachen.«

»Du machst bloß einmal im Monat sauber?«

Finn guckt mich irritiert an. »Wie oft machst du denn sauber?«

»Frag lieber nicht«, seufze ich und lasse mich kraftlos auf einen der zwei Küchenstühle plumpsen, während Finn nach Kaffee sucht.

»Mist«, schimpft Finn, als er in das Innere einer silbernen Dose guckt. »Empty.«

Er öffnet den Kühlschrank. »Ich kann dir Spezi oder Wasser anbieten.«

»Spezi.«

Finn fischt zwei Flaschen heraus und reicht mir eine. »Hunger?«

Erst jetzt merke ich, wie mein Magen knurrt. »Wie ein Bär nach ner Entschlackungskur.«

»Dacht ich mir. Ich schieb uns zwei Pizzen rein. Schon mal die neue vom Rewe probiert?«

Ich schüttle den Kopf.

»Arschgeil, wie beim Italiener. Wirst sehen.«

Pizza zum Frühstück. Ich hatte ganz vergessen, wie schön es ist, wenn man essen kann, was man möchte – ohne Rücksicht auf die Gesundheit von Kindern oder die Essgewohnheiten einer Frau nehmen zu müssen. Den ekligen Proteinshake vermisse ich auch nicht.

»Logo.«

Finn nimmt zwei Salamipizzen aus dem Gefrierfach und schiebt sie in den Ofen. »Holst du mal zwei Teller?«

»Klar. Wo sind die?«

»Musst welche aus dem Waschbecken nehmen und kurz abwaschen.« Er deutet auf einen Berg von Gläsern und Tellern, auf denen verkrustete Nudelsauce klebt. Irgendwo darunter muss sich das Waschbecken verstecken. Eingeklemmt zwischen dem Dreckgeschirr entdecke ich auch einen Kochlöffel, der im Abwaschwasser treibt.

»Oha!«

»Was ist?« Finn dreht sich erschrocken zu mir um.

»Du darfst den Kochlöffel doch nicht im Wasser lassen«, sage ich und wedle tadelnd mit dem Löffel. »Da geht das Holz kaputt. Siehst du?« Ich strecke ihm den schon fransigen Kochlöffel entgegen.

Finn sagt nichts. Er sieht mich bloß mit schmalen Augen an. Dann sagt er doch was: »Aha.«

Aus dem Flur kommt die Haushälterin in die Küche. Sie greift sich ihren Mantel, der über dem anderen Küchenstuhl hängt, und verabschiedet sich von Finn in ihrer fremden Sprache.

»Alles klar«, sagt Finn und winkt ihr hinterher. »Dann bis nächsten Monat.«

»Du verstehst ihre Sprache?«, frage ich verwundert, als ich die Haustür zufallen höre.

»Kein Wort«, sagt Finn. »Meistens rate ich einfach, was sie meint. Und das klappt eigentlich ganz gut.« Dann holt er die beiden Pizzen aus dem Ofen, und wir gehen rüber ins Wohnzimmer.

»Pass auf, wo du dich hinsetzt.« Er deutet mit dem freien Zeigefinger auf das Sofa. Braune Kaffeeflecken und Zigarettenbrandlöcher haben den weißen Stoffbezug arg in Mitleidenschaft gezogen. »Da müsste irgendwo noch ein Schokoladenfleck von gestern sein. Halt deine Hose davon lieber fern.«

Während ich noch einen geeigneten Flecken suche, auf dem ich mich ungefährdet niederlassen kann, schaltet Finn die Playstation an. Wir essen unsere Tiefkühlpizza und vertrödeln den ganzen Tag vor der Röhre beim Fifa-Zocken. Es ist fast wie früher, als wir Singles waren und tun und lassen konnten, was wir wollten, ohne auf die Bedürfnisse anderer Rücksicht zu nehmen. Eigentlich ist es erst ein paar Monate her, aber es fühlt sich an wie ein lang zurückliegendes Leben. Genüsslich schiebe ich mir noch ein Stück in den Mund.

Am Abend spielen wir immer noch. Meine Finger sind mittlerweile steif geworden, und ich habe ein bisschen Angst, dass ich sie vielleicht nie wieder schmerzfrei ausstrecken kann. Außerdem tobt ein Sodbrennen in meiner Körpermitte wie die Lava über Pompeji. Offenbar ist mein Magen den Tiefkühlfraß nicht mehr gewohnt. Es fällt mir zunehmend schwer, mich auf das Spiel zu konzentrieren. Mit der Folge, dass ich schon wieder ein Tor von Finn kassiere.

»Bäm. Vier zu null. Du Lutscher gehst unter.«

»Fuck«, sage ich und werfe den Controller frustriert vor mich auf den Tisch. »Sag mal, wollen wir vielleicht mal was anderes machen?«

Finn sieht mich überrascht an, als sei das ein völlig durchgeknallter Gedanke. »Was denn?«

»Wir könnten was trinken gehen«, schlage ich vor.

»Wozu? Saufen können wir hier doch genauso.«

»Oder wir gehen ins Kino und gucken den neuen Teil von *Star Wars*.«

»O nee, Mann. Ich steh nicht so auf *Star Wars*.«

»Dann lass uns einfach ne Runde spazieren gehen.«

»Au ja«, sagt Finn. »Und dabei halten wir Händchen, und du erzählst mir von deinen Träumen?«

»Ach, halt die Klappe, und spiel weiter«, sage ich und greife mit schmerzendem Daumen wieder nach dem Controller.

Was Sonja und die Kinder wohl gerade machen?

Am nächsten Morgen weckt mich lautes Gurren. Es klingt, als würde eine Armee von Tauben direkt neben meinem Bett sitzen. Erschrocken stürze ich aus dem Bett. Erst jetzt sehe ich, dass die Viecher draußen auf der Balkonbalustrade neben dem Schlafzimmer hocken. Ein Glück. Ich blicke auf den Radiowecker neben dem Bett. Zehn Uhr. Ich habe die ganze Nacht kein Auge zugetan und bin erst in den Morgenstunden zur Ruhe gekommen, weil ich mir mit Finn das Bett geteilt habe und er schnarcht wie ein Walross mit Nebenhöhlenentzündung. Falls Walrosse Nebenhöhlen haben.

Im Gegensatz zu mir ist Finn fest in der Redaktion

angestellt. Deswegen musste er früh aufstehen und zur Arbeit verschwinden, und ich würde die Zeit gern nutzen, noch etwas Schlaf nachzuholen. Aber die blöden Tauben wollen nicht still sein. Ich greife neben das Bett und schleudere eine Zeitschrift gegen die Fensterscheibe. Mit einem wütenden Gurren fliegen sie davon. Stille, herrlich. Gute Nacht.

Fünf Minuten später bin ich wieder wach. Die Tauben sind zurück. Scheißviecher. Da konnte ich sogar besser schlafen, als ich noch bei einer Familie mit zwei Kindern gewohnt habe. Na gut, dann stehe ich eben auf. Schwerfällig stemme ich mich hoch. Wo ist mein Handy? Bestimmt hat Sonja eine Nachricht geschickt, weil ich ihr fehle.

Aber als ich mein Handy schließlich auf dem Couchtisch finde, ist dort bloß eine Nachricht von Herrn Forstmann: *Max, wo bleiben deine Text für heute und morgen? Ich warte!*

Darüber blinken auf dem Bildschirm drei verpasste Anrufe von ihm.

Fuck. Die Kolumne. Die hatte ich wegen des Streits und des Katers komplett vergessen. Plötzlich kriege ich ein flaues Gefühl im Magen. Ich nehme mir den Laptop, doch das Word-Dokument ist immer noch so weiß wie vorgestern am Frühstückstisch.

Ich klatsche in die Hände. »Lass dir verdammt noch mal was einfallen. Du kannst das doch«, feuere ich mich an. Aber es hilft nichts. Ich kann mich nicht konzentrieren. Meine Gedanken kreisen um Sonja. Warum hat sie noch nicht geschrieben. Denkt sie nicht an mich? Hat sie sich so über mich geärgert, dass sie mich vielleicht gar nicht mehr als Partner will? Hoffentlich geht es ihr gut. Was sie wohl gerade macht? Ich blicke auf die Uhr meines Handys. Halb elf. Hmm. Welcher Tag ist heute? Ach ja, Montag. Dann ist sie bestimmt im Büro und arbeitet. Dante hat gerade Mathe und Paul Schwimmunterricht. Ob das Tauchen heute besser klappt? Schon komisch, aber jetzt, wo ich alleine bin, fehlt mir das wilde Treiben meiner Familie. Es ist viel zu still hier. Ein lautes Rascheln beendet meine Gedanken. Die blöden Tauben sind zurück auf dem Balkon.

»Verzieht euch«, schimpfe ich und reiße die Balkontür auf, um sie zu verscheuchen. Ich klinge schon wie mein Opa, wenn die Kinder auf der Straße unter seinem Fenster zu laut gespielt haben. Dann kehre ich zurück an mein MacBook und beginne mit meiner Kolumne. Auf einmal weiß ich ganz genau, was ich schreiben möchte. Kurze Zeit später unterbricht das schrille Klingeln der Türglocke meinen Schreibfluss.

Vor Schreck verharre ich einen Moment ganz still. Als es erneut klingelt, schleiche ich auf Zehenspitzen zur Wohnungstür und luge durch den Spion, sehe jedoch niemanden. Offenbar steht die Person unten vor dem Haus. Soll ich aufmachen? Es könnte der Postbote sein und eine Lieferung für Finn haben. Ich betätige den Knopf an der Klingel. »Hallo?«

»Was stimmt mit dir eigentlich nicht?«, blafft mich eine Frauenstimme an. Überrascht schrecke ich zurück.

»Wie bitte?«

»Lass mich in Ruhe. Hörst du, Finn? Es ist aus! Kapier das endlich.«

»Äh, hier ist nicht Finn.«

Für einen Moment wird es still. Offenbar überlegt die Person unten, wie sie nun mit der Situation umgehen soll.

»Wer ist denn da?«

»Max«, sage ich.

»Ach, hallo Max. Wir haben uns ja schon ewig nicht mehr gesehen. Geht's dir gut? Hier ist Juliane.«

Ah. Jetzt erkenne ich trotz des Rauschens der Gegensprechanlage auch die Stimme von Finns Exfreundin.

»Hi Juliane. Alles gut. Finn ist leider in der Redaktion. Magst du trotzdem auf einen Kaffee hochkommen?«

»Nee, ich muss leider gleich weiter. Richte dem Spacko bitte aus, dass er endlich aufhören soll, mir Blumen zur Arbeit zu schicken.«

Nanu? Das klingt so gar nicht nach Finn. Warum sollte er seiner Exfreundin nachjagen? In den letzten Wochen waren in seinem Bett mehr Frauen als in einer Filiale von Tiffany. Doch ich verspreche, es weiterzugeben.

»Gut. Sonst gehe ich nämlich zur Polizei und zeige ihn wegen Stalking an.«

»Das ist bestimmt nicht nötig.«

»Hoffentlich. So, ich muss wieder los. War schön, dich mal gehört zu haben, Max«, sagt Juliane, und dann höre ich durch die Sprechanlage, wie sich ihre Schritte entfernen.

Am Abend kommt Finn nach Hause. Er wirft seinen Rucksack aufs Bett und fläzt sich neben mich aufs Sofa.

»Was machst'n?«, fragt er.

»Hab meine Kolumne gerade fertig geschrieben.«

»Und, gut geworden?«

»Keine Ahnung«, sage ich. »Ich hoffe.«

»Ah«, macht Finn und steckt sich eine Zigarette in den Mund. »Du untertreibst mal wieder. Bestimmt ist sie mega«, nuschelt Finn mit der Kippe zwischen den Lippen, während er sich nach einem Aschenbecher umguckt. Sein Blick fällt dabei auf etwas auf dem Balkon.

»Was ist das denn?« Er zeigt nach draußen, wo nun ein Dutzend CD-Scheiben an Schnüren von der Decke baumeln.

»Die habe ich heute Nachmittag aufgehängt. Das hält die Tauben fern, damit sie dir nicht mehr den Boden vollkacken.«

»Wo hast du das denn her?«

»Hat Sonja bei uns zu Hause auch so gemacht.«

»Ah«, sagt Finn ziemlich unbeeindruckt und schaltet die Playstation ein.

»Gern geschehen«, sage ich.

»Spinner«, sagt Finn bloß. »Bock auf Fifa?«

»Sicher«, grummle ich, frustriert von der fehlenden Wertschätzung meiner Tat. Hatte ich Sonja damals eigentlich für ihre Idee gelobt? Ich befürchte, nicht.

»Juliane war vorhin übrigens hier«, sage ich, während wir beide unsere Mannschaftsaufstellung sortieren.

Ruckartig dreht Finn sich zu mir um und blickt mich mit aufgerissenen Augen an.

»Was wollte sie?«

»Sie meinte, du sollst sie in Ruhe lassen.«

»Hm.«

Finn dreht sich wieder in Richtung des Bildschirms. Wir haben unsere Spieler aufgestellt, und Finn übernimmt den Anstoß.

»Stimmt es, dass du ihr Blumen geschickt hast?«

Finn zuckt mit den Achseln, während er durchs Mittelfeld trabt. »Kann schon sein.«

»Wann denn?«

»Gestern früh, nachdem du die Nacht in der Badewanne verbracht hattest. Du hast wegen Sonja geflennt ...«

»Also geflennt habe ich bestimmt nicht«, protestiere ich.

»Meinetwegen. Ganz männlich hast du also von deinem Streit mit Sonja berichtet ...«

»Besser.«

»... und da hab ich halt Sehnsucht nach Juliane bekommen.«

Finn spielt einen Fehlpass, der im Aus landet.

»Hm«, mache ich. »Aber wegen ein paar Blumen muss sie doch nicht so einen Aufstand machen.«

»Na ja, kann sein, dass ich ihr vor zwei Tagen schon mal welche geschickt habe.«

»Okay …«

»Und letzten Donnerstag auch.«

»Das erklärt es schon eher.«

»Und vor zwei Wochen.«

»Alter!«

»Ich weiß. Aber sie fehlt mir halt schon krass.«

Jetzt bin ich es, der erstaunt ist. »Echt jetzt? Ich dachte, du genießt dein Single-Leben?«

Finn drückt hektisch auf die *Grätschen*-Taste auf seinem Controller und stößt einen leisen Fluch aus, als er dafür die gelbe Karte bekommt. »Na ja, nicht wirklich«, sagt er schließlich.

»Aber was ist mit deinen ganzen Abenteuern? Das blonde Christkind, von dem du neulich in der Redaktion erzählt hast?«

Finn räuspert sich. »Möglich, dass ich da etwas übertrieben habe«, nuschelt er, ohne den Blick vom Spiel zu wenden. Aufpassen tut er trotzdem nicht. Ich flanke den anschließenden Freistoß in seinen Strafraum und köpfe knapp an seinem Tor vorbei. Doch eigentlich interessiert das keinen von uns richtig. Ich will viel lieber wissen: »Und wie war's wirklich?«

»Ich hab sie auf Tinder kennengelernt, und wir waren in einer Tapasbar essen. Das schlimmste Date ever.

Wir hatten null Gesprächsstoff. Die ganze Zeit herrschte peinliches Schweigen. Wenn sie überhaupt mal am Tisch saß.«

»Blasenschwäche?«

»Schön wär's. Dann hätte es zumindest nicht an mir gelegen. Der Restaurantbesitzer hatte einen Hundewelpen, und mein Date fand das blöde Vieh interessanter als mich. Ständig ist sie aufgestanden, um den Köter zu streicheln.«

»Und die tätowierten Flügel?«

»Hab ich auf einem ihrer Profilfotos gesehen.«

»Ah«, sage ich, nun doch enttäuscht, dass nicht wenigstens einer von uns Abenteuer erlebt, und führe einen Abstoß vom Tor aus. »Aber als wir neulich auf dieser WG-Party waren, lief es doch mit der Blonden ganz gut.«

Finn drückt auf den *Pause*-Knopf und zündet sich eine neue Zigarette an. Er zieht daran und stößt eine Rauchwolke aus. »Willst du wissen, wie es wirklich gelaufen ist?«

»Klar.«

»Ihre Oma feiert nächste Woche ihren neunzigsten Geburtstag.«

»Und?«

Finn zögert kurz. »Ihre Eltern haben sie dazu verdonnert, ein Gedicht zu verfassen, das sie auf der Feier vor versammelter Mannschaft vorträgt.«

»Okay …«

»Deswegen ging ihr der Arsch ziemlich auf Grundeis. Und als sie gehört hat, dass ich Journalist bin, hat sie mich angefleht, ihr bei dem Gedicht zu helfen. Drei verfickte Stunden saß ich in ihrem Zimmer an dieser blöden Geburtstagskarte. Und kaum waren wir fertig, erzählt sie mir von ihrem Freund.«

Für einen Moment sagen wir beide kein Wort und blicken uns nur an. Dann pruste ich los.

»Was hast du denn gedichtet? *Liebe Oma, zum Glück bist du noch nicht im Koma*?

Jetzt muss auch Finn lachen. »Das hätte ich schreiben sollen. Oder: *Heute sind alle hier versammelt, froh, dass Oma noch nicht gammelt*.«

Mir schießt die Spezi vor Lachen aus dem Mund.

Nach einer Weile beruhigen wir uns wieder, und Finn fragt mich auf einmal ganz ernst: »Warum liebst du Sonja?«

»Keine Ahnung«, sage ich. »Warum liebe ich Borussia Dortmund? Liebe kann man nicht erklären.«

Finn sieht mich eindringlich an, offenbar nicht bereit, sich mit dieser Antwort abspeisen zu lassen. Ich denke über seine Frage nach. »Sonja ist ... anders.«

»Inwiefern?«

»Ich weiß nicht. Ich hatte ja schon ein paar Beziehungen mit Frauen, die alle in Ordnung waren. Also, sie waren nett und lustig und so. Aber Sonja ist viel mehr als das. Sie ist so stark, ich meine, sie hat's drauf. Es gibt so viele Probleme in ihrem Leben, so viele Aufgaben im Alltag, die sie lösen muss, und das gelingt ihr einfach so – ohne dass dabei Chaos ausbricht oder auch nur schlechte Laune aufkommt. Da war gerade erst der Umzug nach München, sie hat ihren Job, sie muss aufpassen, dass ihr unreifer Freund nicht zu kurz kommt, und gleichzeitig darauf achten, dass sich die Kinder mit der Schule und dem neuen Umfeld zurechtfinden – und all das meistert sie mit dieser Leichtigkeit und ist dabei einfach cool. Davor habe ich Respekt.«

»Hm«, macht Finn und sieht nachdenklich aus dem Fenster. »Max, ich bin sicher nicht der beste Gesprächspartner, was Beziehungsratschläge angeht. Aber vielleicht solltest du dann so schnell wie möglich zu ihr zurückkehren?«

»So einfach ist das nicht.«

»Warum nicht?«

»Ich weiß nicht, ob Sonja mich überhaupt zurückhaben möchte. Vielleicht tauge ich als Stiefvater einfach nichts.«

Finn zieht an seiner Zigarette und bläst eine Rauchwolke in den Raum. Als der Rauch verflogen ist, sagt er: »Weißt du, was ich am meisten an der Beziehung mit Juliane vermisse?«

»Was?«

»Das Gefühl, jemandem wichtig zu sein.«

Er klopft die Asche ab. »Mir ist schon klar, dass du dir ne Menge Cooleres vorstellen kannst, als am Wochenende mit der Familie wandern zu gehen oder im Schneckentempo in Viererkolonne durch die Gegend zu radeln. Aber du glaubst nicht, was ich dafür geben würde, dass jemand mal so enttäuscht wäre, wenn ich keine Lust hätte mitzukommen.«

KAPITEL 26

Blitz und Donner

Fünf Tage später.

»Finn, könntest du deine Klamotten bitte nicht überall in der Wohnung herumliegen lassen?«

Angeekelt hebe ich mit weit ausgestrecktem Arm eine Socke vom Fußboden auf.

»Die will ich morgen noch anziehen«, nörgelt Finn zurück.

»Dann leg dein Zeug doch zumindest auf einen Stuhl.«

»Wo ist der Unterschied, ob die Socken auf dem Boden oder auf einem Stuhl liegen?«

»Dann sieht es wenigstens ein bisschen ordentlicher aus. Das ist echt ein Schweinestall.«

Mit einem energischen Vibrieren auf dem Couchtisch unterbricht mein Handy unsere Auseinandersetzung. Das Display zeigt einen WhatsApp-Anruf von Dante an.

»Hallo?«

»Hey Max.«

Es ist schön, seine Stimme zu hören. Erst jetzt merke ich, dass ich nicht nur Sonja vermisse, sondern auch die Kinder.

»Hey Dante. Wo bist du gerade?«

»Bei Papa.«

»Ah.«

Pause.

»Ist Paul auch da?«

»Ja, aber der ist gerade mit Papa einkaufen.«

»Ah.«

Wieder Pause. Kinder können echt keine Gespräche führen.

»Und, geht es dir und deinem Bruder gut?«

»Jaaaa …«

Ich kenne Dante mittlerweile gut genug, um sofort zu verstehen, was das bedeutet. »Spuck es aus, was ist los?«

»Papa kann uns morgen nicht nach München fahren, weil er einen Termin hat. Deswegen hat er gefragt, ob wir allein mit dem Zug fahren würden.«

Eigentlich hatten Sonja und ihr Exmann sich darauf geeinigt, dass sie sich in der Mitte der Strecke München–Bremen treffen und dort die Kinder übergeben. Nun schafft der Kindsvater es aber offenbar nicht und will die Kinder mit dem Zug nach Jena schicken. Dante und Paul gehen nicht einmal gern allein in den Keller unseres Hauses, wo die Mülltonnen stehen. Ich kann mir vorstellen, wie viel Angst sie haben, allein mit einem ICE durch Deutschland zu fahren. Gleichzeitig weiß ich, dass die beiden niemals jemandem Umstände machen wollen.

»Und da habt ihr gesagt, das wäre in Ordnung, stimmt's?«

»Ja …«

»Aber eigentlich ist euch das nicht geheuer?«

»Hmhm«, macht Dante.

»Hast du das Mama erzählt?«

»Neeee. Dann macht die sich nur Sorgen.«

»Verstehe.«

Ich denke nach. Soll ich Sonja Bescheid geben? Damit würde ich Dantes Vertrauen enttäuschen. Wer weiß, ob er sich je wieder mit einem Problem an mich wendet. »Okay, pass auf. Sag deinem Papa, dass ich sowieso gerade geschäftlich in Hamburg wäre und euch auf dem Rückweg von Bremen mitnehmen kann. Und dann rufst du deine Mama an und sagst ihr, dass sie nicht nach Jena kommen muss, weil ich euch heimfahre, okay?«

Dante klingt jetzt viel fröhlicher. »Echt?«

»Ja. Ich hol euch morgen gegen drei ab.«

»Okay, vielen Dank, Max.«

Nachdem ich aufgelegt habe, klappe ich meinen Laptop auf und buche einen Flug von München nach Bremen. One way. Für den Rückweg werde ich mir einen Mietwagen holen müssen, weil Paul Flugangst hat und es vermutlich keine gute Idee ist, ein asiatisch aussehendes Kind, das einen anderen Nachnamen im Pass hat als man selbst, über einen Flughafen zu zerren.

Es ist kurz vor drei Uhr mittags, als ich am nächsten Tag den Miet-Mini in die kleine Bremer Seitenstraße lenke, in der der Vater der Kinder wohnt. Ein paar Minuten vorher habe ich eine Whatsapp-Nachricht geschrieben, dass sie schon mal rausgehen und vor dem Haus warten sollen, denn meine Lust auf ein Aufeinandertreffen mit dem Vater ist ungefähr so groß wie auf eine Zahnwurzelbehandlung. Ehrlich gesagt macht er mir ein bisschen Angst. Ich habe ihn zwar noch nie gesehen, aber durch meinen Kopf geistert immer das Bild von Christian Grey aus *Fifty Shades of Grey,* wenn ich an ihn denke. Schließlich ist Sonja eine erfolgreiche, wunderschöne, zielstrebige, sportliche Frau. Bestimmt hat sie ein echtes Alpha-Männchen geheiratet, das ebenfalls all diese Eigenschaften verkörpert. Und nachdem die Ehe mit diesem Mann scheiterte, versucht sie es nun mit dem genauen Gegenteil: mir. Ich kann mir nicht vorstellen, dass er mich besonders mag und dem Typen, der mit seiner Exfrau schläft und seine Kinder ans andere Ende der Republik geschleppt hat, freundlich gegenübertreten würde. Und ich möchte es heute auch nicht herausfinden.

Muss ich auch nicht, weil die Kinder wie vereinbart auf dem Bürgersteig stehen, als ich das Auto ein paar Meter rechts vom Haus abstelle. Dante und Paul winken noch einmal in Richtung des Backsteinhauses. Die Tür steht zwar offen, aber ich kann nicht erkennen, wer dort auf der Schwelle steht.

Die Kinder reißen die Autotür auf und schmeißen ihre Reisetaschen nach hinten.

»Hallo Max«, sagt Paul.

»Hi Jungs. Na, wie war's bei eurem Vater?«

»Super«, sagen beide gleichzeitig gewohnt auskunftsfreudig.

»Und was hat euch besonders gefallen?«

»Alles«, sagt Paul.

»Danke, dass du uns abholst«, sagt Dante. »Ich wusste gar nicht, dass du Auto fahren kannst.«

»Genau«, sagt Paul. »Sonst ist Mama immer gefahren.«

»Klar kann ich Auto fahren. Ich kann alles, wisst ihr doch«, sage ich und starte den Motor. Tatsächlich habe ich zwar seit fünfzehn Jahren einen Führerschein, bin in der Zeit aber kaum gefahren. Und das hat einen Grund: Ich hasse es. Fahrzeuge, die von allen Seiten angerast kommen, Fahrradfahrer, die im toten Winkel fahren, Straßenbahnen, auf die man achten muss – was für ein Stress. Da gehe ich lieber zu Fuß oder nehme den Bus. Außerdem bekommt man in München sowieso nie einen Parkplatz. Nun lege ich die Hände in der Zehn-vor-zwei-Stellung ans Lenkrad und kontrolliere die Einstellung des Rückspiegels. Dunkle Wolken schieben sich dort in mein Blickfeld. Hoffentlich sind wir zu Hause, bevor das Unwetter losbricht.

Nein, sind wir natürlich nicht. Wir sind gerade auf die Autobahn gefahren, als die ersten Regentropfen auf die Windschutzscheibe platschen. Ich schalte den Scheibenwischer ein. Auf der Höhe von Hannover muss er bereits Schwerstarbeit leisten. Mit jedem Meter, den wir unserem Ziel näher kommen, zieht sich der Himmel weiter zu, so dass ich bald mit fünfzig Stundenkilometern über die A7 tuckere, die Nase gegen die Windschutzscheibe gedrückt, um überhaupt noch etwas zu sehen. Meine Hände sind schweißnass vor Anspannung, und die Verantwortung für das Leben der beiden Kinder auf der Rückbank hinter mir lastet schwer auf meinen Schultern.

Auf halber Strecke irgendwo bei Kassel kann ich keine fünf Meter weit mehr sehen, der Regen hat sich zu einer undurchdringlichen weißlichen Wand verdichtet. Als ich ein Hinweisschild zu einem Autobahnhotel sehe, fahre ich raus. Lieber kommen wir erst morgen und dafür gesund an, als dass wir noch einen Unfall bauen. Die Kinder haben morgen wegen des Feiertags sowieso noch keine Schule.

»Was machen wir hier?« Verunsichert blickt Dante von seinem Handy auf und aus dem Fenster. Wir stehen auf dem Parkplatz vor einem vierstöckigen Gasthaus, das mit seiner Holzfassade und den aufgemalten Hirschköpfen unter dem Schrägdach ein bisschen an eine Berghütte erinnert – bloß dass es nicht auf einer idyllischen Alm steht, sondern direkt an der A7. Was durchaus einen Unterschied macht, so rein vom Ambiente her, meine ich.

»Sorry, Jungs, wir müssen hier wohl übernachten«, sage ich. »Ich kann bei dem Wetter nicht weiterfahren.«

»Aber ich wollte doch morgen früh gleich zu Anton«, beschwert sich Paul.

»Tut mir leid, aber ich kann es nicht ändern. Schnappt euch eure Sachen und kommt.«

»O Maaann!«

Wir holen die Taschen aus dem Auto, checken ein und schleppen sie in ein kleines Zimmer im zweiten Stock. Zwei schmale Holzbetten stehen nebeneinander an der Wand, eins für mich und eins teilen sich die Jungs. Die hintere Ecke des Raumes schmückt ein alter Schreibtisch. In der Duschkabine kleben Haare.

»Wie ist eigentlich euer Impfstatus?«, frage ich, während ich die Schlafanzüge der Kinder aus den Taschen krame und aufs Bett werfe.

»Wieso?«, fragt Dante.

»Ach nur so. Kommt, macht euch fertig fürs Bett.«

»Ja, machen wir«, sagt Dante.

»Und ruft bitte eure Mama an, dass ihr erst morgen kommt, damit sie sich keine Sorgen macht.«

Ich höre die beiden Jungs telefonieren, während ich mich draußen auf den Balkon setze und in die Nacht hinausschaue. Blitze flackern auf und schlagen irgendwo in der Ferne ein. Ich muss an Lugano denken, den kleinen Kurort in der Schweiz, in den meine Eltern mit mir als Kind oft gefahren sind. Eines Nachts blitzte es dort genauso stark und häufig wie heute. Mein Vater saß mit mir auf dem Balkon und brachte mir bei, wie man die Entfernung eines Blitzes berechnet. Ziemlich genau zwanzig Jahre müsste das her sein, überlege ich.

Und nun sitze ich hier mit zwei Kindern. Gut, dies ist kein malerischer Seeort in der italienischen Schweiz, sondern der Arsch der Welt an der Autobahn A7. Aber Dante müsste ungefähr im gleichen Alter sein wie ich damals, und als mir das bewusst wird, packt mich plötzlich ein Gedanke ganz fest und schüttelt mich an den Schultern: Meine Jugend ist vorbei. Eigentlich ist mein ganzes Leben vorbei. Alles geht nun wieder von vorn los, aber mit der nächsten Generation. Jetzt ist es meine Aufgabe, zusammen mit Sonja den Kindern die gleichen schönen Erfahrungen zu schenken, die ich sammeln durfte. Vor allem darum geht es. Und das Abgefahrenste daran ist: Ich spüre weder Angst noch einen Anflug von Depression, als es mir bewusst wird. Im Gegenteil. Es ist in Ordnung.

»Jungs, kommt mal raus, und seht euch das Gewitter an.«

Dante und Paul kommen heraus und setzen sich auf zwei weiße Plastikstühle links und rechts von mir, während vor uns die Blitze eine fulminante Lichtshow veranstalten.

»Krass«, staunt Dante beim Anblick der grellen Lichter.

»Können wir bitte reingehen?«, fragt Paul ängstlich.

»Du musst keine Angst haben«, beruhige ich ihn.

»Aber wenn uns der Blitz trifft?«

»Wisst ihr, wie man rausfinden kann, wie weit der Blitz entfernt ist?«

Die beiden schütteln den Kopf, und ich erkläre es ihnen genau so, wie es mir mein Vater damals erklärt hat: »Man sieht den Blitz zuerst, bevor man seinen Donner hört. Stimmt's?«

Die beiden nicken mit den Köpfen.

»Aber warum ist das so?«, fragt Paul.

»Weil das Licht schneller ist als der Schall.«

»Ah«, sagt Paul.

»Wenn ihr einen Blitz seht, müsst ihr deshalb die Sekunden zählen bis zum Donner.«

Mucksmäuschenstill sitzen die beiden Kinder auf ihren Plastikschalen und spähen mit angehaltenem Atem in die Dunkelheit hinaus, bis ein greller Blitz die Umgebung für einen kurzen Moment in strahlendes Licht taucht.

»Eintausend, zweitausend ...«

Nach sechs Sekunden rollt ein lauter Donner über die Autobahn.

»Jetzt müssen wir sechs mal dreihundertdreiundvierzig rechnen, weil der Schall genau so viele Meter in der Sekunde schafft«, erkläre ich. »Wie viel ist das?«

»Zweitausendachtundfünfzig«, ruft Dante wie aus der Pistole geschossen, noch bevor ich das Ergebnis raushabe. Keine Ahnung, wie er das so schnell gemacht hat.

»Das heißt, der Blitz ist zweitausendachtundfünfzig Meter von uns entfernt. Das ist dreimal so viel wie dein Schulweg, Paul.«

»So weit?«

»Also siehst du, du musst dir keine Sorgen machen.«

»Dann bin ich beruhigt«, sagt Paul und gähnt laut, während Dante aufsteht und ins Zimmer geht.

»Was machst du?«, rufe ich ihm hinterher.

»Ich will Fotos machen, für meinen Instagram-Account.«

Im nächsten Moment kommt er mit einer Spiegelreflexkamera um den Hals zurück. »Seit wann hast du eine Kamera?«

»Hat mir Klara geschenkt.«

»Ah«, sage ich.

Ich überlege, was ich ihm als Letztes geschenkt habe. Ich glaube, es waren Batterien. Blöde Klara.

Dante betrachtet skeptisch die Aufnahmen auf dem Display seiner Kamera. Er wirkt unzufrieden.

»Nicht gut?«, frage ich.

»Nee, man sieht nicht so viel.«

»Komm, ich zeig dir, wie es besser geht«, sage ich und nehme ihm die Kamera aus der Hand. Ich nehme ein paar Veränderungen bei den Einstellungen vor und positioniere die Kamera anschließend auf dem Balkongeländer, das mir als Stativ dient. Beim nächsten Blitzeinschlag drücke ich auf den Auslöser und zeige Dante das Ergebnis. Verblüfft betrachtet der das Bild.

»Mega, jetzt ist es viel besser. Wie hast du das gemacht?«

Ich erkläre ihm, was die Blende bei einer Kamera ist und wie man Momente im Dunkeln damit besser einfangen kann.

»Woher weißt du so was?«

»Bei der Arbeit habe ich manchmal mit Fotografen zu tun, da schnappt man so was auf.«

»Cool«, sagt Dante wieder. »Danke.« Dann macht er eine kurze Pause. Schließlich sagt er: »Max?«

»Hm?«

»Wann kommst du wieder nach Hause?«

Ich merke, wie mir schon wieder Tränen in die Augen steigen. Verdammt. Jahrelang habe ich nicht geweint, aber kaum habe ich die Kinder um mich, fließt das Wasser bei mir wie das Hochwasser durch Passau.

»Ich weiß es nicht.«

Ein leises Schnarchen unterbricht diesen emotionalen Moment. Paul ist neben uns auf seinem Stuhl eingeschlafen. Sein kleiner Kopf ruht friedlich auf seiner Brust.

»Na komm, Zeit fürs Bett«, sage ich zu Dante und trage Paul behutsam rüber.

»Schlaf gut, Dante.«

»Du auch, Max.«

KAPITEL 27

Heimkehr

Es ist Nachmittag, als wir zu Hause ankommen. Ist es das überhaupt noch, mein Zuhause? Ich muss schwer schlucken, als wir die Wohnung betreten, die Kinder Sonja um die Beine fallen und ich mich umsehe. Die Malm-Kommode im Flur, die ich mit Sonja aufgebaut habe und in der nun die Mützen und Handschuhe auf den Winter warten. Der hässliche Jahresplaner, den ich mit Paul an die Wand geklebt habe. All das. Das ist mein Zuhause, meine Familie. Hier gehöre ich hin. Aber sieht Sonja das genauso?

Ich habe mich aufgeführt wie ein Idiot. Hab mich ins gemachte Netz gesetzt und den Vater gespielt, wenn es mir gerade in den Kram passte. Dabei hat Sonja die ganze Arbeit erledigt und mir auch noch alles hinterhertragen müssen. Ich könnte es verstehen, wenn sie von mir die Nase endgültig voll hat.

»Sonja, ich …«, setze ich zu einer Entschuldigung an, aber sie unterbricht mich.

»Bleibst du zum Mittagessen?«, fragt sie und dreht in die Küche ab, ohne meine Antwort abzuwarten.

»Äh, klar. Gern«, sage ich und streife mir die Schuhe im Flur ab. »Was gibt's?«

»Pizza.«

»Au ja«, jubelt Dante aus seinem Zimmer. »Selbstgemacht oder aus dem Tiefkühlfach?«

»Selbstgemacht natürlich«, sagt Sonja und holt den Teig aus dem Kühlschrank, um ihn auf der Arbeitsfläche auszubreiten.

»Geil«, dröhnt es glücklich zurück.

Natürlich geht es trotzdem nicht komplett harmonisch vonstatten, wenn man zwei Kinder hat und Pizza backt. Das eine Kind ist seit diesem Wochenende Vegetarier, weswegen kein Schinken auf die Pizza darf. Salami aber aus irgendeinem Grund schon. Salami mag das andere Kind aber nicht. Und wenn man vor ihren Augen die Maisdose öffnet, wird es richtig turbulent. Also teilt man die Pizza schließlich in Quadranten auf, wie es die Polizei mit undurchdringlichen Wäldern bei einer Vermisstensuche tut, und jeder belegt sein Stück, wie er möchte. Ganz optimal ist das aber auch nicht, weil Kinder natürlich dann doch nicht den ganzen Riesenquadranten essen, den sie sich lautstark erkämpft haben. Dann bleiben Stücke von ihnen übrig, deren Belag ich nicht mag, aber trotzdem esse, weil ich noch Hunger habe. Solche Dinge haben mich vor zwei Wochen den letzten Nerv gekostet. Jetzt stehe ich wie bekifft in der Küche und genieße das Pizza-belegen-Spektakel um mich herum und verstehe, dass mir genau dieser Wahnsinn die letzten

Tage gefehlt hat. Beide Jungs könnten mir jetzt halbverdauten Mozzarella straight auf die Socken kotzen, und es wäre mir egal. Dennoch bin ich ganz froh, dass es keiner von ihnen tut.

Nach dem Mittagessen spielen wir »Scotland Yard«. Ein brunzblödes Brettspiel, bei dem man eigentlich nichts anderes macht, als die ganze Zeit zu fragen: »Bist du hier?«

»Nein.«

»Bist du hier?«

»Nein.«

»Bist du hier?«

»Nein.«

Wie gesagt: brunzblöd.

Das ist wahrscheinlich auch der Grund, warum James Bond in *Casino Royale* lieber Poker spielt und nicht Scotland Yard von Ravensburger. Die Drehbuchautoren des Films werden sich halt gedacht haben: *Spiel des Jahres 1983, my ass!*

Aber heute, hier an diesem Wohnzimmertisch, mit Dante und Paul und Sonja und obwohl es auch nach fünf Runden noch keinem von uns gelungen ist, Dante alias Mr. X aufzuspüren, merke ich, dass ich in meinem ganzen Leben noch nie so viel Spaß hatte. Ich wünschte, es könnte immer so weitergehen. Doch als Paul das dritte Mal heulend wie ein Wolf gähnt und sein Kopf nur noch kraftlos auf seiner stützenden Hand ruht, ist klar, dass es Zeit fürs Bett ist. Und ohne einen Mucks lassen sie sich von Sonja in ihre Zimmer bringen, während ich die benutzten Gläser in die Küche räume.

Als Sonja zurückkommt, gähnt auch sie. »Die Jungs sind sofort eingeschlafen. Sie müssen total müde gewesen sein von der Aufregung der letzten beiden Tage.« Sie pustet die Teelichter auf der Fensterbank aus. »Ich leg mich auch hin. Kommst du mit, oder bleibst du noch wach?«

Sonja ist es gewohnt, gegen elf Uhr abends ins Bett zu gehen, um am nächsten Tag fit für den Tag mit den Kindern zu sein. So viel Gute-Nacht-Tee könnte ich gar nicht saufen, damit ich um die Uhrzeit schon müde bin. Ich bin ein Nachtmensch. Da bin ich wie Batman. Schon als Student konnte ich mich nie vor Mitternacht aufraffen, mich auf meine Klausuren vorzubereiten. Heute genieße ich es, dass die Dunkelheit hereinbricht und es draußen und drinnen allmählich ruhig wird. Ich hänge meinen Gedanken nach, wozu ich tagsüber wegen der Hektik nicht gekommen bin, und lasse den Tag vor dem Fernseher ausklingen. Dabei schalte ich den Lautstärkeregler ganz runter, um niemanden zu wecken, und setze mich dicht vor den Bildschirm, damit ich überhaupt etwas höre. Gut möglich, dass ich irgendwann einen epileptischen Anfall bekomme von dem Geflimmer, aber diese Gefahr nehme ich in Kauf. Wie gesagt: Batman.

In der letzten Woche ist viel passiert. Der Streit. Ich bin zu Finn gezogen.

Und nun schlurft Sonja ins Schlafzimmer und tut, als wäre all dies nie geschehen. Hat sie etwa vergessen, wie blöd ich mich aufgeführt habe? Nein, bestimmt nicht. Aber Sonja hat nicht nur mehr Erfahrung im Umgang mit Kindern als ich. Sie war auch schon mal verheiratet. Sie weiß, was es bedeutet, eine richtige Beziehung zu führen. Nicht diese kurzzeitigen Liebschaften, die ich bisher hatte, die man schon wegen einer Kleinigkeit beendet. Weil sie einen Kratzer ins Auto gefahren hat oder weil sie eine Szene macht, wenn man bei der Familienfeier zu tief in die Flasche geguckt hat. In einer erwachsenen Beziehung kracht es auch mal. Aber das ändert nichts, man bleibt trotzdem zusammen, weil man eine Einheit ist und zueinandergehört.

Anders kann man gegen Kinder auch gar nicht bestehen. Da muss man zusammenhalten. Das ist wie beim Fußball.

»Ich möchte mich entschuldigen«, flüstere ich, als wir später nebeneinander im Bett liegen.

Einen Moment lang ist Stille. Nur unsere leisen Atemgeräusche durchdringen die Dunkelheit des Schlafzimmers.

»Ich hab deine Kolumne gelesen.«

»Ja?« Ich spüre, wie mein Puls einen Takt zulegt.

»Stimmt das, was du da geschrieben hast? Dass die Kinder und ich die Liebe deines Lebens sind?«

»Hm-hm«, mache ich, weil meine Stimme sich zu brüchig anfühlt, um ein Ja herauszubringen.

Wieder ist es einen Moment still. Dann höre ich das Rascheln von Bettwäsche, und Sonja robbt an mich heran und legt ihren Kopf auf meine Brust. »Schlaf gut.«

»Du auch.«

EPILOG

Dante wird zwölf, und ich frage mich, welcher Schwachmat eigentlich die Redewendung erfunden hat, dass etwas ein Kindergeburtstag sei, wenn es einfach ist? Ich finde, genau das Gegenteil trifft zu.

»Verdammt, Jim. Beide Triebwerke sind ausgefallen. Wir müssen die Maschine unten im Wald notlanden. Gut festhalten. Das wird jetzt ein echter Kindergeburtstag.«

Oder: *»Ich will dir nichts vormachen: Die Chemotherapie wird sicherlich ein Kindergeburtstag. Aber es ist deine einzige Chance, den Krebs zu besiegen.«*

Ähnlich wie der Prozess der Trauer besteht auch ein Kindergeburtstag aus insgesamt vier Phasen:

Phase 1: Die Geburtstagseinladung
Zeitpunkt: circa zwei Wochen vorher

Sonja sitzt am Wohnzimmertisch und versinkt in einem Meer aus Unterlagen für die Arbeit. Kinder nehmen so etwas in der Regel nicht wahr. Und so fragt Dante: »Können wir jetzt endlich die Einladungen basteln?«

Ich liege mit einem Buch auf dem Sofa und frage mich, wofür ein Kind überhaupt Einladungen verschicken muss. Was bitte schön kann schon groß im Terminkalender eines Zwölfjährigen stehen, dass man ihn mehrere Wochen im Voraus auf das anstehende Event hinweisen muss?

»Sorry, Dante. Das ist mir echt zu kurzfristig. KW neununddreißig ist bei mir total voll mit Zahnspangenreinigung und Klarinettenunterricht. Hättest du mir mal eher ein Memo geschickt.«

Sonja pustet sich eine Strähne aus der Stirn und blickt über die Aktenwüste vor sich. »Gib mir noch ne halbe Stunde, dann komme ich, okay?«

Typisch Sonja. Egal, wie viel Stress sie hat, sie bringt Kinder und Arbeit trotzdem immer unter einen Hut und verliert dabei nie die Laune. Und ich? Sitze gemütlich auf dem Sofa. Und bekomme ein schlechtes Gewissen.

»Ich kann das doch auch machen«, biete ich meine Hilfe an.

»Das ist lieb von dir, aber ich schaff das schon.«

»Ja, aber du musst doch nicht immer alles machen.« Ich sehe zu Dante. »Was meinst du, wollen wir schon mal anfangen?«

»Okay«, sagt Dante und führt mich in sein Zimmer, wo er mir die Einladung vom letzten Jahr zeigt. Sonja hat damals mit Photoshop ein Ticket gebastelt, das exakt so aussieht wie die Eintrittskarte zu einem Bundesligaspiel, mit dem Unterschied, dass der Tag der Spielbegegnung das Datum von Dantes Geburtstag ist und statt des Stadions der Name einer Fußballwiese in der Nähe ihres alten Zuhauses genannt wird. Wieder mal bin ich baff über die Liebe, die Sonja in jedes Detail steckt.

»So muss das aussehen.«

»Puh.« Als ich realisiere, wie hoch diese Messlatte liegt, fühle ich mich nun doch ein kleines bisschen überfordert. Ich hatte mich darauf eingestellt, auf einem Word-Dokument das Bild eines Clowns einzufügen und darunter zwei Zeilen zu tippen, fertig. Dass ich hier ein graphisch perfekt gestaltetes Gesamtkunstwerk erstellen soll, hatte ich nicht erwartet. Trotzdem kann ich Sonjas Idee nicht einfach kopieren. Wenn sie sich solche Mühe gibt für die Einladungen, sollte ich das auch. »Okay, ich glaub, ich brauch erst mal einen Eistee. Du auch, Dante?«

Er nickt. Als ich mit zwei vollen Gläsern aus der Küche zurückkomme, bringe ich auch eine Idee mit.

»Okay, pass auf«, sage ich wie ein Werbefuzzi, der dem Saturn-Chef seinen Pitch vorträgt. »Was hältst du davon, wenn wir diesmal etwas anderes machen?«

»Und was?«, fragt Dante.

»Wie wäre es, wenn wir die Einladung wie ein Panini-Fußball-Bildchen gestalten?« Ich zeige ihm an seinem Computer im Internet ein Beispiel. »Wir ersetzen die Rückennummer durch dein neues Alter, und dort, wo die Größenangabe des Spielers steht, schreiben wir das Datum deines Geburtstages rein. Den Namen des Vereins überschreiben wir mit dem Treffpunkt.«

»O ja, das finde ich gut«, sagt Dante.

»Top.« Wir stoßen mit dem Eistee auf unsere Idee an.

Als Nächstes tippe ich *Panini Sticker Nationalmannschaft* bei Google ein und durchforste das Netz nach einem Bild, auf das wir Dantes Gesicht setzen können. Weil ich eine Null in Photoshop bin, brauchen wir eine Vorlage, die aus exakt derselben Perspektive aufgenommen wurde wie das Foto von Dante, das wir benutzen wollen. Und davon gibt es nicht viele. Immer weiter scrolle ich mich durch die Bildergalerie nach unten.

»Wann hast du eigentlich Geburtstag?«, fragt Dante.

»Im Februar.«

»Weißt du schon, wie du feierst?«

»Ich feiere meinen Geburtstag nicht.«

Dante guckt, als hätte ich ihm gerade angekündigt, das Internet für den Rest meines Lebens boykottieren zu wollen. »Warum?«

»Weil mich dieser Tag bloß daran erinnert, dass ich älter werde und dem Grab einen Schritt näher komme. Denn irgendwann sterben wir alle.«

»Ah.«

Es herrscht eine kurze Pause. Ich hab das Gefühl, Dantes Geburtstagsvorfreude ist gerade ein bisschen kleiner geworden.

»So, wie wär's mit dem Körper von Mats Hummels?«

Als wir die Einladungen eine Stunde später Sonja präsentieren, ist sie mächtig beindruckt. »Super«, lacht sie, als sie Dantes Kopf auf dem mächtigen Hummels-Körper sieht. »Das sieht ja toll aus.« Ganz ehrlich: Ich bin ein bisschen stolz auf das Kompliment von ihr.

»Kann ich Papa auch eine schicken?«, fragt Dante.

»Äh … sicher«, antwortet Sonja. »Du darfst zu deinem Geburtstag einladen, wen du möchtest. Wenn er Zeit hat, nach München zu kommen …«

»Hat er. Er hat gesagt, dass er an dem Tag sowieso für die Arbeit in Bayern ist.«

»Ja, dann …« Sonja sieht mich an. »Ist das für dich auch in Ordnung?«

»Neiiin!!! Du machst wohl Witze. Auf gar keinen Fall!«, schreit meine innere Stimme.

»Selbstverständlich, warum auch nicht?« Gott, ich bin so ein Waschlappen.

Phase 2: Die Dekoration
Zeitpunkt: dreiundzwanzig Uhr am Abend
vor dem großen Tag

Ich bin bärenmüde. Ich habe Paul um kurz vor acht zur Schule gebracht und anschließend den ganzen Tag in der Redaktion verbracht. Keine Ahnung, wie Sonja das Tag für Tag durchsteht. Ich könnte auf der Stelle wegknacken und bis morgen durchschlafen. Aber vorher müssen wir leider noch das Wohnzimmer für Dantes Geburtstag schmücken – und damit können wir erst anfangen, wenn die Kinder im Bett liegen. Sonst wäre es ja keine Überraschung, wenn Dante währenddessen danebensitzt und Abendbrot isst.

Als Sonja die Kinder endlich in ihre Zimmer gebracht hat und zurück ins Wohnzimmer kommt, rapple ich mich erschöpft vom Sofa hoch. »Alles klar. Sold…« Ein herzhaftes Gähnen unterbricht meinen Satz. »… Soldat Max meldet sich zum Dienst. Was gibt's zu tun?«

Sonja scannt den Raum. »Aaaalso, wir müssen drei Kuchen backen …«

»DREI?«, platzt es erschrocken aus mir heraus.

»Na klar. Wir brauchen einen Kuchen zum Frühstück morgen, einen, den Dante in die Schule mitnimmt, und einen für das Fest am Nachmittag.«

Ach du Scheiße. Mich beschleicht das mulmige Gefühl, dass ich mein Kopfkissen noch lange nicht knutschen kann.

»Gut. Was noch?«

»Das Wohnzimmer muss geschmückt werden. Die Girlanden müssen aufgehängt und die Luftballons aufgeblasen werden, die Geschenke müssen verpackt und auf Dantes Platz gelegt werden, und …«

»Okay«, unterbreche ich sie, bevor mir schwindlig wird. »Dann schlage ich vor, du übernimmst das Schmücken und ich backe die Kuchen.«

Sonja guckt verlegen. »Wäre es für dich in Ordnung, wenn ich backe?«

»Du hast Angst, dass mein Zitronenkuchen wieder so aussieht wie beim Schulfest, richtig?«

Sonja lächelt mich verlegen an.

»Meinetwegen. Dann schmücke ich halt«, seufze ich und greife mir die Tüte mit den Luftballons.

»Du bist der Beste«, sagt Sonja und gibt mir einen Kuss. Dreißig Minuten später habe ich so viele Luftballons aufgeblasen, dass ich schon bunte Blitze sehe und unser Fußboden aussieht wie das Ikea-Bälle-Paradies.

»SCHAHAAATZ, ICH BIN FERTIG«, rufe ich in die Küche hinüber. Sonja kommt und begutachtet meine Arbeit.

»Super.« Sie nickt anerkennend. »Das sieht ja schon toll aus.«

Sie macht eine kurze Pause. »Aber ein paar Luftballons könnten noch an die Wand. Die wirkt noch ziemlich kahl. Und diese Girlande macht sich vielleicht besser, wenn du sie über der Tür spannst. Ist vielleicht noch nicht optimal, wenn sie so zerknüllt vom Lampenschirm baumelt. Und auf dem Frühstückstisch fehlen noch die Eierbecher und die Gläser.«

Am Ende fügt sie noch hinzu: »Aber sehr hübsch, wie du die Geschenke eingepackt hast. Danke, dass du mir hilfst!«

Sonja redet mit mir wie ein Abteilungsleiter beim jährlichen Bewertungsgespräch. Dazu steht in jedem Führungskräfte-Lehrbuch, man solle zunächst mit einem positiven Aspekt beginnen, bevor man auf den eigentlichen Kritikpunkt zu sprechen kommt – und das Gespräch zum Schluss wieder mit einem Lob beenden. So soll verhindert werden, dass sich der Angestellte anschließend heulend auf dem Firmenklo einschließt. Geht bei uns eh nicht. Haben ja keine Schlüssel an der Klotür.

Phase 3: Der Geburtstagsmorgen
Zeitpunkt: sechs Uhr. Spätestens.

»Mahaaaax, loooos! Aufstehen!«

»Hä? Was? Wo?« Ich schrecke aus dem Bett hoch.

Dante steht in der Tür und klatscht in die Hände. »Ich will endlich anfangen!« Paul steht neben ihm.

»Wie spät ist es?«, murmle ich, die Augenlider schon längst wieder runtergelassen.

»Kurz nach sechs. Also kooohoooom.«

»Deine Mama war gestern die halbe Nacht auf. Lass sie noch ein bisschen schlafen, okay?«

Dante hüpft ungeduldig auf der Stelle. »Mama ist schon längst wach und macht in der Küche Rührei.«

»Mama, der Max will nicht aufstehen«, petzt Paul.

Ich reiße die Augen auf. Gucke nach links: tatsächlich. Sonjas Seite ist verwaist, das Kopfkissen aufgeschüttelt und die Bettdecke fein säuberlich zurechtgezupft. Wie immer, ohne dass ich etwas davon mitbekommen habe. Verdammt, dann muss ich jetzt wohl wirklich aufstehen. Das Gute ist: Kein Kaffee der Welt macht dich so munter wie ein kleiner Paul, der dir vergnügt ins Rückgrat springt.

»Lohoos«, ruft er kichernd im Rhythmus zum Bass meiner knackenden Knochen.

»Okay, okay. Ich komm ja schon.«

»Mama, er kommt«, ruft Dante in die Küche hinüber, während ich mir eine Jogginghose anziehe.

Schlaftrunken schlurfe ich hinter den Kindern durch den Flur, wo wir vor der geschlossenen Wohnzimmertür auf Sonjas Zeichen warten, dass wir eintreten dürfen. Ein Glöckchen ertönt, Sonja öffnet von innen die Tür und gibt den Blick frei auf das geschmückte Wohnzimmer und die festlich gedeckte Frühstückstafel. Draußen ist es noch dunkel, Dutzende Kerzen strahlen auf den Fensterbänken und tauchen den Raum in ein warmes Licht. Die Glitzergirlande über unseren Köpfen funkelt im Schein der Kerzen mit Dantes Augen um die Wette. Zu dritt stellen wir uns vor ihm auf und singen: »Wie schön, dass du geboren bist«, wobei mich seine Geburt in diesem Moment doch noch etwas mehr erfreuen würde, wenn wir sie nicht mitten in der Nacht feiern müssten.

Phase 4: Das Fest
Zeitpunkt: fünfzehn Uhr bis achtzehn Uhr

Obwohl es Dante ist, der heute Geburtstag hat, bin ich von allen Familienmitgliedern wahrscheinlich das aufgeregteste. Beim Gedanken an das Zusammentreffen mit seinem Vater bekomme ich feuchte Hände. Hoffentlich mag er mich, denke ich, während Sonja und ich Kuchen und Limonade im Park auf einem Tapeziertisch anrichten. Hoffentlich mag er mich? Gott, ich klinge ja wie ein kleiner Junge auf dem Weg zu den Eltern seiner ersten Freundin.

»Alles gut bei dir?« Sonja nimmt die Alufolie von Geburtstagskuchen Nummer drei und blickt mich fragend an.

»Hm?«

»Du bist so still.«

»Ich?«, frage ich, vielleicht eine Spur zu erstaunt. »Nö, nö. Alles bestens.«

Warum kriegt man nie eine ordentliche Blinddarmentzündung, wenn man eine braucht? Dann müsste ich sofort ins Krankenhaus und würde den Vater verpassen. Aber nein, mir muss es gesundheitlich natürlich blendend gehen. Ganz toll. Es trifft echt immer die Falschen. Mir bleibt also nichts anderes übrig, als mit Pylonen ein Fußballfeld für die Kinder abzustecken und auf seine Ankunft zu warten. So muss sich ein zum Tode Verurteilter in der Gefängniszelle fühlen, dessen Hinrichtung unmittelbar bevorsteht.

Nach und nach treffen immer mehr Kinder ein. Und jedes Mal, wenn ich in der Ferne eine Gestalt sehe, die sich unserer Wiese nähert, rutscht mein Herz in die Hose, weil ich befürchte, es sei der Vater. Zum Glück sind es bloß harmlose Passanten, die weiterziehen. Um kurz nach drei sind schließlich alle Kinder da, und ich lerne schnell: Kindergeburtstage sind wie die Erster-Mai-Demonstrationen in Berlin. Ein paar Halbstarke rennen schreiend durch die Gegend, es gehen Sachen kaputt, und die Aufsichtspersonen sind komplett überfordert.

Während ich auf dem Fußballfeld stehe und die Tritte der Kinder einstecke, sitzt Sonja auf einer Decke im Schatten unter einem Baum und macht Fotos. Sie hat wirklich an alles gedacht und sogar neongrüne und -gelbe Leibchen für die Spieler und Karten für den Schiedsrichter besorgt. Wie sich herausstellt, war der Perfektionismus an dieser Stelle nicht die beste Idee. Beim Anblick der Karten fangen zwei Jungs augenblicklich an zu streiten, wer der Schiedsrichter sein darf. Schiedsrichter – hallo? Kinder können sich echt wegen jedem Scheiß streiten.

Schließlich gehe ich dazwischen und finde eine Spitzenlösung: »Kind mit der Zahnlücke, du pfeifst die erste Halbzeit. Und Kind mit dem Seitenscheitel, du pfeifst die zweite Halbzeit.«

So. Erledigt. Max Reich, Problemlöser. Zufrieden gehe ich wieder nach hinten auf meine Position in der Abwehr, um gleich darauf Zeuge eines sich anbahnenden Lynchmordes zu werden. Unglücklicherweise zückt unser Zahnlücken-Schiedsrichter bei jedem Rempler gleich die gelbe Karte. Die übrigen Kinder beleidigen ihn dafür ausgiebig, weshalb er nun jedem einzelnen die rote Karte zeigt. Das bringt sie noch mehr auf die Palme, und schließlich fängt unser Zahnlücken-Schiedsrichter an zu weinen. Ich eile ihm zu Hilfe und geleite ihn an die Seitenlinie zum Kuchenstand, wo ich ihn mit Süßkram tröste.

»Die sind so gemein«, jammert der Schiedsrichter.

»Ich weiß. Aber vielleicht zeigst du nicht jedem gleich eine Karte. Es wäre doch schade, wenn einer deiner Freunde wegen zwei Karten nicht mehr mitspielen kann. Es soll doch jeder Spaß haben.«

»Ich hab aber keinen Spaß, wenn die so gemein sind«, beschwert sich das Kind und steckt sich ein großes Stück Kuchen zwischen die Backen. Und auf einmal ist der Moment da. Ich weiß nicht, wo er herkam, aber plötzlich steht er einfach neben mir. Der Vater der Kinder. General Custer trifft auf Sitting Bull. Der Coyote Auge in Auge mit dem Roadrunner. Komisch. Er sieht ganz anders aus, als ich ihn mir ausgemalt hatte. Und er ähnelt Christian Grey überhaupt nicht. Er trägt auch keinen Anzug, sondern einen legeren Kaschmirpullover zur Jeans und wirkt eigentlich ganz gemütlich. Er ist sogar ein bisschen kleiner als ich.

Unweigerlich muss ich an die legendäre Szene in *Heat* denken, ein Film, den ich Mitte der Neunziger nicht oft genug sehen konnte. Der Polizist Al Pacino sitzt in einem Restaurant an einem Tisch mit dem Gangster Robert De Niro.

Al Pacino: »Wissen Sie, wir sitzen hier wie zwei ganz normale Typen. Sie machen, was Sie machen – und ich tue, was ich tun muss. Und jetzt, da wir uns in die Augen gesehen haben: Wenn ich dabei sein sollte, wenn man Sie aus dem Verkehr zieht, würde ich es nicht gern tun. Aber wenn ich entscheiden muss zwischen Ihnen und irgend so einer armen Sau, deren Frau Sie zur Witwe machen wollen – Bruder, dann hast du keine Chance!«

Robert De Niro: »Was, wenn Sie es schaffen, mich einzukreisen, und ich muss Sie umlegen? Denn egal, was passiert: Du stellst dich mir nicht in den Weg. Jetzt haben wir uns gegenübergesessen, ja. Trotzdem würde ich nicht zögern. Nicht mal eine Sekunde.«

Gänsehaut. Filmgeschichte. Und hier? Und heute?

»Grüß dich, ich bin Jens«, sagt der leibliche Vater von Dante und Paul und reicht mir die Hand. Möglicherweise eine Falle. Kenn ich aus Filmen. Er greift sie, und wenn ich nicht mehr fliehen kann, schnappt er sich als Nächstes mit der anderen Hand einen der Pylonen und haut ihn mir auf den Kopf und brüllt: »Meine Kinder willst du also haben, ja? Hier, das kannst du von mir haben!«

Andererseits: Was bleibt mir schon übrig? Die Geste zu ignorieren wäre unhöflich. Ich greife also nach der Hand und zucke instinktiv zusammen.

»Max«, sage ich zögerlich.

»Freut mich, dass wir uns endlich kennenlernen. Ich wollte auch mal persönlich danke sagen.«

Ich hebe unschuldig die Schultern. »Das ist nett, aber Dante hat dich eingeladen. Ich hab damit nichts zu tun.«

Wir blicken beide auf das Spielfeld, wo unsere Kinder dem Ball nachjagen. »Das meine ich nicht. Sondern dafür, dass du und Sonja, dass ihr euch so gut um die Jungs kümmert. Sie haben sich in München schnell eingelebt.«

Einen Moment bin ich von seiner Freundlichkeit komplett überfahren. Damit hatte ich wirklich nicht gerechnet. Das ist, als würde man in den Wäldern Alaskas dem Yeti über den Weg laufen und feststellen, dass er total verschmust ist. Ob ich wohl auch so cool und selbstlos reagieren würde, wenn Sonja mit mir Schluss machen sollte und ich ihr und den Kindern an der Seite eines anderen Mannes wiederbegegne? Hoffentlich werde ich das nie herausfinden.

Jens geht aufs Spielfeld zu seinen Jungs, und ich lasse mich erleichtert auf die Decke neben Sonja plumpsen.

»Konntest du den Schiedsrichter vor dem Mob retten?«, fragt Sonja.

»Frag nicht«, seufze ich und lege meinen Kopf auf ihren Schoß.

»Ich finde, du machst das super. Wie ein richtiger Vater.« Zärtlich streift sie mit ihren Fingern durch meine Haare.

»Ja, meinst du?«

»Ich hab sogar einen Beweis.« Sie greift nach ihrem Handy, das neben ihr auf der Decke liegt, und hält mir den Bildschirm vors Gesicht. »Bitte schön.«

Auf dem Display leuchtet die Checkliste mit den Merkmalen eines Vaters, die ich Sonja vor ein paar Wochen weitergeleitet hatte, als ich im Internet nach Ratgebern stöberte:

SINGLE-MANN VERSUS PAPA

Du kippst einen Kurzen.	*Du trägst einen Kurzen (ins Bett).*	✓
Die Girls nennen dich »Daddy«.	*Deine Alte nennt dich »Paps«.*	✓
Du hast am Freitagabend ein Tinder-Date.	*Du hast am Freitagabend ein Kinder-Date.*	✓
Du schreist den Schiri an.	*Du tröstest den Schiri.*	✓
Du schreibst Leserbriefe an den Playboy.	*Du schreibst einen Blog über deine Familie.*	✓

»Du erfüllst alle Kriterien.«

»Nicht ganz.« Ich deute auf den zweiten Punkt. »So hast du mich noch nie genannt.«

»Nun«, sagt Sonja und legt das Handy beiseite. »Das können wir im Nu ändern, Paps.«

Ich richte mich auf und sehe in ihre ölschwarzen Augen. »Ihr drei seid echt das Beste, was mir passieren konnte.«

Ich will sie gerade küssen, als Paul zu uns kommt. Er versteckt irgendetwas hinter seinem Rücken. Bringt er uns etwa Kuchen vorbei? Das wäre ja sehr nett. Ach ja, Kinder sind schon toll.

»Duhuu, Maahaaax?«, fragt Paul kichernd.

»Hi. Was gibt's, Paul?« Hoffentlich hat er auch eine Capri-Sonne dabei. Meine Zunge klebt schon am Gaumen.

»Du erinnerst dich doch noch an den Tag, als ich Bauchschmerzen hatte, oder?«

»Klar, warum?«

»Du hast gesagt, wenn ich die Fischstäbchen esse, dann geht's mir besser ...«

Mir schwant nichts Gutes. »Jaaa ...?

»Und du hast gesagt, wenn es mir danach nicht besser geht, darf ich dir mit irgendetwas, das ich mir aussuchen darf, auf den Kopf hauen ...«

»Och neeeee ...«

»Ooo jaaaa!« Paul zieht mit einem breiten Grinsen hinter seinem Rücken einen der Plastikpylonen hervor und wippt ihn drohend in der Handfläche wie ein Geldeintreiber den Baseballschläger.

Paul nimmt Maß, holt aus und ...

Kinder. Wirklich ein Geschenk des Himmels.